意林励志典藏系列

一则故事，改变一生

意林励志·典藏系列

儿行千里

意林图书部 编

陕西新华出版传媒集团
未 来 出 版 社

意林励志·典藏系列②

图书在版编目（C I P）数据

儿行千里 / 意林图书部编. -- 西安 : 未来出版社,
2018.7
（意林典藏）
ISBN 978-7-5417-6672-5

Ⅰ. ①儿… Ⅱ. ①意… Ⅲ. ①散文集—中国—当代Ⅳ. ①I267

中国版本图书馆CIP数据核字（2018）第147397号

儿行千里
ERXING QIANLI　　意林图书部　编

总 策 划：李桂珍　顾　平
执行策划：孟讲儒　杜普洲
丛书策划：唐荣跃　徐　晶
丛书统筹：柴　冕　吴珊珊
责任编辑：周　苗　柴　冕
特约编辑：吴珊珊
发行总监：樊　川　王俊杰
封面设计：徐　丹
技术监制：宋宏伟　刘　争
美术编辑：许　歌　孔凡雷
美术总监：资　源
封面供图：摄图网
宣传营销：薛少华
出版发行：未来出版社
总 字 数：305千字
印　　张：16
版　　次：2018年7月第1版
地　　址：西安市丰庆路91号
印　　次：2018年7月第1次印刷
邮　　编：710082
定　　价：36.00元
电　　话：029-84288355
书　　号：ISBN 978-7-5417-6672-5
印　　刷：天津泰宇印务有限公司
开　　本：710 mm × 1092 mm　1/16
经　　销：全国各地新华书店

目录
CONTENTS

女本柔弱，为母则刚

过庭之训，舐犊情深

陪我长大，陪你变老

愿你与爱，温暖相拥

女本柔弱，为母则刚

世间的爱有千万种，母爱却只有一种表达，那就是无私的奉献，它引导每个孩子通往幸福的征程。

母亲的格局

□夏素红

父母对自己最好的教育，莫过于用自己的人格魅力、思想方式、对待世界的态度去感染孩子。格局越大，越利于孩子发展。

作家梁晓声在《慈母情深》一文中，深情地写了他向母亲要钱买书时的一个片段，读来令人莫名感动，印象深刻。

梁晓声的母亲是一位缝纫女工，虽然工作又苦又累，但是见识很不一般。

一次，梁晓声到母亲的工作地要钱买书。

母亲问："要钱干什么？"

梁晓声回答："买书……"

"多少钱？"

"一元五角。"

母亲听完后，二话没说，就去掏衣兜。旁边一个女工停下了缝纫机，劝阻梁晓声的母亲："大姐，别给！没你这么当妈的！供他们吃，供他们穿，供他们上学，还供他们看闲书啊？"

梁晓声的母亲呢，却没有听从那个女工的劝阻，而是微笑着把钱塞进了梁晓声的手里。她大声地对那个女工说："谁叫我是当妈的呢？我挺高兴他爱看书！"

著名作家、诺贝尔文学奖得主莫言，在一次讲述自己的阅读故事时，也谈到了自己的母亲。

在莫言的讲述中，我们知道了他从少年时期起就酷爱读书。

然而，那时候，在贫穷的中国乡村，能借到的书很少，自家拥有的书就更少了。

书不多，但莫言读书的劲头很足，他几乎把班主任家里的书、周围村子里的书以及他大哥放在家里的课本，都看了个遍。

莫言的母亲虽然是个普通的农村妇女，但是她非常支持莫言读书。

她甚至卖掉结婚时的首饰，帮莫言购买了四卷本的《中国通史简编》。

1976年2月，莫言应征入伍时，就是背着母亲买的书，开始了人生的新征程。

著名作家金庸曾经说过，他母亲读过高中，能写一手漂亮的字。他对小说人物内心深处的探索，在很大层面上就是受母亲的影响。

是的，一个母亲仅仅把孩子带到这个世界上是远远不够的，仅用自己的乳汁把孩子喂养大也是远远不够的。

母亲的格局，会对孩子的一生产生影响。正如弗洛姆所说："母亲不仅能给予孩子乳汁，还应该能给予孩子生活中的蜜——就是成全孩子的人生梦想。"

爱，总找最弱的来灌溉

□吴淡如

自古以来就没有绝对的公平。如果你觉得父母偏心，不要抱怨，你需要远离他们的负面影响，经营好自己的生活。亲人并不是非要对你好，所以更要珍惜那些真正对你好的人。

很多有超过一个孩子的母亲会说：我从来没有偏心！就像五个指头都是自己的，有长有短，但是，我可没有爱谁比较多！

真的吗？

现实上看来不是。

单身的小萦和母亲一起住。她是超级业务员，又是家里唯一还没结婚的那一个，所以与母亲同住的责任就落到了她头上。她很孝顺，所以也不计较自己付出比较多，但是一到过年还是被气得半死。

过年，都在她家围炉，大家兴高采烈地来吃她的，只有她没有领到母亲的红包。以大姐来说吧，大姐职位薪水也不错，妈妈却每年包给大姐、姐夫、侄子各一个红包；大弟有三个小孩，大弟和弟媳也各领一个厚厚的红包。

“小萦我就没包了。我跟她住在一起，钱都是小萦给我的。小萦很会赚钱，也没什么好包的。等小萦成家之后再包吧。”

小萦计较的不是红包。她心里的想法是：一是你明知钱是我给的，你自己一整年舍不得花，却把钱都包给别人，何必呢？二是弟弟孩子多，经济吃紧，也就不提了。姐姐呀你也好意思拿？你包给妈的比妈包给你的少得多，自己每年都出国好几趟，也未曾带老妈出去走走。就凭你每次来家里，哭诉钱有多难赚，孩子学费有多贵，老妈就被你骗了。

不过，她也只敢跟朋友咕哝几声，朋友都淡淡笑道：“呵，你是能者多劳。”

我说，这是古有明证，总是如此，慈母偏疼弱子。那些坚忍不拔的，有能力的，父母常觉得“反正你自己有办法，我就不必烦恼了”，那些没办法的，父母，尤其是充满了母爱的母亲，总想多“灌溉”一点。

她不是故意的。

就像手上的五个指头，她都疼。不过，就拿我们的手来说，谁做的任务最多？强壮的大拇哥与灵活的食指。最能者是食指，所以只会用“一指神功”打键盘的人，只能拼了命用它。

“你说得没错，我认了。”小萦说。

是的，强者要想开一点。认清原因就无心结。

妈妈老是要大的让小的，因为孩童时期，年纪大当然比较强壮；长大后，要能谋生的扶助不能谋生的，这是母爱中的济弱扶贫本能。母亲尤其会把这种“通财之义”发挥在处理金钱上。

从理性思考，这并不好。弱的有恃无恐，常常丧失功能，或恃宠而骄，一失控就会变成全家人的重担，反正怎么样都有人救，变成无可挽救的“败家子”。

被爱“照顾”得比较多的那个未必会感谢，但是被爱“照顾”得比较少的那个一定有感觉。付出过多又没有得到嘉许的孩子，会想：为什么我表现得这么好，她还不爱我？

济弱扶贫，要适可而止，不能让弱者失能，强者有怨。指连手，手连心，然而爱的分配，从来难以公平。

母亲的另一个角色是木偶

□化　君

越是上了年纪，父母对孩子的要求就越是质朴简单，不求大富大贵，只求孩子在往前飞的时候，能不时地回过头来望望自己。

接母亲出院。母亲和医生面对面坐着。医生上下打量了母亲一番，目光移到我脸上，说，太瘦了，回去多增加些营养。

回到家，我拿来电子秤，扶母亲上去，屏显："37.1。"母亲和我个子一般高，我的屏显："53.3。"谁见了都说我身材纤瘦苗条。在我的央求下，母亲答应住下，但她说："我最多住一个星期，你这么忙，我帮不上，还添乱。"

送母亲回家时，我从超市买来一大堆吃的，有鸡、鱼、牛肉、大虾和一箱牛奶。我对母亲说："赶快吃，下个周末，我去买几只甲鱼。"母亲咝咝地直吸气说："那得花多少钱呀？"我说："您身体好了，花再多钱都值。"

周末回老家，拉开冰箱门，看到里面满满当当，每样都贴着超市的标签。母亲一脸愁容地说："你买这么多，哪能吃得下呀？再说，平时白馒头青菜吃惯了，感觉啥都没那个吃着香，往后，别再往家里买这么多东西了，白白浪费钱。"

母亲就像是青春期叛逆的孩子，无论我怎么说劝，她依然我行我素，坚持吃她的馒头青菜。看着母亲瘦弱不堪的身体，我心疼不已却又无可奈何。

一天，和邻居孙阿姨说起母亲的事儿，我不由得抹起眼泪来。孙阿姨想了一下说："我教你个法子，一准灵验。"

按照孙阿姨的嘱咐，趁个周末，我把母亲从老家接来，领她去广场玩儿。走到一个花园边，突然有个大妈朝我们摆手，示意我们过去。走近时发现，是摆摊算卦的。

大妈把头上缠裹着的红丝巾朝下扒拉一下，露出两只眼睛和半截鼻梁。她让我伸出右手，然后抓起来看了一会儿说："你最近是不是常常感到头晕？"我说："是。"大妈接着问："是不是看医生也不管用？"我点点头。

大妈让我报出生辰八字，母亲脱口而出。大妈闭起眼睛翕动嘴唇，老和尚般念念有词，却一个字也听不清。三四分钟后，大妈睁开眼，一脸凝重地说："闺女，按照卦上说的，最近你的身体会有一些小麻烦……"

"大姐，有没有法子破解？"母亲急三火四地问。

大妈抬起眼皮，漫不经心地瞅母亲一眼说："法子倒是有一个，只是……"

"啥法子？您赶快说，花多少钱都行。"母亲焦急地问。

"得姑娘的母亲配合才行。"大妈振振有词地说。

"我就是，我一定好好配合，您快说。"母亲两眼巴巴地望着大妈。

"姑娘，你这病因你母亲而起。你母亲身子骨是不是很弱？所以要让你母亲赶快把身体养胖了，你身上的晦气也就消散了。"

"大姐，吃什么才能胖得快？"

我附在母亲耳边说，这个我知道。

从那以后，母亲冰箱里再也没积压过东西。我买什么，她吃什么，我买多少，她吃多少。有时甚至提前吃完了，打电话催着我去买。

不到一个月，母亲长到了八十一斤。母亲说，她还要接着吃，她要长到二百斤，看谁还敢来欺负她闺女。

母亲长到和我一般重的时候，我把她塞给我的那个鼓囊囊的信封递到她手里，说："算卦的大妈说了，用我的钱买的东西您吃了才算数，您的不灵验。"母亲迟疑一下，乖乖地接了过去。

我满怀感激地去向算卦的大妈道谢，并疑惑着说："孙阿姨，您编的故事一点儿不专业，像糊弄小孩子。我妈从来不迷信，她怎么就那么轻易……"

孙阿姨笑笑，意味深长地说："当妈的最听不得的，就是儿女的不好，哪怕有一星半点闪失，无论多么聪慧沉稳的母亲，都会惊慌失措……"

我终于理解孙阿姨当初为什么将那个被她视为命根子的首饰盒白白送给一个认识不到一天却声称能让她智障的儿子变神童的陌生人了。原来，母亲自从做了母亲，便同时担负起另一个角色——能带给她儿女好运或福气的那个人的木偶。无论多么拙劣的演技，无论多么荒谬的招数，她都会深信不疑，敬谨如命。

而且，母亲对于自己所担负的木偶的角色，永远钟爱有加，永远不会厌烦。

三十二个未接电话

□张振斌

慢慢地，你长大了。你要去成长，去经历，去为自己和家人挣得更好的未来，这意味着，你会与父母有很长一段时间的分离。

儿子在两千多公里外的南方上学，每个周六都要打个电话问问一周的情况。周六中午，儿子打过电话，但因和妻子在山上挖野菜，风大，信号弱，听不清，约好回家后再联系。

吃过晚饭，七点多，连续给儿子打了两遍电话，能通但没有接。以前也有这种情况，儿子戴着耳机听英语或者习惯了上课调到静音，平时也免不了忘记调回铃声，一次两次听不见也常有。他过一会儿看见了就会打过来，因此我也没在意。

电视中没有喜欢的节目，便拿了两个靠垫垫在沙发一头，斜靠着读路遥的《平凡的世界》，等儿子的电话。

春节后，儿子宿舍中的舍友，一个去了德国，另一个是生物学院的，搬回了本学院的宿舍。宿舍中只有儿子一人，我和妻子对儿子的安全不免有些担心。

妻子喜欢的电视节目已经开演。书，我也读了四章。儿子的电话还没有打过来。再打儿子的电话，不知为啥，说儿子的移动号不在服务区。又打儿子的联通号，电话无法接听，不在服务区、无法接通。于是，我就给儿子发了条短信：怎么不接电话？看到后速回电话。

电视剧演完一集了，歪靠在沙发上一个多小时，再加上白天在山上转了一上午，感觉确实也有些累。我对妻子说："我去锁大门，先睡了。"

"你先睡吧，再看一集我就过去。"

上床，脱下毛裤，盖好腿。刚要脱上衣，想起儿子还没打电话来，便拿起电话又给儿子打电话，不说不在服务区了，有了"嘟——嘟——嘟——"的声音，一听挺高兴。打了两遍，仍然没能接通，不免有些沮丧。想起前几天，妻子通过QQ 和儿子通过话，想通过 QQ 联系一下儿子，因为不太懂，捣鼓了老大一会儿也不行。一看手机上的时钟，还不到九点半，天还不晚。自己宽慰自己：儿子可能晚上补课……

没接到儿子的电话，睡意全无，又拿过书读起来。

电视剧演完了，妻子来到卧室，看到我没睡，有些惊讶。我沮丧地对妻子说："一晚上了，孩子没有接电话。"

妻子说："你们不是中午联系过吗？"

"说是回家后再给他打的，打了十几次就是不接。八点的时候联通号无法接通，移动号不在服务区。"

"联通号早就不用了，移动号不可能不在服务区。你看，QQ 上挂着手机呢。"妻子翻看着她 QQ 上的好友，确实儿子的手机挂在上面。

"你试试联系联系他，打一遍不通，打一遍不通，搞得人心慌意乱。"

"你就是事多，他能有什么事？可能调静音了听不见。"妻子一边呛着我，一边开始打电话。想了一圈，没有儿子同学的电话，更没法找到管宿舍的阿姨。认识的老师到外地筹建新的校区，有个远房表姐在儿子所在的城市，但离学校二三十公里，况且快十一点了，也不好意思打扰人家。

前半夜怎么也睡不着。妻子时而翻来覆去，时而拿起手机翻翻看看，虽然都知道如果有电话信息手机会亮灯或响起铃声，但我们谁也没有感觉这是无谓的多余。伴随亮光的熄灭，妻子的阵阵叹息声，显得那样无奈。

后半夜，瞌睡终于压住了无奈的等待。迷迷糊糊中听见了自己断断续续的鼾声。妻子轻轻地翻动，常常让我从瞌睡中跌入精神迷乱，恍惚中幻想着：儿子的同学去四川参加雅思考试，还能坐飞机去了成都？儿子喜欢走路时戴耳机听英语，还能不小心发生了车祸？最糟糕的就是用电或者洗澡滑倒，发生重大意外，自己无法控制……不管怎样，明天早上再接不到电话，就要麻烦远房表姐或直接坐飞机跑一趟。

五点十七分，我的手机响了起来，抓过电话一看，真是儿子的电话，接通后传来儿子的懊悔声："爸爸，对不起。昨晚和一个同学吃饭，感冒了。吃了药后，不到七点就睡了，困得我睡前看到我哥发的信息也没给他回。手机在静音上，一直睡到现在。打开手机一看有你和我妈打来的三十二个未接电话。"

长夜的迷惘，终因儿子的电话，看到了春天窗外的光亮，一身的紧张卸下来，感觉真的很累。

我对儿子说："你没事就好，我们太累了，想睡一会儿。"

挂断电话，我安然入睡。

妈妈的十二封信躺在时光里

□夕里雪

我们小时候，穿着妈妈牌棉衣，戴着妈妈牌手套，疯疯癫癫中随风长大，直到亲娘难觅，难忍泪如雨下。

此刻，你的身边有酒吗？如果有，那就好好坐下来，听我给你讲一个故事。

旭子在电话里说这些恶心话的时候我在重庆。

好吧，我听。

这是旭子的故事，把时间推回2015年，故事的开头，旭子在上海。江南烟雨勾人情丝，他的艺术家老师突发奇想，要做一次横贯中国东西的“特殊”音乐采风——从上海到新疆阿勒泰，不带任何现代通信工具，随行的仅有基本的录音和摄影设备。用老师的原话：“这是一次传统文化对现代科技的挑战。”

旭子自是欣然随行，他兴致勃勃地收拾行装，制定路线，直到进入火车站候车大厅，才想起要给家里打一个电话。

可是手机已经扔在上海的老师家，他只好用公共电话拨通了妈妈的手机。

我对旭子的父母一直知之甚少，只知道他爸爸是教育工作者，妈妈是医生。也许是父母受教育程度比较高的缘故，旭子一直处于放养状态，随他的天性喜好成长，只要他不为非作歹，父母从不过多干涉。我几乎未见过他与父母联系，好像他从离家读书开始，就一个人自由惯了。

但这次毕竟不同寻常，可能会有大半年的时间与外界“失联”，他终究还是要提前和父母报一声平安。

电话那一头的母亲和以往任何一次通话一样平静，只是在旭子讲述的间歇插进几个淡淡的“嗯”，最后在旭子即将挂电话的时候才说：你到了一个停留久的地方，可不可以给家里打一个电话？不用经常，只是想起来了，打一个就好。

旭子听得出母亲平静背后的担忧，他无法拒绝，点头说好。

然后他背上行囊出发。每到一座城市整顿休息时，旭子都会如约给母亲打电话。“妈，我到重庆了。”“妈，我在西安。”“到兰州了。”“在乌鲁木齐，刚下车。”“到阿勒泰了，快回家了。”……十几个电话，有时兴奋，有时匆忙，有时疲惫，但母亲总是淡淡地“嗯”一声，随意地打听打听他的食宿，不动声色。

这就是故事的前半段，浩浩荡荡，气势磅礴，历时九个月的旅程，跨越中国近十个省市，老师和旭子用异乎寻常的毅力完成了一次小小的奇迹。在这个奇迹面前，有关母亲部分的记忆是那么渺小，可以说不存在。

故事的后半段被发现时，已经是2016年4月。2016年的春节旭子没能回家，想着爸爸的生日正好在中秋，干脆等中秋节再回去好了。于是我们约了五一去重庆，谁知道我前脚刚刚订票，这兔崽子后脚接了一个电话，转身跑了。

来这个电话的不是别人，是旭子的爸爸。

旭子的妈妈犯了心脏病，医院提出做搭桥手术，手术存在风险，要求家属同意。签字笔放到旭子爸爸面前的时候，他忽然犹豫了，手中的笔拿起又放下，他抬起头对医生说：“您等我打一个电话，毕竟她做事不听我的，我得听听另外一个人怎么说。”

作为与她相濡以沫多年的丈夫，他深知妻子的心一直系在另外一个人身上，他半分夺不回来，又不能争，不能抢。因为这个人，是他们的儿子。

旭子用最快的速度赶回武汉，陪妈妈做完了手术。住院观察的几天里，有一天父亲单位临时有事，要旭子替妈妈回家拿换洗的衣服。十几年从不进父母房间的他，笨拙地翻箱倒柜，却无意间发现了妈妈的秘密。

被尘封了小半年，有关那个故事后半段的秘密。

旭子发现了十二个快递包裹，寄往全国十二个城市。按照时间顺序一字排开，刚好可以拼出他去年的路线图，收件地址和电话都是他无意间透露给母亲的住宿客栈，但收件人无一不是他的名字。

他坐在地上一一拆开包裹，寄出的内容形形色色，有腊肉干，有抗生素，还有冲锋衣。那个上午，他守着一地乱七八糟的物事，努力回想早已被抛诸脑后的与母亲的电话内容。

“妈，我到重庆了。没感冒，就是这边下雨了，有点咳嗽，没事。”

“妈，我在西安。这边的羊肉孜然味太重了，吃不惯。”

“到兰州了，嗯，温差大，晚上特别冷。”

他一边回忆，一边想着母亲如何不动声色地从他嘴里套出住宿信息，然后戴着老花镜上网查询地址和联系方式。

他兴致勃勃地和老师踏上一场文化的朝圣，却不知道母亲追在他的身后，用九个月的时间写下十二封漫长的情书。

有人说陪伴是最长情的告白，母亲的情书太短，短到没有起承转合，短到没有抬头落款，短到只剩下两个字，一笔一画地写在收件人栏里。

可惜旭子行色匆匆，来不及收到这绵长的情意。母亲的快递一件件寄出，又被一件件退回。

镇江，查无此人，退回。

重庆，查无此人，退回。

西安，电话错误，退回。

他无法想象，母亲接到那一个个退回的包裹时，该是怎样的表情——仿佛一颗心被全力地抛向他，却又被冷漠地轻轻送回。庆幸生活的安排，最终让他发现了这个秘密，让这个不懂事的大男孩，在这个晴朗的午后，守着十二封沉甸甸的情书，哭得不能自已。

故事到这里告一段落，旭子在电话那头短暂地沉默下来。他问我在想什么，我擦了擦眼角的泪水，尽量不让他听出我哭过，说：“我在想啊，你回家之后应该不用什么钱吧，你看我一个人在重庆，是吧……我记得你微信绑定了银行卡，可以转账的，别以为你讲个故事我就原谅你放我鸽子这事。”

三言两语后挂了旭子的电话，我抬起头，凝望着眼前的长江。山城依旧美得令人沉醉，但此刻我竟然失去了停留的心情。我给妈妈打了个电话：“妈，重庆的火锅太辣了，辣得我脑袋疼！这里天天下雨，一点都不好玩，我要回家，你给我包饺子，嗯，韭菜馅的……”

我们总是在追逐一些东西，十五六岁时追求爱情，于是写日记，寄情书，奋不顾身；十八九岁时追求自由，于是说走就走，勇往直前。我们耗尽前半生去追赶下一站的风景，所以总是看不到，在身后的那个人，用尽后半生的时间，只是为了追逐一个你。

沿途的美景虽然好，但是偶尔，也请你回头，给身后的那个人一次招手。

母亲的账本

□肖　进

母亲的人生就是一本账本，记情不记恨，记恩不记怨，那是一本何等深厚的账，那是一份何等珍贵的爱。

母亲的账本就挂在客厅的墙上，看电视的时候，将目光稍微抬高一点，就能看到那绿色封面的账本。账本上记载的是这个家的收支。从买几角钱的葱，到几千元钱的电视，从卖废酒瓶得到两角钱，到每个人的工资奖金，她都会认真地记下。

家里买房的那年，在一个停电的晚上，母亲在微弱的烛光下，深深叹息后，打开她的账本，在里面新增了一个栏目：借款。

第二天早上，母亲起床后吃了早餐，便匆匆出门去了，天黑了才回来。一进屋，她就急忙打开账本，工工整整地记下：某某八百元，无息，某某两千元，无息……母亲一边写，一边高兴地说："原来借钱一点都不难，相反倒是第一次借钱的我显得过分紧张。李二伯要把家里仅有的五百元钱借给我，我没要，他就非要留我吃了饭再走，这才回来晚了。"

许多年以后，我在街上偶然遇到李二伯，邀请他到家里坐坐，李二伯说："哎，那年你母亲来借钱，我是有名的'妻管严'，做不了主，所以婉拒了你母亲的借钱请求。这些年，我一直愧疚于心，无颜面对你们，好几次远远地见到你们，只能悄悄地绕路走。现在上年纪了，很多事情想通了，如果你家里有困难再向我开口，别说是被老婆唠叨、责怪，就是掉脑袋，我也要帮助你们。"

回家后，我向母亲说起这件事，母亲轻描淡写地说："其实那天，我被拒绝的次数比我借到钱的次数多，好的记下，坏的就忘了吧，坏的记下了还劳心伤神，那种生活过着很累。"

写给老去的柳小姐

□佚　名

全世界没有谁会比中国父母更辛苦、更无私、更伟大。他们为了子女，可以不顾一切，牺牲一切，奉献一切。然而，似乎孩子们并不是都理解父母。

柳小姐：

在你眼里，我一直都是情商为负数的“菜鸟”。你不明白，为何如此善于交际的你竟会生出一个这样不善交际的我。其实，我也不明白。就算陪着你参加了很多聚会，我依旧不改性情，习惯做聆听者，极少发言。

我上小学时问你：“什么叫大同社会？”你一本正经地说：“人人以单身为傲，鄙视恋爱，这是社会最高级的形态，需要很长的时间才能实现。”现在想来，你真是预防早恋的专家。

我连续打嗝时，你总会扯一个谎转移我的注意力。但因为你太会演，所以尽管我知道这条规律，但次次上当。

“哎，昨天和你一块吃饭的那个男生是谁？别瞒我。”

“昨天？嗝，我没有，嗝，和男生吃，嗝……”

每次把我逼急到完全不打嗝时，你就会突然像个疯婆子一样哈哈哈地傻笑起来，然后我就“秒懂”了，有一种想打你的冲动。但不知为何，最后还是跟着你一块儿哈哈哈地笑了起来。

爸爸工作忙，经常不在家，你既担任母亲的角色，又担任父亲的角色。我哭，你从不安慰：“别在我面前哭，到没人的地方哭去。”这的确符合你的个性。从我出生到现在，家里发生的事不少，可我看到你哭的次数不超过三次。后来，好像成为一种习惯，我也尽量不在人前落泪。

你很精明，也很强势，喜欢帮我安排很多事。但“帮”这个词对我有时等同于操纵。为一些事，我们之间开始出现分歧，逐渐沉默，进入冷战。

那些冷战大都以我的失败告终。其中有一次，我抱着和你彻底决裂的决心，死撑了很久，直到一天清晨，听到你房间里的啜泣声。我回到自己的房间，等你开始做早饭了才踱到厨房，装作与你偶遇的样子，很不经意地，却又分明很在意地说：“我……错了。”你沉默，呆立了几秒，然后很用力地给我一个熊抱。其实，从你哭的那一刻起，我就知道自己输定了，因为我最怕一个只会流血的人为我流泪。

你常向我抱怨爸爸的种种不是，说自己当年太单纯，才会因为他的善良与才华就嫁给他，要不是考虑到我，早就跟他离婚了。从小到大，我都把你这话当真，因此而难过，厌恶自己是没有爱情的婚姻的纽带，甚至计划一满十八岁就劝你和爸爸离婚，给你自由。

后来我才知道，你和爸爸其实彼此爱得很深。爸爸有一种突发病，不及时吃药就会休克，和哥们儿喝酒时犯过。有一次爸爸出差，在一个和你说好的时间莫名失联，两部手机均无人接听。你感觉不对，都快把他的手机打爆了，问遍了他所有的铁哥们儿，还是没有消息。那一晚，你做了最坏的打算。因为我正读高三，你不敢跟我说。当第二天一大早，一切安好的爸爸给你回电时，你对着电话劈头盖脸就是一顿骂。

这事是后来你到学校接我时说的，你还一脸骄傲地说：“知道吗？你妈是大雁，是烈鸟，一生只追逐一个人。”我装作很鄙视的样子：“哟，就你那样。”其实，当时我差点落下泪来。

不知从何时起，你不再是我欣赏的那个洒脱的女子，越来越像一个心事重重的中年妇女，开始担忧各种事。而最担忧的对象，就是——我。我是你拼命想保护的人，你想用尽全力给我一个安全的世界。但是，你也是我拼命想保护的人，我也想用尽全力给你一个安全的世界。我希望我爱你能比你爱我多一点。

记得屠格涅夫《麻雀》一文有这样一个片段：“忽然，从附近一棵树上扑下一只黑胸脯的老麻雀，像一颗石子似的落在狗的面前。它全身倒竖着羽毛，惊惶万状，发出绝望、凄惨的叽叽喳喳的叫声，两次向露出牙齿、大张着嘴的狗跳扑过去。”

我觉得这只掩护自己幼崽的老麻雀，像极了你。

在北方的夜晚想你的女儿

2002年的暖冬

□邹贤中

亲爱的母亲，你曾经是那样的洒脱，那样的美丽。勇敢面对生活的挫折，勇敢追求真挚的感情。而自从有了我，你的生活重心完全转移到我这里，我多希望你能爱自己多一点，再多一点……

那是2002年冬天的早晨，风像刀子一样划过皮肤。

少年窝在被子里，母亲的声音从外屋传来："快起来，等会儿集上卖豆子的人多了，豆子就卖不出好价钱了。"

十二岁的他极不情愿地爬起来，嘴里嘟囔着："这么好的豆子，还怕卖不掉？"

少年推着一辆"26"自行车，后座上绑着八十斤豆子，母亲挑着三十斤豆子跟在后面。

通往小镇的是一条结满冰碴儿的十五里长路，路面很滑，母亲不时提醒："小心点，别摔跤。"

两个小时后，母子俩终于到了集上。北头满是卖豆子和花生的村民。少年跑到其他村民那里看了看豆子，见那些豆子不大且有斑斑点点的杂色，于是更有信心了。自己的豆子颗粒饱满，色泽鲜艳，看上去晶莹剔透，不可能卖不掉的。

不知谁喊了声："贩子来了！"

叼着烟的豆贩子坐在副驾驶位上贼笑着，一出现即被村民包围："黄老板，您可算来了。"

黄老板把剩下的半截烟丢在地上，换上了一副哭丧脸："乡亲们，今年五谷丰登，你们的东西我要不了那么多啊。"

这句话犹如一颗炸弹，立刻在人群中炸开了锅，每个人的脸上都写满了失望。少年仗着身材瘦小的优势挤到黄老板面前："你去年跟大家保证过，有多少要多少，现在怎么可以不要了？"

“你是谁家的孩子？我看看你卖的什么。”贩子心想，这毛头小子也太轻狂、大胆了吧！

母亲讪讪地迎上来：“黄老板，小孩子不懂事，您大人有大量，别介意。”黄老板不答，拿起一颗豆子放在嘴里咬了咬，然后吐了出来：“你这豆子不好，我不要。”一句话让母亲的心掉进了冰窖。

“黄老板，这是上好的大豆呀！您不能因为孩子的一句话……”黄老板不耐烦地挥了挥手，转身就看别人的豆子去了。只留下少年和母亲在那里发愣。

黄老板一路走过去，嘴里嘀咕着：“你的1.2元一斤，你的1.1元一斤，你的……”

母亲走上去：“黄老板，我那豆子真的不错，要不便宜点您就收了吧。”

黄老板头也不抬：“再便宜也不要。”母亲尴尬地站在那里，少年几乎要哭出声来。

装完车，村民们拿着钱纷纷散去，黄老板也上了车。母亲仍在尽最后的努力：“黄老板，您当真忍心让我们水都没喝一口再把一百多斤豆子扛回去吗？”母亲的声音透着无奈与悲凉。黄老板不接话，示意司机开车。这时，一直坐在驾驶室的司机开口了：“老黄，你就把人家的豆子收了吧。这么冷的天，人家孩子穿的是胶鞋，耳朵上都生冻疮了。”

司机一直帮黄老板拉货，他不能不给面子：“这个嘛，装不下啊！”他说的也是实情，那个有顶盖的车厢已经装得满满的了。

司机看了车厢一眼，说：“放驾驶室总行了吧？这样，这趟运费你少给点，豆子的价格你别亏了人家。”

见此，黄老板只得勉为其难地同意了。过秤、付钱，按最高价1.3元，一共143元。母亲向司机投去感激的目光。司机对母亲笑了笑：“大姐，给孩子买个帽子吧。你看这天多冷呀！”

那天，母亲给少年买了帽子、护耳，还有一双棉絮鞋。鞋子厚实着呢，穿在脚上，暖在心上。母亲还带他去了镇上唯一的包子店，买了四个热乎乎的包子。

那个记忆中最寒冷的冬天，因为陌生司机的一句话而变得温暖。那份温暖，足足温暖了少年一个冬天，甚至一生。

母亲养蜗牛

□梁晓声

蓦然回首，当你开始体会母爱的伟大之时，母亲却已白发苍苍。而我们，注定无法改变母亲那双粗糙的手，无法让她重回青春，唯有孝顺才是最好的报答。

楼上人家赠予母亲几只小蜗牛。那几个小东西，只有小指甲的一半大，粉红色，半透明，可爱极了。母亲非常喜欢这几个小生命，将它们安置在一个漂亮的茶叶盒里，还预先垫了潮湿的细沙。母亲似乎又有了需要精心照料和养育的儿女了。她经常将那小铁盒放在窗台上，盒盖敞开一半，让那些小东西晒晒太阳，并且很久很久地守着，怕它们爬到盒子外边爬丢了。它们爱吃菜心儿，母亲便将蔬菜最嫩的部分细细剁碎，撒在盒内。

母亲日渐一日地对它们有了特殊的感情。那种感情，是与小生命的一种无言的心灵交流。

八岁的儿子也对它们产生了浓厚的兴趣："奶奶，我想吃蜗牛！我还想喝蜗牛汤！我同学就吃过，说可好吃了！"

"可……它们现在还小啊……"

"我等它们长大了再吃。不，我要等它们生出小蜗牛以后再吃，这样我就可以一直有蜗牛吃了。奶奶你说是不是？"

母亲愕然。

我阻止他："不许存这份念头！不许再跟奶奶说这种话！"儿子眨巴眨巴眼睛，像受了天大的委屈似的，一副要哭的模样。

母亲便说："好，好，等它们长大了，奶奶一定做给你吃。"

从此，母亲观看那些小生命的时候，儿子肯定也凑过去观看。

儿子确定地说，它们已经长大了，不是长大了一些，而是长大了许多。而母亲总是摇头——根本就没长。

然而，不管母亲和儿子怎么想，怎么说，那些小生命的确是一天天长大着。壳儿开始变黑变硬了，它们的头和柔软的身躯，从背着的“房屋”内探出时，憨态可掬，很有妙趣。

“奶奶，它们就是长大了吧？它们再长大一倍，就该吃它们了吧？”

“不行，得长到和你拳头一般大。你不是说要等它们生出小蜗牛之后再吃吗？”

“奶奶，我不想等了，现在就要吃，只吃一次，尝尝什么味儿就行了。”

母亲默不作答。

趁母亲不在家，我将儿子拉至跟前，对他讲奶奶一生多么不容易，讲自从爷爷去世后，奶奶内心的孤独和寂寞，讲那些小蜗牛对于奶奶的意义……儿子低下头说：“爸爸，我明白了，如果我吃了蜗牛，便是吃了奶奶的那一点欢悦。”从此，儿子再不盼着吃蜗牛了。

一天晚饭时，母亲端上一盆汤，对儿子说：“你不是要喝蜗牛汤吗？我给你做了，快喝吧。”我狠狠瞪了儿子一眼。儿子辩白：“不是我让奶奶做的！”母亲朝我使了个眼色。我困惑地慢呷一口，鲜极了！但那不是蜗牛汤，而是蛤蜊汤。

其实母亲是把那些能够独立生活的蜗牛放了，放于楼下花园里的一棵老树下。她依然每日将菜蔬之最鲜嫩的部分细细剁碎，撒于那棵树下……

一天，母亲说：“我又看到它们了！它们好像认识我似的，往我手上爬。”我望着母亲，见母亲满面异彩。那一刻，我觉得老人们心灵深处情感交流的渴望，令我肃然，令我震颤，令我沉思。

我的三俗爹妈

□任慧岩

父母的爱是一生相伴的盈盈笑语，是漂泊天涯的缕缕思念，是儿女病榻前的关切焦灼，是儿女成长的殷殷期盼。

一

最近一直都很想念我的三俗爹妈，尤其是弟弟打来电话，给我打了好几次小报告，痛述在他放假回家期间爹妈的种种三俗罪状。

有天傍晚我弟弟携他的小女朋友在广场溜达，不巧碰到了也在那里溜达的我爹妈。据我爹描述，我娘当时看到我弟和他小女朋友，一阵害羞，本能反应是钻到了我爸的身后！我爹打电话给我描述这一段的时候，颇带点“瞧瞧我女人啊，就这点出息！但是我就是喜欢她这样，这可爱，谁家的老太婆能比！”的八卦感和自豪感。

倒是我爹作为一名平日里总是严肃地跟我们探讨感情问题，并且表示见家长什么的还是要慎重点好的权威父亲，居然落落大方地牵着我娘走到我弟和他小女朋友面前，说：“嘿！小子！散步呢！”据说当时他那夜店逢兄弟的语气和神态让我弟和他小女朋友久久不能回过神来。

当晚回家，羞涩的我弟不好意思地责怪我爹妈故意“跟踪”他，谁知我娘这时候已经恢复了神勇，冲我弟一乐，傲娇地说：“嘁！谁纠察你去了？许你们谈恋爱去广场溜达，就不许我们谈恋爱去广场溜达吗？”

二

说起来，我的三俗爹妈却有着一点也不俗的生活和理想。他们作为县里优秀的中学和小学教师，都有过被学生缠着要求不下课再多讲一会儿的光辉历史，也有过累得晕倒在讲台上的伟大事迹，他们培养出的孩子现在都在祖国的大江南北奉献着青春，他们也都还在他们的岗位上奉献着自己的年华和激情。每年看着他们收到的适龄学生们发来的来自大江南北的结婚喜帖，我就觉得教师真的是太阳底下最光辉的职业啊！我爹表示等退了休，就开车载着我妈自驾游，想去哪玩就去哪玩，等开到了西藏，就支教一年或者两年再回来，回来以后就在县城的小胡同里开个书法绘画剪纸之类的店。

三

我爹妈并不是因为没吃过苦受过罪才长成今天这副欢脱的样子。他们经历的事情实在是太多了，我爹虽然有点灵气和聪明劲儿，但是个穷小子，娶我娘这一县里高干家成绩高气质好的女儿的时候，我外公外婆都不同意，我娘硬是嫁了。八岁以前，我们都住在大杂院最角落里的昏黑的十来平方米的小房子里。我小时候生着病，家里又是两个孩子负担重，那个时候教师待遇还不如现在，工资低也就罢了，还经常发不出工资。我每次想到这些都觉得真不知道我爹妈是凭借什么强大的毅力坚持下来的。

我娘跟我说，嫁人还是要嫁个有爱的，就算是日子艰难，两人都愿意一起披荆斩棘，总能把日子过好。我却总想起，小时候有一次，月底家里又叮叮当当的了，我爹钻到床底下一通摸索，摸索出两个掉到床缝里的硬币，就欢乐地带着我们看电影去了。在艰难的日子里欢乐地生活，需要的勇气比叹息哀怨更多。也许就像我娘说的，如果不是因为爱，根本就不可能。

有些错，要用一生的努力去弥补

□刘　同

当我们呱呱坠地之时，我们便开始沐浴母爱的阳光雨露。因为母爱的关怀，使我们茁壮成长。风雨来临，挫折来临，苦难来临，不用怕，因为一定会有母爱为我们支撑起一片艳阳天。

大三的夏天，爸爸带着我和妈妈一起去了大连旅行。

只是没有想到，我爸每天早上六点就起床，一个人去海边溜达。我和我妈只能自己行动，坐了一个多小时的公交车到了当时大连最繁华的商场。进入第一家专卖店，我妈拿起一件九十九元的T恤，皱了一下眉头，对售货员说："能不能便宜一点，三十块我就买。"售货员似笑非笑地看着她说："大姐，我们这里不砍价，如果你要买便宜的，可以去批发市场。"我拖着我妈离开这家专卖店，低声告诉她："妈，专卖店是不能讲价的。"

然后我们又进了第二家专卖店，我妈又给我爸看中了一件T恤，还是九十九元。她对售货员说："一百块我买三件，卖不卖？"

可想而知当时的局面有多尴尬，出来之后我很严肃地对她说："如果你再进专卖店砍价，我就不和你一块儿逛了。"

没想到，到第三家，我妈依旧这么做了。我的脸突然就垮下来，转身就把她抛在了人流之中。

现在回想起来，那时的人真多，我妈身高不到一米六，我一转身，她就看不见我了。她没有手机，不知道旅馆的地址，连公交车也是跟着我坐的。她将近二十年没有出过我们生活的城市，她的脑子里没有专卖店的概念。她曾被外公外婆当掌上明珠对待，每个月给她补贴生活费，每次回老家，外公都会派车去接她。只因她遇见了我爸，开始学习持家，一切都买最划算的，再也不会浪费。只因为在专卖店谈了价钱，就被她大三的儿子甩在了陌生城市的闹市区。

那天，妈妈是十点半回来的，我爸问她去哪儿了，她什么都没说，也没有责备我，好像白天发生的事情根本就不存在一样。过了好多年，当我参加了工作，看着旧照片，突然想起我们一起去大连的这件事，才知道那是爸爸从医生涯中第一次出现失误，造成了医疗事故。医院怕爸爸想不开，给爸爸放了一次假，希望妈妈和我能陪着他散散心。

在大连的日子里，我妈不敢劝他，也不敢告诉我，妈妈每天都怕爸爸突然想不开万一在海边出了事怎么办。

我欲言又止，心里憋得难受。我装作很无所谓的样子问她："那天晚上你怎么回旅馆的啊？"她想了想，说："忘记了，反正转了几趟车就回去了。"

我笑着说："你真厉害。"

心里却特别想对我妈说一万句抱歉。看着她似乎完全不记得我伤害过她的样子，这句抱歉却怎么也说不出口。

越是亲近的人，越是有些话说不出口。也许我们都知道，再大的伤害都不能阻止我们现在的感情如何亲密，只是，如果你真的爱一个人的话，你总是希望能用自己的方式去弥补过去时光里造成的伤害——无论对方现在是否还需要。

母亲的 APP

□董改正

从小觉得最厉害的人就是妈妈，可我好像忘了这个被我依靠的人也曾是个小姑娘，怕黑也掉眼泪，笨手笨脚会被针扎到手。妈妈，是什么让你变得这么强大，是岁月，还是爱？

忍不住晒了一张鸡汤图：表面一层油，黄黄的，稠稠的，看图都能闻到香气。唯美一族摇头呼“腻”，饕餮之徒一连发了几十个眼带红心的表情，精心的主妇惊呼：嗟，竟然是正宗的土鸡！而且是不吃饲料，整天上树巅上飞来飞去的那种。我忙问何以见得，伊人答曰：你看它翘起来的那小脚！

我没看出来。有专业人士说，这鸡绝非菜市场买的。“90后”妹子问道：可否告诉我 APP？我也下载一个，买几只。我倒是有些好奇她 APP 的说法，请她白话一番。她说：“上次大姐请我们吃饭，烧的茄子、辣椒、豇豆，烹制过程极其简单，却那么好吃，食材跟这只神秘的鸡肯定来路一致。”——“大姐”指的是我爱人。

她还真猜对了。我的母亲住在离我不远的乡村，种了三亩田地，养了两头猪、十多只鸡。乡村公交离她门口近，有时候正择着菜，车来了门缓缓开了，有人上下，母亲就像王徽之一样，忽然起了兴致，将择好没择好的菜一股脑倒进袋子里，从车窗里递给司机。司机说，啊呀王奶奶，你看我不正忙着吗？放车上就行了，没人拿你的！

这只鸡活该倒霉，那天闲着没事，在母亲面前踱来踱去的。母亲正思念才出生不久的孙子，他被他外婆接走了。这时车子轰轰响来，母亲忽然想起了我，就顺手把它抓住了。它显得非常吃惊，觉得这不合情理，大声地抗议着，狠狠地啄了母亲一下。母亲将它的翅膀和腿脚扎好，又递给司机。这次司机说，王奶奶，你赶紧涂点药膏，别给感染了！

捉鸡的场面是司机告诉我的。我打电话给母亲，母亲说：“那有什么事！”母亲是典型的女汉子，我们家从里到外的事，都是母亲操持的。家里开始穷得很，母亲儿女心重，衣食住行她都不愿让子女比别人家的孩子差，于是就有了许多来自母亲 APP 的产品。

我有一双回力球鞋，穿的时间长了，大脚趾把鞋子顶了一个洞。母亲剪了一长条涤纶厚布，沿着通的地方绕鞋子一圈，密密缝着，俨然新款。我记得班上的女生小张问：“你这鞋在哪买的？我也想要一双。”我心里咚咚地跳——那会儿我五年级，女生不跟男生说话的，何况是班花！

我上中专时，母亲在一个冬天忽然来了，带给我一打袜子，全是古里古怪加厚袜底的，针脚细密，材料软和，穿起来一定暖和舒服。我的同学们都很想要，他们纷纷打听我母亲在哪里买的，母亲嗫嚅半天，也没说出来。其实我知道，这是穿通了底的袜子，家里拮据，母亲在裁缝店讨来布头，一针针缝起来的。

祖父原来是小地主，做的屋子高峻得很。村里兴起小洋楼时，母亲有一天忽然请来五木匠，给我们兄妹三人在屋里各架起一间空中楼阁来，连五木匠都对母亲的奇思妙想连连赞叹：“不简单！不简单！”母亲跟五木匠说，倒不是要跟谁比，站在楼上和一直住在平房里，看到的东西是不一样的。

如今，母亲除了带孙子，最挂念的也就是我了。我有些古怪的嗜好，比如说爱吃秋辣椒、马齿苋、小杂鱼等，爱粗布爱穿布鞋等，她都会托司机带给我。有时候是一个星期一两次，有时候是一天两次，没一定的，还有一天带来了三次，一次是野生昂刺，要活杀才好吃；接着是水塘里的小黑虾，也是趁活着做好吃；最后是泥鳅——原来是野塘水干，母亲凑够一样带一样，好像紧急军情一样，一个紧挨着一个来。邻家女儿问我，叔，您也网购啊？让送上门呀，快递小弟精得很，你人善，他就欺负你！

来自母亲 APP 的产品，从我出生就开始提供，直到我人到中年她已老去。我愿意永远能接到她的快递，虽然我明白这样她很累，但还有什么比供货给儿子更幸福的事呢？

我也知道，这个 APP 终有一天会沉寂，终有一天我再也不能晒出来自母亲的产品，一个失去母亲 APP 的人，不管他多大年纪，都会在心里大声地叫着“妈妈”。所以，我经常回家去，跟她一起到她的 APP 终端，四处走走，蹭饭蹭菜蹭跟她在一起的时光。

我唯一深爱的大骗子

□黄天煜

真心说出的不一定是真话，而是情话啊！“我不累”“我不喜欢吃”“我很好”……是不是很耳熟？看，妈妈都是骗子啊！

我妈是个骗子，大骗子。我从小到大，一路都是被她骗大的。

在我小时候，她骗我说糖吃多了牙上长毛毛虫；我有病吃中药的时候她骗我药是甜的；我要抓小蚂蚁的时候她骗我说这是蚂蚁妈妈在找食物，于是我从此不再抓蚂蚁。但有一件事情，她真是骗得我好苦。

几乎所有的孩子都问过自己是从哪里来的，我也不能免俗。当时我妈正领着两三岁的我逛商场，她眼睛都没眨，说：“你是我买回家的呀！”我好奇地问她：“在哪里买的？”她指着架子上各式各样的洋娃娃说：“你就是我从这儿买的。在这里挑来选去，相中了一个最漂亮的娃娃。”

我傻傻地问：“那娃娃不会动呀，不会说话呀？”我妈反应那叫一个快：“对呀，得装上电池才行啊。电池装好后娃娃就跳起来喊‘妈妈妈妈’！喏，可不就是你了？”我很满意这样的答案，因为妈妈说她精挑细选才选中了我。我那时候哪里知道，我妈编这样的故事是她的拿手好戏。

上了幼儿园，小朋友们告诉我，他们都是妈妈生的，我才恍然大悟，原来只有我是买来的。我一肚子委屈，我妈说：“哎呀，你也是妈妈生的呀，以前说买的，是给你讲故事呢。”

“那怎么生的呢？”“爸爸很爱妈妈，就给了妈妈一颗种子，让妈妈种在肚子里，种子发芽了，就在妈妈肚子里面慢慢长大，大到肚子里装不下了，就把你生了出来。”

我不信。我妈拿出我出生几分钟时候的照片：“看吧看吧，这回信了吧？”我看着照片上的小肥妞儿，看样子，这真的是我呢。我长大后感觉自己像个小傻子，但比起其他妈妈“垃圾箱旁边捡来的”“充话费送的”这些说辞，我妈编的故事要精致、温暖一些，堪称高大上！

我长大了，她继续骗我。

上小学的时候我不太爱吃饭，她变着花样地给我做可口的饭菜，说：“人的身体里面是有好多细菌的，它们靠什么生存呢？就是你的肉肉喽。你要是不好好吃饭，不长多点儿肉肉，它们就会把你吃光的。来，把这块牛排吃了！”她还说，“你正是长身体的时候，不用担心长胖，你得先把个子长起来，要知道，减肥有方，增高无术，哦，对了，也不是无术，增高手术得先把腿打折了，中间安装上一截钢管，看上去才能高一点儿。所以呢，你要多吃哦！”

我害怕被打折腿，于是吃完了牛排吃羊排，后来，当我长到一米七的时候，我妈不怀好意地上下打量我，说：“你咋一下子这么胖啦？得控制一下体重了，要先管住你的嘴。”说好的要多吃饭菜才能不被细菌吃掉呢？说好的先要把个子长起来呢？你这个大骗子！

就是这个大骗子，在跟我吃我最爱的牛排时，说她减肥，一口也不吃；在我没有回她的微信时，发来哭泣的表情说：“你不爱我了……”不是这样的，大骗子，不是我不爱你了。快高三啦，我正在试着戒掉手机，所以回晚了你的问话。等我高考完了，我要一天二十四小时腻在你身边陪你……

大骗子，我在吃货这条路上顽强地走了十多年，被你养成了“小肥妞儿”，现在，你快点儿减肥吧，给我个机会，有那么一天，让我也把你养成一个胖太太，你说，好不？

陪母亲做“难堪事”

□张良计

总有一天，我们会和母亲在一个路口松开这牵了一辈子的手，那么，在你此刻拥有的时候好好珍惜，虽然某些时候母爱的方式并不是你喜欢的。

一

记忆里，天还没亮，母亲就起床了，利索地把烤炉及炭搬到板车上，再把装在土簸箕里的地瓜提上去，借着微弱的晨光，推着板车往县城赶。县城离家有二十多里远，泥土路坑坑洼洼，很不好走。母亲得一直用力使着劲推着板车往前走。

母亲把摊位定在县城中学，学生必经的那条街道上。一到县城，母亲便抓紧时间烤地瓜，地瓜烤熟一锅后，学生也就陆续来上学了，经济条件好些的学生，会买上一个烤地瓜，边吃边进入学校。

上课时间到了，路上的学生潮退了，买的人也就少了。这个时候，母亲才有时间拿出一个烤地瓜填一下肚子。小时候，他也嚷嚷着要跟母亲去，见他非去不可，母亲答应了。

那天，他跟着母亲早早起床，欢呼雀跃地跑在母亲前头，跑得有些路程了，便停下来，等母亲快到眼前了，又往前跑。可是，欢快的劲头只维持了半个小时不到，他便累得不想走了，坐在路边石头上。母亲得赶路，催他快走，他说他要坐板车，不想走路了。板车上，放满东西，哪还坐得下？

母亲说，你再不走，那你就坐在这里，等乞丐婆把你抱去讨饭吃。一听这话，他吓坏了，立马站起来，跟着母亲继续走。回来的时候，倒是坐着板车回来的。不过，以后，他就断了跟母亲去县城的念头。

长大后，母亲把他要闹着跟她去县城摆摊卖烤地瓜的事，当笑话来说，笑着笑着，眼泪就流出来了，说那时候，可真是苦了你了。他听得酸酸的，小时候走的那段路，他走一次，便在记忆中留下深刻的印象，现在想起来，仿佛小腿都酸痛不已，母亲却走了几年，那种艰辛，只有体会过的人才会懂。

二

记得有一次，他看见别人玩一把玩具手枪，吵着要母亲买，母亲说没钱了，他就哭闹，见他哭得那么惨，母亲心里不忍，抱着他说："以后，有钱了妈妈就给你买，妈妈现在带你去山上采野果吃，好不好？"在母亲的劝说下，他才止了哭。想想那些事，他心里就有些懊恼，那个时候，自己怎么就那么不懂事呢？

直到他上了四年级，语文老师教他们写作文，然后让写篇关于母亲的作文。老师在课堂上引导他们如何写母亲，如何感受母亲对他们的爱，如何从生活中感悟母亲的不容易。

在老师的引导下，他仔细想着母亲的不容易，想着想着，眼泪就流出来了，母亲真是太不容易了，太辛苦了。自从父亲去世后，母亲就成了家里的顶梁柱，虽然爷爷奶奶会帮着做点活，可毕竟年岁一年比一年大，很多事都得母亲自己来。

每天，母亲从县里赶回家，便是下午两点多了。她来不及休息，放下板车就去洗地瓜，为明天的烤地瓜做准备。洗完地瓜，看时间还早，母亲又跑到地里去种菜侍弄菜地……写着写着，他突然就懂事了。

他不再是只顾贪玩的孩子，他开始刻苦学习。就像老师说的那样，好好学习，将来有出息了，有能耐了，就能更好地回报母亲，让母亲不那么辛苦。课外时间，或是周末，他会帮着母亲洗洗地瓜，或是去井里提水，做些力所能及的活。更大些，他会跟着村里的大人，去山上砍柴……他尽着自己的能力帮母亲减轻负担。初中升高中那年，他以不错的成绩考上了县重点中学。

母亲在县城郊区租了间便宜的房子，买了辆三轮车，方便出门摆摊用。

住进县城后，母亲每天五点起床，随便弄点拌面吃，便骑上三轮车，摆摊去了，一直忙到下午五点钟才收摊。在出租屋里，洗洗涮涮完毕，吃过简单的晚饭，母亲又出发了，去摆夜摊，直至夜里十一点，没什么人时，才收工。

母亲的辛苦，他都看在眼里，得闲的时候，他去帮忙，可母亲坚决不要他帮忙，说，学业重要，好好学习，考上大学，再找个好工作，就是真正的心疼妈了。他只好作罢，更加发奋地读书。

三

上了大学后，他一边读书一边兼职挣钱，尽量给母亲减轻负担。

大学毕业几年后，他在省城站稳脚跟。他把母亲接到城里来住，他要让母亲在城里过上幸福的生活。可母亲来了，住了不到两个月，便吵着要回去，说住城里不习惯。他只好开车送母亲回老家。他给母亲办了张银行卡，每个月往里面打足够母亲开支的钱，交代母亲想吃什么就去买来吃，别省着。

有一天，他无意中从表姨口中得知，母亲仍在县城卖烤地瓜。他听了心里着实恼火：她又不缺钱花，自己现在是公司高管，让别人怎么看？

他抽时间赶回县里，在母亲常卖地瓜的一角，他看见了母亲：花白头发皱纹满脸的母亲，穿着陈旧的衣服，站在那陈旧的烤炉前，卖烤地瓜。那种情形在不知情的人看来，还以为他这儿子不仁不孝，对母亲不管不问，导致生活无依无靠，不得不出来摆摊卖地瓜生活呢。妈怎能这样呢，这不明摆着让我丢人吗？

一股怒火从他心底涌起，他真想冲过去，把母亲的那些东西给掀了。可理智告诉他不能这么做。他给母亲打了个电话，说在她出租屋的门口等她。之后，看见母亲在收拾东西了，他才开车去了母亲居住的地方。

在母亲的居住地，他远远看见母亲骑着三轮车回来了，他心里突突地冒着火，等母亲一到他跟前，他便再也忍不住对母亲大吼，说她怎么能这样给他丢人。他以为他这样就能阻止母亲的行为，为了他的脸面考虑，而不出去卖烤地瓜。不承想，他吼完后，一直没吱声的母亲，居然流下了眼泪，说她懂得他对她好，说他让她和其他老人聊天，或者是去跳什么广场舞，她一点都没兴趣。

她只对卖地瓜感兴趣。母亲一边抹眼泪，卖烤地瓜已经成了她的乐趣，请他成全她。看着一脸泪水的母亲，他突然不知所措，心烦意乱地走出母亲的出租屋。

四

第二天，他把心里的苦恼和挚友说，挚友沉默了片刻，说：“你一直说自从你懂得你母亲的辛苦后，就希望你母亲脱离那样的生活。可是你要知道，你母亲自己觉得幸福觉得快乐，那才是真的幸福真的快乐啊。”他听完挚友的话，陷入了沉思，之后，猛然抬起头，对挚友说：“我知道该怎么做了。”

告别挚友，他直接去了母亲的出租屋。他要告诉母亲，他支持她去卖烤地瓜。他想好了，给母亲买一套现代化的烤炉，如果母亲愿意，他会带着母亲去省城，然后，给母亲找个可以摆烤地瓜的摊点。如果母亲不去，就要在县城卖烤地瓜，他也随她。不过，不管在哪里，他都会抽空陪着母亲一起卖烤地瓜，陪着母亲过她的快乐时光。别人理解或是不理解，丢人不丢人，难堪不难堪，那都无所谓了。因为，让母亲幸福快乐，没有比这个更重要的了。

母爱的姿势

□乔兆军

母爱就像一缕月光，照亮黑暗的夜，母爱就像阳光，给予我们温暖。生活中处处见母爱，但它们有一样的姿势，那就是对子女无私的关怀。

喜欢王祥夫的散文《母爱》，文中有一段喝酒的描写让人感动："我才喝了三盅，母亲便说，喝酒不好，要少喝。我就准备不喝了。刚放下盅子，母亲笑了，又说，挺长时间没回来了，就再喝点。我又喝。才喝了两盅，母亲又说，可不能再喝了，喝多了吃粥就不香了。我停盅了。母亲又笑了，说，喝了五盅？那就再喝一盅，凑个双数吉庆……"

母亲一再让儿子喝酒，又一再阻止儿子喝酒，这种想让儿子尽兴又担心儿子健康的矛盾心理感人至深。

有人说，上帝不能亲自光顾每一个家庭，所以他创造了母亲。

考古学家在一次挖掘中，发现了一尊化石，这是一千多年前一次地震中形成的化石。那是一位母亲，她也许正满眼幸福地看着孩子在院子里玩耍，也许正在厨房忙碌，灾难发生了，她转身弯腰张臂去保护自己孩子的这一姿势便化为永恒，凝成一尊化石。双臂搭建的空间很小，但爱的空间让人震撼，这是世界上最美的姿势。

有人擅煮黄鳝，发现黄鳝熟了以后，以头尾弯成弓形，中部翘在滚水外。剖开来看，发现里面全是鱼子——所有母亲都是一样的，最安全的地方，永远给予孩子……

母爱的姿势有很多种，无论站着、坐着、挺立、弯腰，她都是世界上最温暖、最自然、最美丽、最高贵的姿势。

母亲与小鱼

□严歌苓

母亲是个苦情的角色，无论是对我们的爱还是父亲的爱，一味地付出，却得不到相应的回报，让人看来既心酸又惋惜。

母亲年轻时包揽了歌剧团中所有的主角，风头足极了，一匹黑缎子样的长发，被她编成各式各样，什么配饰都不用，却冠冕似的华丽。有一些黄旧的相片，上面十八岁的母亲，一袭工装裤，一件白麻衫，眼睛骄傲天真，旁边却多了一个人。

这个人后来成了我的父亲。听来是这样，一天她忽然对他说："你有许多抄不完的稿子？"

他那时是歌剧团的副团长，但人人都知道他是个写书的小说家。他看着这个挺唐突的女子，脸红了，才想起这个女子是剧团的名角。她在抄得工整的书稿中，夹了一张小便笺："我要嫁给你！"

她就真嫁给了他。我还是个小小姑娘时，发现妈妈爱父亲爱得像个小姑娘，胆怯，又有点拙劣。她把两岁的我抱着，用一个舞台化的姿势，在房里踱步。手势完全是戏剧中的，拍着我，荡气回肠地唱着舒伯特的《摇篮曲》，唱得我睡意顿时云消雾散。我偷觑她已进入情绪的脸，眼神不在我身上。那时我还不明白她实际上是在唱给父亲听。她无时无刻不从父亲那里邀来注重、认同。她拿起小提琴弓开始拉"哆、咪"。要么，她大声朗读普希金，把泡在阅读中的父亲惊得全身一紧，抬头去找这个声音，然后在厌烦和压制厌烦的矛盾中，对她一笑。

六十年代，父亲的工资被"冻结"，妈妈早已不上舞台，身段粗壮得飞快，坐在一张小竹凳上，"吱呀"着它，一晚上在桌子上剖小鱼。小鱼在父亲有薪水的时候是我家猫吃的。她警告我们：所有的鱼都没有我和哥哥的份，都要托人送给在乡下"劳动改造"、一年没音信的父亲。

几百条小鱼被穿起来，被盐轻腌过，吊在屋檐下晾。最终小鱼干缩成一片枯柳叶，妈妈在锅里放一点儿油，倒油之后，她舌头飞快地在瓶口绕一圈，抹布一样。不知她这种寒碜动作什么时候已做得如此自如。我和哥哥总是被哄得早早上床，她来煎这些小鱼。煎鱼的腥气胀在房子里，我和哥哥被折磨得没觉了，起身站在厨房门口。

“小孩子大起来有的吃呢！”她发现我们，难为情地红了脸，像个小姑娘偷递信物时被人捉了个准。“爸爸现在好瘦，好瘦。”她像在征得我们原谅一样，喃喃地说，带信回来的人只说父亲黑瘦了一些，她心里的父亲便形同枯骨了。

她一条小鱼也没请哥哥和我吃。我们明白那种酥、脆，连骨头都可口。然而我们只有嗅嗅、看看，咽回一泡又一泡的口水。

父亲回来后，只提过一回那些小鱼。说，真想不到这种东西会好吃。后来他没再提过小鱼的事。看得出，妈妈很想再听他讲起它们。她诱导他讲种种事，诱他讲到吃，父亲却没再讲出一个关于小鱼的字。几年中，成百上千条小鱼使他存活下来，使他仍然倜傥地存活下来，妈妈围绕着父亲，以她略带老态的粗壮身段在父亲面前竭尽活泼。这时，已长大的哥哥和我有些为这个还是小姑娘的母亲发窘。她似乎没有注意到自己的变化，也没意识到父亲的变化。

又有出版社邀他写作了。他又开始穿他的风衣、猎装、皮夹克，在某个大饭店占据一个房间。他也有了个像妈妈一样爱他的女人，只是比妈妈当年还美丽。

一天，哥哥收到爸爸一封信，从北京寄来的。他对我说：“是写给你们俩的。”完了，他要和妈妈离婚了。

许多天才商量好，由我向妈妈出示父亲的信。她读完它，一点声音也没有地靠在沙发上。好像她辛辛苦苦爱他这么久，终于能歇口气了。哥哥这时走了进来，这屋的沉默让他害怕。她看看我们兄妹，畏惧地缩一下身子，她看出我们这些天的蓄谋：我们绝不会帮着她死乞白赖地将父亲拖回来，并决定以牺牲她来把父亲留给他爱的女人，她知道她是彻底被孤立了。“他怎么会吃好饭——住在那种大饭店里？”她说。在几个小时内，这是她唯一的话。这一夜，我们又听到了那只竹凳的“吱呀”声，听上去它要散架了。

第二天一早，几串被剖净的小鱼坠在了屋檐下，初阳中，它们是纯银色。父亲从此没回家。一天妈妈对我说：“我的探亲假到了。”我问她去探谁。我知道父亲尽一切努力在躲她，不可能让她一年仅有的七天探亲假花在他身上。“去探你爸爸呀。”她瞪我一眼，像说：“这还用问？我知道他不会好好吃饭！”

又是一屋子煎小鱼的气味。我们都成年了，也都不再缺吃的，这气味一下子变得不那么好闻。哥哥半夜跑到我房间：“叫她别弄了！”他说，“现在谁还吃那玩意儿？”我们却都忍不下心对她这么说。我陪她上了“探亲”的路，提着那足有二十斤的烘小鱼。只是朦胧听说父亲在杭州一个饭店写作。我们在一家廉价旅馆下榻，妈妈说就暂时凑合，等找到父亲……我心里作痛：难道父亲会请你去住他那个大饭店吗？四月，杭州雨特稠。头两天我们憋在小旅馆里。等到通过各种狠声恶气的接线生找到父亲的那个饭店，他已离开了杭州，相信他不是存心的。谁也不知他的下一站，绝对无法追踪下去。我对妈妈说：“冒雨游一遍西湖，就乘火车回家。”

妈妈却说她一定要住满七天。看着我困惑并有些气恼的脸，妈妈惧怕似的闪开眼睛，小姑娘认错般地嘟哝：“邻居、朋友都以为我见到你爸了，和他在一起待了七天……”她想造一个幻象，首先是让自己，其次让所有邻居、朋友相信：丈夫还是她的，起码目前是的；她和他度了这个一年一度仅有的七天探亲假，像所有分居两地的正常夫妻一样。她不愿让自己和别人认识到：她半途折回，或者，是被冷遇逐回的。

等上了火车，我发现行李中少了那个装小鱼的竹篓。我没有提醒妈妈。它该是个最痛的提醒。或许，她有意将它遗失在哪个角落。

父亲再婚后很幸福。妈妈见到我就问：“会做菜吧？”我当然明白她指谁，我说：“做得很好。爸爸也戒烟了……”她赶紧垂下头走开。无论说爸爸的新夫人好或不好，她都不敢再听。临回北京，我见她又把那竹凳搬到厨房。竹凳也上了岁数，透着灵肉般的柔韧光色。还是一堆小鱼，我不阻止她，懒倚在晾台上欣赏她工匠般的操作。她将一条小鱼铺平在案上，拇指的指甲一推，去了鳞，再以一把小刀一剜，去了内脏。她已架起老花眼镜来做这桩事了。

我将一篓子烘熟的小鱼捎到爸爸那里。正是高朋满座的时候，桌上是继母的国宴手艺。我对爸爸使了个眼色，将他熟识的竹篓搁在了一边。他瞪了它一会儿，似乎也愁苦了一会儿，又去和一桌朋友嘻天哈地。

父亲肯定不会再吃这种猫食了。我眼里尽是母亲雕花般的剖鱼动作。我本该将那篓小鱼送给哪户有猫的，只告诉妈妈是按她的做法做的：小鱼水里泡过，剁些青葱，掺和豆瓣辣酱温和地炒。

这天父亲醉倒，当着七八个客人的面，突然叫了几声母亲的名字。客人都问被叫的这个名字是谁，我自然吞声。继母善良美丽的眼里，全是理解……

母亲的私人时间

□［日］门仓多仁亚 王淑娟/译

大多数母亲会为了孩子和家庭丧失自己的私人时间。其实母亲的生活习惯多少都会影响家人，最好还是适当给自己放个假，因为母亲快乐了，家庭才会快乐。

我母亲是一名职业妇女，昔日为了兼顾工作与家庭，经常忙得晕头转向。每当我暗忖“这会儿不知道她在不在家”而特意去探访她时，总是看见她安静地端坐在椅子上阅读。

母亲的家里到处都有坐起来很舒适的椅子，在那些椅子上面肯定摆着一本母亲阅读到一半的书。母亲阅读的时候是不容许有任何声音打扰的。即使我叫母亲，她也不会回答，即便回答也是说：“现在是母亲的时间，等一下再说吧！”母亲的回复令我印象深刻，另外还有一件事同样令我难以忘记。

天气晴朗的周末假期，总能看见家家户户晒棉被的景象。若是连日阴雨之后，好不容易有晴朗的日子，人们晒棉被就更不稀奇了。然而，在德国出生的母亲还是会很纳闷地说：“为什么人们只在周末晒棉被呢？”母亲想表达的是，应该做的事一定要实实在在地做好，做完之后就可以大大方方地休息。

母亲不仅重视自己的休息时间，而且非常重视他人的休息时间。平日的晚上七点钟过后和周末假日，她都不会打电话到我家，当然有急事另当别论。我父亲是随时想到就会打电话，据说母亲总是劝阻他。母亲的考虑点是平日为“营业时间”，工作已经够累了，为何还要在人家好不容易能够休息的时间打电话去叨扰呢？夜间与假日是用来休息和放松的时刻，这不仅是让夫妻培养感情的时刻，也是家人团聚的私人时间。即使父女至亲，也要顾虑到孩子们有自己的家庭生活。

世间的完美

□里则林

妈妈们都有个通病，只要你说了哪样菜好吃，她们就频繁地煮那道菜，直到你厌烦地埋怨了为止。其实她这辈子，就是在拼命把你觉得好的，给你，都给你，爱得不知所措了而已。

从我十四岁开始，你再也不用衣架打我了。其实我会为此感到寂寞，像一条明显的分割线——那些日子，我们再也回不去了。

有天黄昏，在和小伙伴结伴回家的路上，忽然听到了奇怪的声音，我问身边的小朋友：你们听到有“嘀嘀”的声音一直响吗？

他们全都摇头，于是我驻足站在原地，看着被晚霞染红的天空，心想：是奥特曼在召唤我，我可能要回去了。

想到这儿，我立即往家跑，家里一楼的厨房窗户对着小区里的红砖路，你正站在那里低头做饭，我远远就开始大声喊着“妈妈”，你惊愕地抬头，我跑进楼道，穿过防盗门，一下子扑到你怀里。

吃饭的时候，你问我刚刚怎么了。我说我耳朵刚刚一直响着“嘀……”并且只有我一个人能听见，我是不是被宇宙召唤了，要离开这里了？你笑了，告诉我不会的，只是耳鸣。

我在你面前长长舒了一口气。那时我还小，不知道这个世界到底有什么好，只是害怕离开你。

很多人说起你，第一印象都是脾气太差，训斥起人来不留情面。

其实这些年，你也会后悔从小对我教育太严厉。可是我对你印象最深刻的，都是一些温柔的时刻。

比如某年在上海，圣诞节来临，你给我讲关于圣诞老人的传说，然后让我挂上一只大袜子在床头。第二天醒来，里面真的有一盒包装精致的礼物。只是打开包装盒，里面的礼物下面贴着“上海八佰伴百货”的标签。

我抬头看着你，你低头看着我，然后尴尬地笑着说：“圣诞老人也不是凭空把东西变出来的！”

我在那一刻感到真切的岁月无痕，就这样掠走了最美好的日子。

我忽然想起，你送过我很多礼物。但我印象深刻的，全是那些不贵重的东西。特别是那段只有我们两个人的拮据的日子。那段时间没钱买米，我是不知道的，只记得你带我去菜市场买了一大袋面粉，打算每天煮面团给我吃。

我们经过一个水果摊，我从来没见过李子。我说能不能让我尝一尝，你说不能。我问为什么。你说不出话来，但脸上有我那时从没见过的神情和眼神。是那种长大以后，才能理解和体会的神情和眼神。

因为那也许是你一辈子里最穷的一天了。幸运的是，我没有纠缠下去。我和你安静地提着一袋面粉，走在回家必经的一条斜斜的坡道上。

我们就这样，在人生的坡道上，扛着赖以生存的东西，岁月悠悠，最终一切安然好转。

终于，我十八岁了，迅速地拿了驾照，紧张地在一个下雨天开着车，你坐在副驾驶座上，突然幽幽地对我说：“在暴雨天气和大太阳天，你一定要避让骑着摩托车和自行车的人。”

我以为又是那套老生常谈的避免剐蹭、事故的言论。你却说：“你有瓦遮头，而他们没有。所以要让他们先走。”

因为你，我学会了不要试图告诉别人你最爱的人是一个怎样的人，毕竟爱，是自带滤镜的，“我爱的人是如此完美”，不正是我们在这世间唯一能触碰到的完美吗？

请允许父母做“错事”

□张军霞

风吹散了你的话语，我已听不清；花白的头发被刻意染黑，我已数不清；但在你眼中闪烁着的泪光，我看得分明。

母亲是个将名利看得很淡泊的人。在我的记忆里，她的生活里总是充满了微小的喜悦。院里的指甲花开了，她会哼着歌儿把我的指甲涂红；春天下了一场透雨，喝足了水的庄稼使劲往高处蹿，她会欣喜地说，多么好啊。

可是，最近不知怎么了，母亲屡次在饭桌上，谈起一位邻居，生意做得真红火，听说又买了套大房子等。

我就有些不耐烦了，皱着眉头问：“说这些有意思吗？”母亲“咯噔”一下住了口，接连好几天，她都是欲言又止的样子。

说实话，母亲的沉默，让我难过。从咿呀学语到现在，我在母亲面前说错话的次数，恐怕数不胜数，可她什么时候这样粗暴地打断过我？又什么时候这样不屑过？难道只因为她是母亲，就永远不能犯错吗？

想到这儿，我不由有些心酸，坐到母亲身边说：“将来咱也要买套大房子，比谁家的都漂亮……”母亲就笑了，像个孩子一样。

也许真的是年龄大了，退休在家的父亲，也会做错事。那天，我买回来几条小鱼，用彩色的鹅卵石，把鱼缸装饰得很漂亮，鱼儿欢快地游来游去，给全家人带来不少乐趣。不料，我出了趟差，回来后，鱼缸里居然空空的。原来，因为天气突然变冷，父亲忽然想到小鱼也会冷，居然给鱼缸里面加了点热水！

“真是太可笑了！没听说过用热水养鱼的！”我哭笑不得，愤愤地搬走鱼缸，无意中回头，却发现父亲一脸的内疚，像个犯了错误的小学生，已经是黄昏了，他却不开灯，一言不发地坐在角落里。

几条小鱼，值得我这样不高兴吗？还记得小时候，父亲托人从县城买回石榴树苗，还没来得及栽种，我放学回来，和小伙伴们嬉戏，顺手扯过树苗打打闹闹。等父亲发现时，树苗已经被扯成了好几段。我吓得不敢说话，父亲却捡起断了的树苗，轻描淡写地说，没啥，晒干了，能当柴火烧呢。

我轻手轻脚地把鱼缸放回茶几上，故作轻松地对父亲说："这小鱼真不识趣，没有享福的命呢。赶明儿，咱去买热带鱼吧，用热水养！"父亲"啪"地一下打开了灯，明亮的灯光下，他一脸的笑容。

我知道，随着年龄的变化，父母会犯越来越多的"错"，洗好碗忘了关水龙头，炒菜时锅里落了头发却看不到，洗澡时用错了毛巾，流了鼻涕自己却浑然不觉……

那一天必将来到，不管我多么不情愿。我要像小时候父母宽容我一样，原谅他们所有的"错"，我能为他们做的，也只有这么多了。

你眼中是世界，她眼中是你

□刘　同

母亲将我带到这个有着太多悲欢离合的世界，而我带给母亲的先是快乐，然后是长长的思念、等待和眼泪，最后是我伤心的感悟：亏欠了生我、养我、陪伴我的父母的一生。

大年三十的晚上，我妈没有看春晚，她见我一个人在角落里捣鼓手机，悄悄地坐到我的身边，一边抢各种群里的红包，一边漫不经心地说：“今年孝敬我的钱，你什么时候给我？”

我回想了一下，参加工作之后，我每年过年都会按照全年水电费、每个月的零花钱、两次旅行的费用一并孝敬给爸爸妈妈。

我一直觉得自己做得挺好的，这几年我发现不知为何，我妈总是觉得钱不够用，以至自己洗窗帘（专业清洗公司都要洗很久的窗帘，我妈自己洗、自己晒、自己组装）都没有钱。

我特别生气，我的立场是：但凡能花一些小钱解决的问题，就应该花钱。首先她不会辛苦，其次她弄得真的是一点都不干净啊……妈妈养了两条小狗，非得自己给它们洗澡、梳毛，上回我看两条小狗那个毛都像流浪狗了，就抱去宠物店，宠物店二话不说就把两条狗的毛剃光了，说打结太厉害。

我就跟我妈说我们让专业的人弄专业的事好不好？我妈说好。

这几天我回家，看到两条狗的那一刻，又觉得自己眼瞎了——这简直是两只野狮子啊。我妈说：“我和你二姨每天都给它们梳毛……”

当我把它们再次送去那家新宠物店的时候，老板花了四个小时弄它们，最后满头大汗地对我说：“这两只小狗应该很久没人照顾了吧……”

我和我妈就此又进行了争辩，最终的结果是——我妈并不是为了节约钱，而是因为她没有钱！我妈很镇定地说，这些年所有我给她的钱，我给我爸的钱，她全部拿去买保险了，还逼我爸不准告诉我！那一刻，我才知道，我妈大大小小的保险给我买了不下十份，养老的、返利的、纯消费的……

原来……那么多年，我辛辛苦苦打工留下来孝敬父母的钱，全被我妈拿去孝敬保险公司了……六十三岁的我妈，为了我的远还没有到来的未来，放弃了当下可以变得更舒心的日子。我认认真真从各个方面告诉她不要再给我买保险了，并且告诉她退保。我妈说退保要赔很多钱，我说如果继续交的话，会赔更多钱。

赔钱其实不是最重要的，而是她赔上了现在可以稍微放开手脚花钱的好时光。

如果她瞒着我再买十年保险，就已经七十三岁了。那时她还能出去旅行吗？还能买化妆品吗？还会遇见老同学充满少女的情怀吗？

我买了很多东西她都没有用。挤压式的牙膏、电动牙刷、加热的马桶盖……还有很多很多各种品牌的卫生纸……厨房用的、卫生间用的，盒装的、卷筒的……无论东西有多好，只要我妈不感兴趣，她就选择性失明。

但也有几件事情让我觉得很开心。比如她花了两年的时间考到了驾照。比如她年轻的时候很喜欢古筝，所以考完驾照之后开始练习古筝。比如我之前帮她买了很多衣服，我觉得特别好看，但她总是觉得自己穿不出去。后来读了老年大学之后，认识了很多有求知欲，想尝试新事物的同龄人，她们说我妈的衣服好好看，然后我妈就动摇了，每天开始穿之前我给她买的衣服。

前几天我回来之前，她给我打电话说："儿子，帮妈妈再买几件衣服吧，她们说我的衣服都很棒。"而在新朋友的影响下，她也开始学习化淡妆了。

我想我妈不理我，可能是因为她有自己的选择。

母亲的消息

□［日］三浦哲郎

时间会变戏法，转瞬之间就花了她的脸颊。我们可以走得很远很远，却总也走不出母亲心灵的街场。

昨天，乡下的母亲来电话说东京这里怕是用不着棉外褂了，让送回乡下去。正赶上管电话的妻子出门了，是大女儿接了电话转告给我的。

“什么棉外褂？”女儿问。

大女儿和几个妹妹不同，她是在乡下而不是在东京的医院出生的。许是母亲抱着带大的缘故，母亲的一口家乡话她大体都能听懂。但有时也会遇上不懂的词，就给难住了。母亲说的“棉外褂”就是厚厚的絮了很多棉花、不带翻领的棉袄。每年到了秋季，母亲都亲手做好，寄到东京来。

即使在盛夏我工作的时候，光穿贴身汗衫，外面不加和服就感到不踏实。母亲做的就是套在工作时穿的和服外面的棉外褂。

母亲六月一到就满八十岁了，但依然自己做针线活儿。虽然不能像从前一样做夹衣跟和服短褂了，但像家常外褂和小孩的夏衣之类，不要别人帮助还是能做的。连穿针引线也都是自己来。一次纫不上，便把老花镜架在鼻梁上纫它几回。即使我回乡坐在她身边，也从来不叫我帮她纫。

由于母亲的眼力不好，做成一件棉外褂需要很长时间。入夏一个月后的盂兰盆节全家回乡，差不多该返回东京的时候，母亲就像忽然想起似的，从什么地方找出我的棉外褂，开始拆洗重做。

“不絮那么多棉花也成啊，东京没有这儿冷。”

我每次都这么说过之后才回来，可是到了十一月打开母亲寄来的快件邮包一看，同往年一样，棉花絮得鼓鼓囊囊。

记得小时候，母亲坐在居室草席上铺开棉被或棉袍絮棉花。我望着轻柔的棉絮飘落在母亲的双肩上，我想，多像棉花雨啊！而此时，想必母亲如同昔日一样正在为我絮棉外褂。眼下乡间已是下霜季节，母亲感到后背凉飕飕的，所以才不知不觉把外褂的两肩絮厚的吧。

不管怎么说，母亲做好这件外褂不容易，我就穿着它过上一冬。其实即使不穿棉外褂，这四五年来我已胖得发蠢，再套上它，自然就更显得圆咕隆咚的了。这副打扮实在见不得人，不过在家里倒没有什么妨碍。

棉外褂的布料大部分是母亲穿旧的和服。母亲已年近八旬，那些和服大体上花色都嫩了些，不过想穿还是可以穿的。母亲把这些和服拆开给我做棉外褂。一旦做好，就用包裹寄来。包裹里肯定会有封信，上面像记录似的写着这是用何时穿过的和服翻改的，曾穿着它到什么地方去过之类的话，末尾还注上一笔："还是挺不错的东西呢。"

看上去料子诚然是上等货。无奈已经很旧了，加上我毫不吝惜地当工作服穿，每到开春，袖口和下摆就都磨破了；腋窝的里子绽了线；衣襟磨得油光；棉花打成了细小的球儿从后背和肩头冒了出来。

每到春天，我都想，这东西的寿命该结束了，便送回乡下去。可到了秋天，母亲又翻改好寄来，干净利落，焕然一新。同以往一样，棉花絮得满满当当。

我问同母亲通了电话的大女儿：

"别的，还说了些什么？"

"奶奶在电话里说'这回你们又蒙我呀，我可难过了'。"大女儿告诉我母亲是这么说的，"声音可没劲儿呢，奶奶好像不大行了。"我听后笑了笑，摇摇头说："不过，那是没办法的事呵。"

听我这么说，大女儿也摇摇头："是呵，没办法呀。"

母亲近来身心不佳。她长期以来一直是病魔缠身，心脏不大好，轻微的心绞痛时常发作。四五年前，一收到邀请她来的信，还能立刻乘上十来个小时的长途火车来到东京。而今连这也做不到了。

看上去，母亲并不显得比从前弱多少。听说从前当问医生去东京住几天是否可以时，医生会立即回答说"请去吧"，还总是按在东京住的天数给她药。而最近，却同情地说："怕是太勉强了。"还说，想去的话也成，但对后果可负不了责任。母亲本来觉得没啥了不起，但对于长途旅行的结果当然自己也没个准谱。生怕给周围的人带来麻烦，便只在乡下家中转悠了。

大女儿降生时，母亲六十七岁。母亲说，我在这孩子上小学前不死；孩子上了小学，又说小学毕业前不死。实际上母亲都如愿以偿了，如今大女儿小学毕了业，母亲也许是感到了疲惫和衰弱，这回没说等到中学毕业，只说想看看大女儿去参加中学的开学典礼。

“无论如何也要来的话，就请来吧。”我们这样给母亲回了信，当时决定由妻子去乡下迎接。然而，没想到今年初春的寒气在母亲身上引起了反应；加上三月过半，住在新县小千谷的一个叔父突然去世的消息，又是一次冲击。

这个叔父是庆应义塾大学毕业的医生，年仅六十六岁就患心肌梗死突然故去。叔父搬到小千谷之前，曾在横滨的鹤见区住过很久，我的哥哥和姐姐们受到过他不少照顾。“噢，告诉您一个不幸的消息……您是坐在椅子上吧？”我用电话告诉母亲。闲谈了一会儿之后，又叮问了一下，才传达了叔父的讣告。

母亲发出了低低的悲声，但又出乎意料地用沉着冷静的声音告诉我吊唁时要注意的事情，并托我给叔母和堂妹带个口信。接着是一阵沉默。当我又开口讲话时，母亲说，听筒正紧紧地贴着耳朵，说话别那么大嗓门。然后又突然讲起了年轻时的一件事。

这是件没什么意思的往事：叔父健在时，母亲每次到东京，叔父都请她吃冰激凌。有一回因为太凉，吃不惯，母亲不住地咳嗽起来。“阿吉（叔父叫吉平）还老笑话我吃冰激凌咳嗽是山巴郎呐。”

像唱歌似的母亲的声音渐渐微弱了，突然又传来放下话筒的声音。

“山巴郎”大概就是山巴佬吧。我们家乡是这样称呼山里人的。

从那以后，母亲完全丧失了精神，看样子实在无法到东京来了。于是，我决定春假期间全家一起回乡下去看她。当车票已买好，也通知了回家的日期，就在出发前两天，二女儿突然发高烧病倒了。

为此，回乡的事只好作罢。母亲说我们骗她，指的就是这件事。本想这回把穿破了的棉外褂随身带回去，可现在依然放在身边。估计母亲是在一怒之下，才叫赶快寄回去的。

母亲做针线活儿时总爱在嘴里含上抹茶糖，我买了一袋放进棉外褂里。我一面打包，一面想：即使这样，近些日子也要回趟家。

谢谢你，愿意做我的孩子

□冯　尘

我慢慢地，慢慢地了解到，所谓父母子女一场，只不过意味着，你和他的缘分就是今生今世，不断目送他的背影渐行渐远，而他却用背影告诉你：不必追。

一

朋友参加完姥爷的葬礼后，给我讲了一个故事，听完，我俩一起哭了很久。

在姥爷快过世的那些日子，胃口已经很差了，每天能吃下的东西少得可怜。于是妈妈到处搜罗姥爷没吃过的东西，给他尝鲜。

那天妈妈带去几颗莲雾。姥爷半躺在床上，吃完一颗，又吃了一颗，然后定定地看了妈妈很久，然后说："谢谢。"

妈妈以为在说莲雾，漫不经心地回了句："喜欢你就多吃点，回头我再给你买。"

姥爷又说："谢谢你做我的孩子。"

"你哥哥姐姐小时候，我没管过，都是你妈一个人。你妈生你难产离世，我只好自己带你。才知道，原来养孩子要那么辛苦，可是又真的开心。"

"以前我总想，等我退休了就自杀，绝不给你们添麻烦。可是看着你们生儿育女，又看着你们的孩子生儿育女，我实在舍不得。现在，倒要你们像照顾小孩一样照顾我。"

妈妈早已泪流满面，多次哽咽着说："爸，你别讲了。"

可姥爷说："你不懂，我没时间了。"

第二天，姥爷就去了。

姥爷去后，妈妈无意中拿起姥爷吃剩下的莲雾，才咬了一口，就酸得掉下了眼泪，又哭了很久。

亲友安慰她，她抬起头来说："你说多好笑！都要走了还说胡话，养我这么大，我没谢谢他，他反倒感谢我。”

朋友说，其实姥爷要讲的是，他因为养育妈妈而学会了爱，妈妈赡养他，他又学会了如何被爱。所以他说谢谢。

姥爷早年丧妻，再未重娶，自己带大四个孩子，其间还曾被打为“右派”，一生可谓坎坷。可他去时，却安详又幸福。

那一代人，一生中吃了太多苦，唯有从孩子那里学会爱和被爱，生活中才有了甜。孩子对他们来说，大概也是活着的意义吧。

二

夏天时，林立的父母来北京玩了几天，他请了年假，全程陪同。父母从乡下来到首都，眼睛看什么都好，玩得也特别开心。

父母回去时，他又买了许多特产，让他们大包小裹带着。

妈妈给他电话，说带回去的特产都给邻居亲戚们分了，大家都夸好吃，还很羡慕他们能来北京玩，语气里满是骄傲。

这时，爸爸抢过电话，声音听起来醉醺醺的：“立仔，谢谢你！要不是你，我们这辈子也吃不上北京的好吃的，也不可能去看天安门，看长城！爸爸！高兴！”

爸爸还想说什么，电话已经被妈妈抢了去。林立随便找了个借口，就挂掉了电话。

父亲对他向来严肃，几乎从没夸过他。他考上大学那次，父亲也只是绷着脸，说了一句：“万里长城才走了第一步。”

他对此一直十分不解，父亲难道真的不为他高兴吗？直到有一次他回家过年，不小心看到父亲和别人夸他时眉飞色舞的样子，心里才释然。

父亲夸他，亲自和他说谢谢，说自己高兴，这还是第一次。虽说借着酒劲，他也终于确信，原来父亲，真的为他骄傲，过去只是不善于表达而已。

他又更加明白，其实，自己早已经变成了父母的双腿和双眼。

去了他们没去过的地方，看了他们没看过的风景。因此，自己有义务给父母打开新的世界，给他们分享自己的见闻，也找机会带他们亲自看看听听。

后来，林立制订了一个每年带父母旅游一次的计划，还喜欢上往家里邮寄包裹。

听见父母说“收到了”，他都会笑，因为他知道，那是“谢谢”的意思。

三

我曾经是个特别叛逆的小孩。

因为父母对我太过严格，我总觉得他们不够爱我。在很小的时候，我就咬着牙发誓，以后一定要努力，远离爸妈的城市，远离他们的束缚。

后来我终于得偿所愿，过上了自由的生活。直到后来，我生了孩子。在无数次筋疲力尽的哄睡中，在孩子生病时焦头烂额的陪伴中，我总能看到妈妈将幼时的我抱在怀中微笑的样子。

原来，我也曾被温柔对待，只是，都忘记了。

后来，我的孩子长大，学会了交流，学会了捣蛋，也学会了叛逆。

当我控制不住自己冲他大发雷霆时，我的意识总是及时跳出来提醒我：看，你变成了你父母当初的样子。

原来，我并不比父母高明多少。

在烦琐家务的磨炼中，在和孩子的交锋中，我开始回忆父母曾面对的生活。那个年代，赚钱不容易，生活不便捷。

爸爸的世界里只有一个问题：怎么才能给孩子们赚到更多的钱？而妈妈，每天要生火做饭，洗碗洗衣，指导孩子写作业，闲时还要给三个孩子打毛衣做衣服。

在这样的生活条件下，他们还为我们争取到一个又一个受更好教育的机会。而我，却一直抱怨他们的严格和情绪化。多么自大，又多么无知！

终于，我心中的戾气渐渐消失，日渐浓厚的，是对孩子和父母的爱意。直到这时，我才真正开始长大。

我也终于明白，原来孩子，是上天派来拯救我们这些那些庸碌愚蠢的大人的。

他们赤条条地来，却带着生活的真相；他们总是保持索取的姿态，却总在不觉中，弥补了大人心中的空缺。他们带着我们重新过一次童年，引领我们忆起曾经拥有的爱和丰盛。

这时，我们的人生才真正变得完整。

四

曾经有一首叫《挑妈妈》的诗走红网络，戳中了无数人的泪腺。

你问我出生前在做什么／我答，我在天上挑妈妈／看见你了／觉得你特别好／想做你的儿子／又觉得自己可能没那个运气／没想到／第二天一早／我已经在你肚子里。

因为我们足够好，孩子才选中了我们做他的父母，这本身就是盛大的恩典。

而借由孩子，我们将童年重演一遍，拾起被遗忘的幸福，补全日渐残缺的灵魂。呕心沥血地教养孩子，最后发现，一起长大的还有自己。

所谓父母子女一场，不过是相互滋养。我原本以为自己为你付出了一切，到最后才发现，成全的，原来是我自己。

谢谢你，愿意做我的孩子。

我的人生似乎就是和母亲抗争

□［日］北野武

走了那么远的路，发现家才是最温暖的地方；见了那么多的人，发现母亲的笑容才是最美丽的。

小学时，母亲是如何逼我读书，而我又是如何不肯读书、老想着打棒球，一直是我最深的记忆，也是我们母子之间的较量。邻居大婶看我那么爱打棒球却没有手套，觉得我可怜，于是在我生日时偷偷帮我买了棒球手套。但母亲根本不准我打棒球，就连拥有手套也会惹她生气。

母亲认为我迷恋棒球，是因为时间太多，便又安排我去英语和书法补习班。我骑自行车往返，假装乖乖去上课，其实都跑到附近的朋友家或公园，玩到时间差不多时再回家。

有一次，一回到家，老妈迎面就说："Hello,how are you?"我一时不知该怎么办，默不作声，结果挨了一顿好打。"你没去上课吧？要说'I am fine'！"这真叫人不寒而栗。其实她是为了我，硬学会了那几句。

她还要我去学书法。我照样逃学，时间多半花在打棒球上。偶尔感到内疚时，我就在公园的长椅上，拿出砚台和毛笔，大笔挥洒，写自己的名字。

她突然要看我书法练得如何，我就拿出在公园里写的给她。她一看便勃然大怒："书法老师一定会用红笔好好批改的，你这胡乱涂鸦的脏字，就是想假装去上过课也没用。"我听了以后，拿出仅有的一点零用钱，到文具店买了瓶红墨水。接下来，自己先写好字，再模仿老师的笔迹批改，等着母亲再检查。

"小武，习字拿来我看看！"正中下怀，我立刻兴奋地拿给她看。可是批改的红字实在写得太烂，又被拆穿了……仔细想来，我的人生似乎就是和母亲的抗争。

后来，我考上明治大学工学院。对母亲来说，这是个小小的胜利。不过，我以退学这个最坏的结果，结束了母子俩在读书领域的较量。

关于这件事，我只有抱歉。我的行为等于上了擂台却放弃比赛。但是，我们母子的较量，并非只限于读书这个领域。母亲还有更大的目标，简言之：要我出人头地，至少和哥哥姐姐一样。这也是这场战争的主要矛盾点。

因此，对总算考上大学的儿子，母亲的干涉并未停止。另外，我认为考上大学是凭自己的实力，毫无感谢母亲的心情。我开始打工，自信可以赚到房租和零用钱，于是决定搬出去住。那是大学二年级的春天。趁着母亲外出在附近工作的时候，我开着从家具店朋友那里借来的货车，把行李搬出来。真不凑巧，只见母亲拐过前面的街角，迎面而来。

“小武，你干什么？”

“我要搬出去。”

我别过脸去，听见雷鸣般的怒吼：“想走就走，都读大学了，又不是小孩子。绝对别给我回来，从今天起，我不是你妈，你不是我儿子！”

尽管如此，她还是一直站在门外，茫然地看着货车消失在荒川对面。我心里也难过，可是我坚信，不这样做，我就无法自立。

那是朋友介绍的房子。房东是位老爷爷，已经退休，在自家土地上盖公寓，靠着租金勉强生活，房租只要四千五百日元，非常便宜。

起初几天，我的确是早上六点起床做广播体操，然后精神抖擞地度过一天。但很快地，我又陷入自甘堕落的日子。别说是学校，连打工的地方都爱去不去。一回神，发现房租已拖欠了半年。我不好意思面对房东，偷偷摸摸爬窗出入。

窗外寒风呼啸的季节里，我照例快中午时还躺在被窝里。房东来敲门：“我有话跟你说。”我呆呆地站着，只有一句“对不起”。混沌的脑袋认识到半年不缴房租，只有滚蛋一条路。却突然听到怒吼：“给我跪下！”

我心想：这房东想干什么？但还是露出一点反省的样子，乖乖跪在地板上。

“哪里有你这样的蠢蛋？欠了这么多房租，你以为还住得下去吗？”

“不，我想你肯定会叫我滚。”我低头回答。

“那你为什么还在这里？”

“因为房东很仁慈。”

“这就是你幼稚又愚蠢的地方。”房东叹了口气，“半年前你搬来的时候，你母亲紧跟着过来，是坐出租车跟来的。”

我一惊，满脸通红。

“她说：‘这孩子傻傻的，肯定会欠房租，如果一个月没交，就来找我拿。’

就这样，你母亲一直帮你交房租，你才能一直住在这里。我是收到了房租，但没有一毛钱是你自己掏的。你也稍稍为你母亲想想吧。”

房东走后，我瘫坐在棉被上许久。些许感谢的心情，混杂着永远躲不开母亲的懊恼……第二次交手，我又彻底输了。

我想起小时候的玩伴，现在不是工人、出租车司机，就是黑道混混。他们和我哪里不同？没有。不，只有母亲不同。

终于有一天，当我上电视演出，酬劳超过百万时，我不知怎么回事，又想回那个久别的家了。打电话过去时，心脏还猛跳。是母亲接的电话：“最近上电视，赚到钱啦？”语气非常温柔。不料，我才说“还可以啦”，她立刻缠着我说：“那要给我零用钱！”这当妈的怎么回事？真会扫兴。既然如此，就让她见识一下。我准备了三十万日元现金，还请她到寿司店。

“妈，这是给你的零用钱。”我想让她惊喜。

她问：“有多少？”

我得意地说：“三十万。”

“就这么一点？”不变的刻薄语气，“不过三十万，就一副了不起的样子！”

我能怎么办？当然是不欢而散，发誓再也不回家了。“我要走了。”

母亲突然握住我的手：“小武！”眼眶湿润。

我安慰她说：“我还会再来。”

她突然回我：“不来也行，只要最后再来一次。”语气变得强硬。“下次你再来时，我的名字就变了，因为取了戒名。葬礼在长野举行，你只要来烧香就好。”她又恢复成彻底好强的母亲。

……

我挥手跟姐姐告别。虽然医生说她没问题，但拿这个有点脏的小袋子当纪念遗物，母亲真是年老昏聩了吧？说她脑筋还正常，其实已经痴呆，我打开了袋子。

这是啥？竟然是用我的名字开的储蓄存折！我一时无言。翻开来看，排列着遥远记忆中的数字：

1976年4月 × 日300,000

1976年7月 × 日200,000

……

我给她的钱，一毛也没花，全都存着。三十万、二十万……最新的日期是一个月前。轻井泽邮局的戳印。存款接近一千万日元。车窗外的灯光模糊了，这场最后的较量，我明明该有九分九的胜算，却在最终回合翻盘。

每个妈妈都是傻傻的

□张晓风

人，即使活到八九十岁，有母亲便可以多少还有点孩子气。失了慈母便像花插在瓶子里，虽然还有色有香，却失去了根。有母亲的人，心里是安定的。

一位老邻居叫住我，要跟我说新邻居的事："你知道吗？我家楼下换了人啦！新搬来的这家也真好笑哩，"她说着，真的咯咯笑了起来，"这家妈妈自己跟我说的，她说她儿子去年联考没考好，今年重考，说不定就会考上台大哩！如果考上了，这间房子刚好近台大，所以虽然贵，她也买啦！买了好让儿子上台大方便嘛！"

"唉！"她忽然脸色一沉，"你知道吗？日本有一个词，叫——"

"什么？"我一点也听不懂她叽里咕噜的一句日文是什么意思。

"这句话要是翻译出来，就是'傻傻的妈妈'，世上就是偏偏有这批傻傻的妈妈——"

我忽然想起另一个朋友，他念哲学，他哥哥念物理，他的母亲有天一个人在家里发起愁来。

"她愁什么呢？"我还以为是愁两个儿子都念了冷门的科系。

"愁——哈！你猜——原来她愁如果有一天，我和大哥一同拿下了诺贝尔奖，记者要来采访她，那时她该说些什么才得体呢。"

据说后来她不愁了，因为那篇谈话她已经想好该怎么说了，有备无患，她开始安心等待那一天到来。

傻傻的妈妈，痴心的妈妈——但，这是上帝的旨意啊！如果所有的母亲都能清楚评估自己孩子的资质，我们还要母亲做什么用？她不过等于一个智商鉴定中心的职员罢了。

每一个孩子都是在"误以为是天才"的痴心奉献中才成长的呀！

那些无用的美好

□顾晓蕊

在快节奏生活的当下，很多传统的东西正逐渐被消解，被替代。然而，亲爱的孩子，永远记得别只顾低头赶路，偶尔让心灵慢下来，再慢一些。

那年，女儿上初一，已有七年棋龄。她喜好围棋，每周六去棋院上课，我全程接送，风雨不误。棋院门前有棵老梨树，花开时一树梨花白。我会特意早到会儿，站在树下，隔着窗，聆听纹枰落子声。

有一天，我从棋院接到女儿，两人说笑着往回走。走出不远，碰到位熟人，也来接儿子下课。寒暄几句后，他说起给儿子报了英语和奥数班。得知女儿在学围棋，他一脸不解地问道，下棋不就是玩嘛，有什么用？

隔了几天，又在路上遇见那位爸爸，朝儿子吼叫着什么，颇有风摇雨至的架势。果然，一巴掌抡过去，儿子脸上留下几道红痕，疼得放声号哭。细听之后，才知是孩子英语没过关，被他怒声斥责。

女儿如受惊的燕子，闪扑进我怀里，调皮地吐吐舌头，眼中闪过一丝恐惧。

她许是觉得庆幸，在报班这件事上，我不曾给过她压力。亦确是如此，她起初觉得好玩儿，后来痴迷上围棋，我便鼓励她对认准的事，坚持下去，从中找到乐趣。

学棋久了，女儿会跟我聊些心得，落子无悔、逢危须弃、不得贪胜等。看似高深的生活哲理，尽在盈尺棋盘间。她还说打谱时能感受到，高手的对局像音乐像书法像绘画，变幻无定，美不可言。

近年的围棋人机大战中，多位顶尖围棋高手，被智能机器人挑翻落马，引发学棋是否还有意义的争论。我问女儿怎么看这件事，她说下棋享受的是过程，从不后悔学习围棋。

除了围棋，女儿还喜欢古筝、书法、绘画，皆习练多年。我对她说，做自己喜欢的事，有微小的坚持，把每一件小事做好，做到极致，也是一种成功。

女儿还特别喜欢旅游，自她两岁多起，我每年带她到各地走走。

我们去过椰风轻吹的海南岛，到过瓜果飘香的新疆，游历过古色古香的丽江，奔跑在北戴河的沙滩上……体味到路途的辛苦，也收获着简单的快乐。

有同事劝道，带孩子跑那么远，费钱又费时，何况去了也白去，等小孩子长大后，留不下太多印象。

我听了笑笑，却不认同他的想法。城市里的孩子，很少有机会亲近自然，这是很大的缺憾。女儿为此闹过不少笑话，比如她以为马铃薯长在树上，珊瑚是一种水草……在旅行中，女儿认识了许多新事物，学会了观察和思考，同时变得独立、坚强。

记得那年她刚三岁，我带她去开封的清明上河园，进到园中，连续走了三四个小时，她有些疲累，我提出要抱她，她摆手说，妈妈也累，咱们歇会儿再走吧！

她躺到长椅上睡了会儿，醒后坚持自己走。那天的出游中，她愣是咬着牙，走完了全程。

她十三岁那年，我们去新疆的库姆塔格沙漠，连续翻越了两座沙丘，竟有些迷路了。阳光火舌般灼烤着，这时带的水只剩小半壶，女儿嘴上干得起了泡，却把水壶递给我说，妈妈，你留着喝吧！

我紧紧抱住她，眼泪哗地淌下来。后来靠着带的一个指南针，走出了沙漠，每每想起那个瞬间，我总会心头一暖，眼中泛起湿潮。

《小窗幽记》中有言：观山水亦如读书，随其见趣高下。女儿从自然怀抱中，山眉水目间，学会推己及人，为他人着想。这使她无论到哪里，都有着极好的人缘。

女儿一向乐观自信、宽容平和，有一颗喜悦、宁静且充满爱的心。在这样的心态下，她勤学善思，在班上成绩还不错，并顺利考上市重点高中。

山水是一本大书，每一页都是一个故事，一段记忆。当然，最好的山水在心中，读读闲书，抚琴下棋，看月问花，将清浅的日子，叠进诗行里。

在快节奏生活的当下，很多传统的东西正逐渐被消解，被替代。然而，亲爱的孩子，永远记得别只顾低头赶路，偶尔让心灵慢下来，再慢一些。

要知道，那些看似无用却美好的事物，和阳光、空气一样，是生命中不可或缺的滋养。总有一天，会成为你内在气质的外化，是你面对生活的底气和勇气。

如果你也喜欢排骨冬瓜

□亦　缕

岁月没能把你的美丽留下，却又在脸上刻了伤疤。我看着这辈子最爱的女人渐渐变老了，却无能为力又变得害怕。

最近常听到一句话，“世上没有一顿烧烤解决不了的问题，如果不行，那就两顿”。对于我来说，把这句话中的“烧烤”换为“排骨烧冬瓜”更为合适，如果还要加个限定词，那一定是母亲做的。

这道菜应该是家常菜，它没有那么精致，可能在一些“高大上”的场所是上不了餐桌的。但是，如果你也喜欢排骨烧冬瓜，那你应该明白它的滋味。

小时候，父母每天总是早出晚归，家中的柜子里总备着一箱方便面，在那个人人都爱方便面的年代，我已经厌烦了速泡食品的味道。

在一个夏末初秋的傍晚，放学回家的我坐在门前的台阶上，门前的梧桐树叶子偶尔飘下一片来。母亲回来时，便看见只穿了件短袖的我，立即责备着让我回家添一件衣裳。添了衣裳的我看到母亲走进厨房，放下手中的黑色塑料袋，小心地揭开，里面是一块块已经切好的排骨。

猫和我紧紧地盯着那些排骨，它想吃，我也想吃，我们对视许久，最终猫先败下阵来逃走了，我又眼巴巴地看着那些排骨。母亲看到我的样子忍不住笑了，我才注意到她手里还拿着一大块冬瓜，胖胖乎乎的瓜身像铺着一层雪白的粉末。母亲把肥冬瓜放在案板上，一层一层削皮。我好奇地蹲在一旁，看着冬瓜露出里面的翠绿，像上好的玉石，色浓而不透。母亲把冬瓜切成一小块一小块的形状，而那排骨用热水焯一下捞起。

锅中的油均匀地散开，带着菜籽特有的香气，排骨下锅后立即激起一阵噼里啪啦的响声，母亲加了许多我那时还不认识的调料，就像是魔法一样，浅色的排骨在锅里慢慢染上一层酱色，味道渐渐弥漫，肉的香气在那时我的家里是极少见的。冬瓜下锅，便也立即染上点点颜色，加水，冬瓜和排骨在水里混合，不知是蔬菜的清香染上了肉味，还是排骨染上了冬瓜的淡味，我的鼻子轻嗅便是满鼻的鲜美。最后，妈妈放下先前切好的葱段，颜色深浅有致。

菜是用一个雪白的盘子盛上，盘的白与排骨的酱形成鲜明对比，只看一眼便难以忘记。那是我记忆中的菜，之后的十多年，我再没吃过比这更好吃的东西。

后来，父母经常外出，我便和奶奶一起生活，奶奶只会烧家常小菜，而排骨对于那时的我们来说，丝毫不亚于今天的盛宴。2014年，我高三时，奶奶去世了，父母双双归家，这离他们外出已经整整十年，其间偶尔回来不值一提。那时，我们的关系仿佛被冰藏已久，我责怪他们长年在外，他们说我不理解为人父母的艰辛。回来后的父母决定不再外出，一是我即将高考，二是谁也不想背井离乡。现在，他们陪在我身边的时间似乎更多了，母亲依然会做冬瓜烧排骨，但再也没有我记忆中的味道。

在母亲最开始做这道菜时，我很给面子地吃光了。如此几次后，便再也不吃了。我曾听见母亲唠叨："这孩子小时候最喜欢这道菜了，现在怎么不吃了？"那一刻，我忽然很想流泪，却又不知为何，我无法告诉她，这道菜再也不是我记忆中的味道，那时的味道那么浓烈，浓烈到十几年后的今天我依然难以忘怀，而这时的味道再难和那时的相提并论，有些事在悄然改变，但我们都不知如何回到从前。

2016年，我初上大学，因为学校离家近，我时常回家。某月的一个星期六，母亲因为头痛没去上班，我回家时正看见她躺在床上，她额上的皱纹因皱眉更加明显了。是从什么时候开始，时光把父母也变得这般苍老，那些早年因为缺少他们的陪伴而产生的怨念早消失在岁月的长河中，看到这一幕的我只觉得害怕。

所幸的是，医生说母亲只是因为太过劳累，好好休息就没事了。母亲一个劲儿地抱怨："我都说没什么事吧，你非让我来医院。"我不说话，搀扶着她回家。我们一路聊天，我知道母亲担心初到大学的我不适应大学生活。而我已经成年，我宽慰她，她的女儿在大学里生活得很好，她不用担心。

到家后，我走进厨房，发现冰箱里有一袋排骨和一小段冬瓜。我回想起那时母亲的步骤，把冬瓜削皮，切块，排骨下锅，一切都似小时候。还是雪白的盘子，还是酱色的排骨和冬瓜，母亲尝了一口笑着说："我女儿还真有我当年做菜的风范。"

我也用筷子夹起一块排骨，入口，发现熟悉的味道突然回来了，这时的味道是一把钥匙，轻轻打开，回忆便蜂拥而至。

母亲，您是什么时候原谅了我

□韩浩月

生命中会有那么一个人，她让你顿悟了痛苦，让你感谢所遇的困境，让你开始无畏向前，让你背脊逐渐壮大，还让你拥有了整个世界。

如果“吓破胆”这个说法成立，我的胆子恐怕在很小的时候就被吓破了。直到现在，我都不太愿意回到我出生的村庄大埠子村。

我还没上幼儿园的时候，经常在大埠子村晃荡，时常会产生些奇异的想法，比如看到硕大的草垛，就忍不住想要知道，火苗会不会从它的中央穿过，烧出一个通道，我可不可以从这个通道爬过去，穿越到另外一个世界。

想着想着，好奇心就强烈起来。终于在一天下午，我颤抖着手划着了火柴，点燃了与爷爷家房子紧挨着的草垛。那一幕我记得太清晰了，一根渺小的、不起眼的火柴，在与麦草接触之后，先是小范围地燃烧，然后在几秒之间，放大为恶魔般扑来的火势。臆想中能烧出一个漂亮通道的结果没看到，出现在我瞳孔里的，是一个冲天大火球……

此后的事情不记得，我失忆了。

几天后，母亲跟我说：“去爷爷家看看吧。”

我沉默不语。

母亲说：“没事的，你是小孩子，没人会打你。”

有了这个承诺，我迈着沉重的步子，一步一步走向爷爷家。

爷爷家的门口，是一个怎样灾难性的画面啊，整个草垛变成了一堆灰烬，地面上是草灰与灰黑色的水坑，房屋的土墙壁，被熏烧得一片乌黑，每一个看到我的人，都默默转过身去，那眼神让人战栗。

有个叔叔走了过来，冷着脸对我说：“你知不知道，就差一点，你把这一排房子全烧了。”那排多达十间的泥坯草房，是父亲带着五个兄弟花了一个夏天建起来的。我站在草灰边上，宛若站在世界尽头，想要放声大哭，却哭不出声音，哭不出眼泪，那一刻觉得，自己的一生走到了尽头。生命里仿佛有些东西，伴随这草垛一起燃烧掉了。

上小学后，又惹出另外一个祸端。

大约是小学二年级的时候，我在午睡的当口，带着最好的朋友，来到村里的供销社，掏出五元面值的人民币买水果糖，在同学们羡慕的眼光里，沾沾自喜。

没想到，供销社的老头，在我们刚刚返回学校后，就去家里跟母亲告了状。那是五元面值的人民币，对于孩子来说，是一笔巨款，就算对于一个家庭来说，也是一笔不小的钱。我把母亲的三十五元都藏了起来，藏在客厅桌子抽屉的底下。偷藏的动机是，可以买一个孩子所有想要的东西。但我并不知道，这三十五元是母亲所有的存款，整个家底子。

失去这笔钱的母亲哭泣了三四天，她哭得越伤心，我就越不敢承认自己拿了这笔钱。母亲问：“到底是谁偷了我的钱？到底是谁？”

我不敢承认，也不敢否认。直到供销社老头告发了我，心里一块石头才落了地——找回这笔剩余还没被花掉的三十元，母亲可以不哭了。

许多年后我才明白了这件事情带来的灾难性后果，母亲因为这件事情，和大家庭里的许多人吵了架，她觉得是别人偷了这笔钱，却没想到是我。

整个青少年时代，我一直觉得，是因为这件事，母亲对我彻底失望了——这件事带来的内疚感，远远超过其他一切恐怖事件加在一起所造成的创伤。直到现在，我都不敢和母亲谈这件事情。

母亲，不知道您是否已经原谅了我，如果是，请告诉我您是什么时候原谅了我。

这三十年来，每年都要回大埠子一两次，但无论多晚，都要离开那里到县城去，不愿意在大埠子过夜。担心黑夜到来的时候，夜色所带来那种久远的、令人生畏的气息。

曾花掉很长一段时间，与童年的自己不停地交谈，我知道，我最终还是选择了拥抱自己、与自己实现了和解。

世上最难舍的离别，也最美丽

□罗近月

我们总是忽略陪在身边最久的东西，就如同一张厚厚的棉花被，你可以嫌弃她丑陋、笨拙、俗气，可她总是默默温暖着你。

如果你不懂得自己的妈妈，也不甘于作为妈妈的无奈生活，不满足妈妈只是一个任劳任怨的角色，你可以看看这部可以称之为“最苦妈妈指南”的韩剧《世上最美丽的离别》。

在家庭中不受重视的妈妈，罹患癌症晚期，家人才意识到妈妈的重要，想要将过去遗忘的爱都弥补上，跟妈妈一起相处的日子却越来越短。

我们总以为妈妈都是温柔的、柔软的，妈妈，其实是最有力量的名字。

是谁定义了妈妈的辛苦角色？

在《世上最美丽的离别》中的这位妈妈有一个令人羡慕的家庭，家境殷实，儿女双全，不用上班，想想也觉得日子好美。可是，当生活逐渐拉开序幕，我们才看到她的心酸和无奈。

当家人把婆婆送到养老院时，她担心被照料不好，索性接回家自己照顾。而婆婆极度挑剔，嫌弃她做的饭菜难吃，经常把脏东西乱洒，还动不动就打骂，丈夫却从不帮她说话。

女儿有着不错的工作，却从来不觉得妈妈做的事重要，总是用没时间来应付妈妈的唠叨。在她看来，把时间花在家务和妈妈身上，是最没有价值的事情。

儿子连考三次都没考上大学，所有的时间都花在疯玩谈恋爱上，似乎家里的事情与他一点关系都没有。

丈夫从不对妻子多说话，妻子问他，他总是在敷衍，除了为家里贡献工资，对家里的事不闻不问，连妻子身体异样想到丈夫医院检查，他也怕麻烦让妻子随便到小区医院看看就行。

在这个家庭中，妈妈是整个家庭的轴心，却也是大家忽视最多的人，她整日为家庭操劳，没有人觉得重要，她身体出现问题，没有人看见。

可是，发生了一件事情，让这个家庭全变了。

妈妈被检查出卵巢癌，癌细胞已经扩散，当身为医生的丈夫想亲自为妻子动手术切除病灶时，打开肚子，才发现癌症已经严重到他什么也做不了的地步。

一家人不得不面对她将不久于人世的现实，女儿开始主动替妈妈分担家务，儿子突然想亲吻妈妈，丈夫开始主动分担家务、照顾妻子，为她搭建新房子，带她看海，给她买一直想吃的比萨。

只有不知情的婆婆，仍旧没有半点变化，这成为过去模式中唯一残存下来的疯狂。看着妈妈被抓着头发打骂，看着妈妈的身上被泼上菜汤，看着妈妈刚进门就被当头一棒敲得鲜血直流，麻木的丈夫直接拖走婆婆，愤怒地把门用钉子锁死。

而这时候的妈妈，依然拉住丈夫的衣角，让他不要这么对婆婆。

她生了重病，依然想着安慰大家，感觉给家人添了麻烦。当大家开始照顾她，想多尽一点努力来帮助她时，她反而责备大家太把她的病当回事了。

但是，尽管她多么不愿意给大家添麻烦，但这已经无法改变大家对她的重视，只有当他们真正开始替妈妈分担，才发现这个家庭中最普通最不起眼的妈妈，对于他们是多么重要。

妈妈病重，所剩的时间不多，终于让一家人把重要的事情提上日程，开始珍惜在一起的时光。

当妈妈的角色也面临下岗的这一天时，她不得不接受心有余而力不足的现实，她唯有放开自己辛苦操劳的手，允许儿女和丈夫来分担一些事情。

女儿开始学着妈妈做饭，成为像妈妈一样贤惠的人；儿子一改从前的面貌，想要好好学习，希望让妈妈坚持到大学录取结果公布的那天；丈夫装修起妻子挂念的新房子，还第一次说，我帮你洗澡吧；看上去不好对付的婆婆，在媳妇离开家之后，哭着让她带着自己一起走；他们都变了，虽然有点晚。

是的，不论妈妈有多么努力为家庭付出，这些事情他们过去其实一直都可以做，只是直到现在他们才意识到如果再不做，有些事情就永远做不了了。

就像女儿妍秀对爸爸说的一样：夕阳真美，好像妈妈。

他们的离别是美好的，因为至少一家人还有时间重新好好相爱，还有机会重新认识妈妈，满足自己对于妈妈最后的心愿。

但不是所有人都像他们一样，都有机会去好好爱自己的妈妈，也不是所有的丈夫都有机会好好珍惜自己的妻子，更不是每一个身为妈妈的女人都有机会好好去爱自己。

如果没有人愿意停下来多看看妈妈的辛劳，妈妈也没有机会思考自己习惯的单一角色，或许有许许多多本来可以珍惜的爱，不经意间就变成了 种遗憾。

在《世上最美丽的离别》的结尾，丈夫早晨醒来，看见身边睡着的妻子，眼泪涌了出来。或许许许多多的幸福，就是在这样简单的生活中，彼此可以感受到对方深深的在乎。

这会让人不禁想起，如果没有疾病，这些忙碌的家人是否愿意停下手里重要的事情，重新看看这个家庭里无比重要的女人呢？

如果没有疾病，这位辛劳的妈妈，是否愿意卸下肩上沉重的担子，坚持自己的需要，让家人有机会学会去生活，学会更好地来爱她呢？

或许生活总能给到我们机会，或许一直都没有这样的机会，那位无声付出的妈妈，可能从来都不会被珍惜，最后又悄然无息地离开大家，留下无尽的遗憾。

《世上最美丽的离别》是作者为了纪念因癌症去世的妈妈而写的，如果没有对妈妈纠结且深厚的感情，他一定难以写出刻画得如此细微的作品。

当我们被情节戳中泪点，当我们可以深深地懂得妈妈这个角色，就可以重新去选择，就有机会去思考关心我们生活中所在意的人，该如何更好地珍惜在一起的意义！这样的意义不仅是关于妈妈的，也是关于我们自己的。

如果你可以好好去爱一个对于自己重要的人，那么在这种爱里，你的人生会获得更多的丰盛！

如果你是一个可以更多活在爱中的人，那么在这种被爱里，你的人生将会收获更大程度的圆满！

多么希望全天下的妈妈都不只是一个伟大的角色，而是一个活在爱与被爱中的幸福女人！

我曾怨恨你九十九次

□林书佚

我喜欢看着围绕妈妈嘴角和眼角的细纹，我知道她很讨厌它们，但这些细纹却让我觉得安心，我从她脸上读到我们相依为命的痕迹。

我的母亲是典型的农村妇女，热情好客，阳光开朗，却也恶习多多。我最讨厌的一点，就是一星期中总会有那么两天被她用来骂我。

我从小眼神就不好，后来近视了就更不好了，所以我的眼睛视线永远是直线的，不会转点弯，明明放在眼前的东西，偏偏就是看不到，越着急越找不到。

我母亲经常会叫我帮她拿东西，她只告诉我东西放置的大致区域，却不告诉我具体位置。结果可想而知，十分钟内，我永远找不到她要的东西，十分钟后，她就会开始叫骂，然后自己亲自下来拿东西。

我被她骂了好多次，神经却没有麻木，而是越来越紧绷。直到我完全受不了了，就开始找路子了。

那个年代一打开电视就是蔡依林魔性的《爱情三十六计》，三十六计走为上计，这可真是解决问题的好办法！后来她叫我找东西给她，我都如临大敌，过了六分钟还是找不到，我就往外跑找地方躲了，等她发现时，我已经跑得无影无踪，她的一腔怒气只能朝着老天怒吼了。

我也没跑远，就隔着一条巷子观望我家的动静。农村妇女的一大特征就是嗓门大，隔老远我还能清清楚楚地听见我母亲的叫骂声，无非是什么“死丫头”“短命崽”。

等她离家去铺子看店了，我再悄悄地溜回去，而她再次回来时早已忘记之前的所有不愉快，笑呵呵地给我们煮饭做菜。

我得庆幸，母亲不记仇，否则这日子真是没法过了。

我母亲做饭很好吃。“有爱的味道？”“不是，有很多肉，而且很香。”因为这顿饭，我在白天怨她的九十九次都可以抵消飘散。

我小的时候，我母亲也是“体罚至上”的忠实粉丝，拿着一条细鞭条，轻轻一挥就能让人皮开肉绽。我被她打过几次，专打大腿，那里肉多而敏感，特别疼。

她打我也不是没有原因的，被打这事也只能怨自己，该！但年纪小的时候谁会那么自觉，自我检讨啊？每次都特别怨恨我母亲。

有一次我偷了家里的钱，一块钱，就为买一个小玩具，被发现后立刻被母亲打得哭天抢地。我被打的时候特别怨恨母亲，觉得她就是魔鬼啊！但后来我也明白了，偷东西不管偷多少，罪行都是一样严重。当然被打后我也长了教训，再也不敢偷东西，就连捡到的好东西，我也乖乖地主动上交。

过了九岁，我母亲就不再打人了，偶尔会拿出鞭条来吓唬我不听话的弟弟，但也只是吓唬。有次我和她吵架吵得她怒火冲天，她也只是一直骂我“该死的丫头”，没拿出鞭条来。

平静过后我问她为什么，她说我已经长大了。长大了，体罚是最不长记性的。

虽然我母亲不再打人，但她嘴上的功夫却越发长进了。每次她骂人时我都冷着一张脸，因为她的话句句诛心，我很多次都恨不得她去死，或者我死。

在我青春期时，她基本上会两天说我一顿。我做家务做了很多次还是做不好，她骂得厉害，会说我“读死书，死读书！”“连这么简单的活都做不了，以后做什么？”真的很伤人。

我觉得她特别不讲道理，读书跟干活明明是两码事，她就是要硬生生地扯在一起。我跟她讲道理也根本讲不通，因为她根本就是个“野蛮人”。

有很多次我都跟她吵了起来。巅峰时期是初中那会儿，正处于叛逆期，天天吵，家里的吵架声一声高过一声，比的不是道理，是声音，谁声大，谁就底气足、谁就有理。她吵不过我时就会说：“我说一句，你顶十句，你还有理了！”

后来结束叛逆期，想法成熟了点，想想算了，不跟她吵了，她要骂就骂，反正我就是做不好家务。我努力做好了，没达到她的及格线我也尽力了，结果她骂我见我没再顶嘴，又不开心了，说我是“铜人”“跟个傻子一样，被骂也不回应”。

说真的，有时候我特别无语，觉得我母亲就是个神经病，但我也不想跟她一般见识，因为我们的逻辑水平不在一条线上，根本就沟通不来。她开心就好，骂就骂吧，我无所谓。在这种心态下，我自动屏蔽了她的叫骂声，反正骂来骂去也就那几句。

当然，很多时候我母亲都是个正常的好妈妈，不骂人，还喜欢夸人，每次我朋友来我家，都会羡慕我有个好母亲。

记得小时候她会给我买好看的小裙子、我喜欢的小玩意，我头发被同学传染了虱子，她立马去买药粉和酒水回来帮我洗头发，给我扎好看的辫子；她会笑着说我是个“鬼仔”；也会经常夸我“这学期的成绩考得真好”“你真棒”；她笑起来眼睛弯弯的很好看，她抱我的时候暖暖的特别舒服……我能感受到她对我的爱，如果爱是温暖，爱是舒服。

高中时去外地住宿，每隔几天母亲就会给我打电话，问钱够不够花、有没有生病、和同学相处好吗、啥时候回家。

那时候心情不好时接到母亲的电话会觉得很安慰，她那么关心我，我得再努力考好点不让她失望啊！放假回家时，感觉久违的母亲变得好想念，她会特地去做我喜欢的菜给我吃，临走时还塞好多钱给我，怕我在外吃不饱。那一刻她的唠叨变得弥足珍贵。

相处越少，越会想念在一起时的好。“距离产生美”这句话特别适合放在我和我母亲之间。

和朋友聊天时聊起家里的人，她会抱怨她母亲一直骂她，特别烦，而我却一直在细数我母亲对我的好，感觉我特别幸福。

“你妈妈没骂过你吗？”

“有啊，很多。”只是放在记忆里的不愉快会慢慢被时光的洪流冲刷得只剩下模糊的影像，而那些时好时坏的人会在记忆中一直被再加工，每回忆一次，加工便多一次；所以我的母亲在我记忆里变得越来越好，那些深夜里深恶痛绝的叫骂声，会随着真实的记忆远去，与现在的愉快时光相比，那些都已经变得微不足道了。

母亲，我曾怨恨你九十九次，但其实九十八次都是我活该被你教训。这些年来，我对你说过我很讨厌你的叫骂声，你也很努力想改掉自己情绪冲动下的恶习。我知道你很爱我，正如此刻，我在外地的月亮下格外思念你。你的头发渐白，而我的头发却已及腰；你越老恶习越少，我也越长大越理解你。

谢谢你的改变，如此，让沉淀的岁月越发酿成醇厚的酒香。

过庭之训，舐犊情深

恐惧时，父爱是一把保护伞；黑暗时，父爱是一盏照明的灯；努力时，父爱是精神上的支柱；成功时，父爱是鼓励与警钟……

爸，你就安心做个孩子吧

□李月亮

这么多年，落寞失意的时候，父亲一生中的许多片段和故事，总是那样苦涩而温馨地演绎在我的心灵深处，让我独自一遍遍地体验人生的凝重，生命的悲苦欢愉以及至善至美的亲情。

老爸：

自从六年前你得了阿尔茨海默病，就越来越像个小孩子了。吃饭会掉米粒，东西到处乱放，常常忘了洗脸，听不懂我们聊天……当然，你很听话，让吃饭就乖乖坐在餐桌边等，让睡觉就马上起身去卧室。

老实说，这是我不熟悉的爸爸。以前你可不是这样的。

记得小时候写《我的爸爸》，我的描述是：爸爸是个无所不能的人。我的玩具坏了，他三下两下就能修好。我的东西找不到，他永远知道在哪里。我问多么古怪的问题，他都能告诉我答案……可能在所有小女孩心里，爸爸都是神一样的存在吧。他伟岸魁梧，力大无穷。他通晓天下，谈笑风生。他有一肚子故事，有数不清的朋友。他能解决一切难题，能应对所有意外。

我们这代人，小时候物质大多不富裕。虽然你和我妈收入尚可，但吃穿用度还是要尽量节俭。但是你只在自己身上省，对我和哥哥姐姐都大方爽快。

我想要的东西几乎不用说，只要在商店里拉着你喊一声“爸”，眼睛瞟到那里，你就买了。亲戚们常说你太宠孩子。你丝毫不觉得，说当爹不就应该这样吗？有时还反过来教导人家：孩子想要这点东西不过分，能满足就满足，别亏了孩子，别非得让她抱着你大腿央求，孩子也有自尊心的。

很小的时候，你就会告诉我，咱家每个月的收入有多少，正常开销要多少，能给我的零花钱有多少，这些钱，我应该怎么花。

我从小没断过零花钱。因为你的观念是：会花才会赚。过去我只当这是你宠我的借口，现在想想，你确实是对的。我们兄妹三个，在物质贫乏的年代长大，但都从未觉得家里穷，没有匮乏感，都懂得要努力赚钱，也都舍得花钱，给自己，给别人。这都是你和妈妈给我们的，比钱更珍贵的财富。

跟同龄人相比，你有很多超前的教育理念。大概是因为你喜欢读书。

你是邮递员，年轻时骑马送信。常常送完信回来，天都黑了，你借着月光在马背上看书，看得入迷。到我们长大些，你就把看过的故事讲给我们听。

我就这样无忧无虑地长大了。而你，也这样无缘无故地变老了。那个无所不知无所不能的你，慢慢地，慢慢地，从超人变成了普通人，又变回了小孩子。

不知从何时起，我们开始探讨大人间的话题，你遇事开始征询我的意见。

你吃得越来越少，睡得越来越早。你越来越希望我多留在你身边。可是这些年，我在外面读书，工作，又从内蒙古嫁到济南，陪你实在太少。姐姐说，我结婚那年，离开家后，你一个人哭了好久，说这个千辛万苦培养大的女儿，是彻底飞走了。这句话让我难过很久。

我是个恋家的孩子，却一不小心走了这么远，这使我常怀悲伤，也觉得亏欠你和妈妈太多。五年前，你身体不好，我和哥哥带你去北京检查。

医生最后说，你的病目前没什么办法，只能靠吃药延缓进程，但避免不了智力继续下降，身体越来越差，最后的结果应该就是完全丧失智力，卧床不起。

我心里真不是滋味啊！出院那天，你和哥哥在前面慢慢走，我拖着行李跟在后面，看着你略微佝偻笨拙的背影，我心酸不已。

我知道，曾经那个走路带风谈笑自若的你，再也不会回来，你会慢慢地不会走路，不会说话，找不到家，认不出我，忘掉我们一家人所有的过去……

你将这样一点一点地离开我。而我只能眼睁睁地看着你走，无能为力。

小时候我走路，总喜欢牵着你的食指。那天我忽然发现，你微蜷的右手，依然习惯性地伸着食指。我瞬间泪奔。第二天，我送你和哥哥到火车站，你们回内蒙古，我回济南。我把你们在候车室安顿好，和哥哥聊了一会儿。你一直看着我，不说话，你知道我要走了。

我起身和你们道别。

你仰头看我，像怀着最后一线希望似的说："不跟爸回去啦？"我说不出话，强忍住泪，强笑着跟你点点头，转身往外走，眼泪噼里啪啦掉。我一向以为自己是孝顺的女儿，那一天才发现，并不是。

你那么精心地养大我，在我需要你的时候你永远在。可是现在你老了，我却缺席了你最需要我的时光，连多陪陪你都做不到。对不起啊爸。

这十几年来，我每年夏天都要雷打不动地回家待一个多月。每年回去，你都以比我预料的速度更快地衰老了。开始我们还能聊聊天，后来你的话越来越少，渐渐不再主动说一句。有时我试着跟你说说我的事，你也听不太懂了。

你好像不愿让我知道你不懂，怕我失望，所以很费力地配合我，给我回应。

我不想你辛苦，也就不再多说。每天只凑过去问你想吃什么，要不要看电视。

给你切个西瓜，帮你剪剪指甲，哄你多吃几口饭，把你掉在地上的米粒擦干净……我能为你做的，也只有这些小事。

你就是这样一个爸爸。为我做什么都觉得理所当然，而我为你做一点小事你好像都受之有愧。你对我的全部期望，只是我能快乐健康，能常在你眼前晃一晃。

去年我回家，车开得慢，到家已经晚上十一点，你就搬个小凳坐在电梯门口，等我到十一点。终于等来我，你也不说话，只是笑，笑得很开心。

我忽然想起小时候你讲的“儿出门远行，父母倚门相望，盼儿早归”。父母对儿女的深情，都在这几个字里了。可是儿女纵念亲恩，所能回报的，也没有百分之一。今年我买了个面包机，常在家里做面包给你吃。你很喜欢。有一次你刚吃两口，面包掉到了地上。你像个做错事的孩子一样看着地上的面包，又看看我，满脸歉意地说了一句：“人老了……”

我明白你的意思。你是想说，我折腾半天给你做了面包，你却弄掉了，让我白费了辛苦，你太老太笨了，希望我不要嫌弃记怪。

爸，你真不用这样。我小时候饭都不会吃，还不是你教会我的？你现在掉个面包算什么，只要你好好活着，怎么我都该伺候的。

这一世只有我欠你，没有你欠我。你纵有些许过错，也不亏欠我一丝一毫。

其实我特别庆幸，这辈子有你这样一个爸。大自然用了多么巧妙的手段和机缘，让我成了你的女儿，除了珍惜和感恩，我还能说什么呢？

所以，爸，你就安心做个小孩子吧。

吃饭掉几个米粒没关系，衣服系错了扣子没关系，不能陪我聊天没关系，不小心摔坏了茶杯没关系。你只管想吃什么就吃什么，想做什么就做什么。你可以随便提要求，别怕给我添麻烦。

你养我小，我养你老，天经地义。不管你变得多么不可爱，我都必须爱你。

因为你存在我这里的爱，今生今世，我都还不完。

呼吸之间，全是人生

□达达令

曾经，我认为我已长大，面对您诸多的言辞，诸多的干扰，我觉得您变了，我觉得自己已能单独飞翔。直至我折了翅膀，满身疲惫，飞了很久很久，偶然的一次回头，看见了父亲殷切的目光。

得是很小的时候吧，每天傍晚时分，负责清扫垃圾的一户人家的父子，就会经过我家门前。一时间臭气熏天，难以忍受。

起初我总是捂着鼻子，一脸嫌弃的肢体语言外加神情。再后来，我习惯性地逃走。有一天，打扫垃圾的照旧到来。那一次来不及躲避，加上年纪小，有了些任性的行为。

我爸在一旁出声了："你知道那个味道难受，你要早早做准备。现在躲不及了，也不该如此厌恶。因为做那份职业的人，他已经足够辛苦了。有得选的话，他也不想这般打扰到别人。可是没有办法，垃圾车每一天都得经过。就如同我们的生活，不能总有顺利。"

他后来又补充了一句："如果你觉得实在无法忍受了，那就尝试着憋一口气。那一口气过去了，垃圾车也就走远了。"

"憋一口气？"

"嗯，还得控制好自己的表情，假装镇定自若，更不要有肢体动作反应。一小会儿的时间，很快就过去了。这样不会伤害到那对清理垃圾的父子，你自己也不会觉得嗅觉上的恶臭。"

我突然开始有了兴趣："这是为了表示对他们职业的尊敬，所能采取的最适当方式吗？"

"不是。"我爸淡淡回复一句，"不仅仅是为了维护他们的职业尊严，而是要适当地，刻意让自己陷入一种不舒服的境地。"

他解释："当你处在舒服的环境的时候，垃圾车的臭味于你而言就是不舒服的。可是如果你憋上一口气，这时候你就没有精力去顾及垃圾车本身了，你满脑子想的都是，怎样支撑过这屏住呼吸的小段时间。"

我爸补充道，从前他当兵，冬日营地里天寒地冻，夜里无法入睡。后来一个战友告诉他，试着让自己憋口气，难受一小会儿，这样对当前环境的感知也就没有那么敏感了。

小的时候没有多大的感受，可是这些年越发体会到，世上那么多人都在顶着一张假面具而活。面具背后的辛酸也就算了，可是倘若是累积了很多个日夜的委屈、埋怨甚至是愤怒，到了无法开解那一天，终究会通过伤害别人的方式，加倍伤害自己。

得让自己主动选择那么一点不舒服，从而避免正面冲撞生活的各种恶意。我至今记得我父亲说的一句，他也想过理想的生活，但是既知此生都无法实现，那就先试着过一点不那么违背大方向底线的生活，再在小方向的部分里修正、调整、改善。

他是个普通的退休员工，写得一手好字。他说一开始当兵的时候，并不认识多少字。后来广播站的指导员跟他说："你就这么练着，或许会练成一手好字。"

幸运的是，在我出生以后，他就已经写得很好了。小时候每一年开学，他都会在我的新课本上写上一句：好好学习，天天向上。

不是因为那一句话，而是那工整的字迹里，透着铿锵有力的气息。那份气息，是最重要的力量。因为他说，写字那一瞬间，便是提气的修炼。

多谢他的教导，教我屏气也好，提气也罢。呼吸之间，全是人生，全是礼物。

一封写了十七年的信

□王　君

懵懂时，父亲是一座大山，坐在他的肩头，总是能看得很远；懂事时，父亲是一棵倔强的弯松，才发现我的分量这样重；现在，父亲是一首深沉的诗，我默默地读，泪静静地流。

爸爸：

你可能不相信，很多想对你说的话，一直在我心里默默酝酿，从幼年一直到现在。也许我们都是那种不善于表达的人，以至于那些最柔软的时光总在记忆中浮现。但那些最柔软的话，却很难说出口。

小时候，我还不及你的腰高，每次跟着你出门，总拽着你的裤腿说路不好走，就为了等待你把我托起放在肩上的那一刻。

骑在你宽厚的肩上，我唱起刚刚学会的《春天在哪里》，双腿打着节奏，一下一下砸在你的胸口。春天在哪里？春天在我唱给爸爸的歌声里。

你不是一个浪漫的人。在别的孩子听大灰狼与小红帽的时候，你给我讲那一个个大英雄的故事：德川家康的隐忍不发、成吉思汗的临危不惧、汉武大帝的雄才伟略、毛主席的豪情万丈……谁说声音是看不见摸不着的？你的声音为我勾勒出的一个个场景，明明就是立体的嘛。

后来阅读了相关历史书，我对你的敬佩瞬间飙升，你是怎么把这么冗长复杂的历史变成一个个新奇生动的儿童故事的？太不可思议了！

但是，不知从什么时候起，属于我们的故事世界就被你越来越繁忙的工作和我一沓一沓令人厌烦的作业侵入、包围，最后占据……

后来，我的个头慢慢到了你的胸口，但感觉离你的心越来越远。住在同一屋檐下，一个月和你见面的时间可能还没有你和同事相处一天的时间多。你是个完美主义者，工作上有一点瑕疵，都要推翻重来。你是真的热爱你的工作。可每当你离充满“纸香气”的办公桌近了一步，就意味着你离温馨的家又远了一步。

早上我出门上学，你还在为昨晚的熬夜补觉；晚上吃饭时，你一身疲惫地回到这个“中转站”，匆匆扒拉几口饭后，就立马被办公室的那股无形却又强大的引力吸了过去。等你再一次回到家时，已是夜深人静，我只能在半梦半醒之间听到你轻轻转动钥匙进门脱鞋的声音。有时，遇上重大任务或时间紧急的话，你可能就咬着单位食堂的馒头，缩在办公室凑合一晚。

你的工作、你对工作的热情、你把工作放在第一位的态度，生生地隔开了我们。冷，慢慢地侵入了我的心里。

而我们的距离不止于此。你是靠学习成绩改变命运的山里孩子，生活一向平淡，为数不多的喜好中，读书就占据了一多半的业余时间。而我，虽学习平平，但兴趣广泛，认为除读书外还有更有趣的世界。我们之间，观念的距离就好像亚欧板块和非洲板块一样，随着时间的推移，越隔越远，从一丝裂痕到一道鸿沟。

若是几年前的我，我的笔到这儿就放下了，怀揣着不满草草结尾。但如今，我作为一名高三学生，在马上要离开家去为自己的人生奋斗时，在对未来的期待与惶恐中，我又在回忆里重拾一些散落的细节。它们温暖、细微，无所不在。但不知是什么时候，我把它们归为生活日常，对它们熟视无睹。

很多个夜晚，每当门口的关门声和脱鞋声响起，伴随而来的必是我的房门被轻轻推开，先探进来一个头，向来威严的眼神落在我身上后，立刻柔软起来。接着，你走进来，摸摸我的头，只说了一个“仔”字，就走了出去。而当初埋头于作业的我，并没有发现那厚重的镜片后，是满满的温柔。

有时，我要拖到很晚才磨磨蹭蹭地去洗头，洗完就想立刻睡觉。你拿起吹风机，用那双宽厚的手掌撩起我湿漉漉的头发。暖暖的风吹过来，后脑勺的凉湿感逐渐消失，取而代之的是渗入头皮、充斥全身的暖意。多少个夜晚，我就这么枕着这头“暖意”进入梦乡。

越长大，我似乎越学会了退缩。我不争强好胜，希望一切和平处理，有时候甚至愿意为此做出妥协，做自己不喜欢的事。直到有一天，你对我说的那句话警醒了我：“女儿，我不想让你讨人喜欢，我只想让你受人尊重。”我常年筑起的壁垒，瞬间分崩离析。是啊，曾经那个个性鲜明、渴望独立思考的少女，什么时候变得这么畏畏缩缩、一味地考虑别人的想法了？总觉得你对我的关注太少，对我太不了解，可这么一句话就把连我自己都没发现的现状瞬间点破，把我深埋在内心的问题看透。

你不是不爱，而是不善于表达。你默默地给予我深沉的爱，你的爱从来不曾缺席。我见或者不见，它就在那里，只增不减。

胡赛尼的《群山回唱》中有这样一段话："过去，我只是简单地接受，觉得理所当然。我不曾为此感谢过她，就像我不曾感谢过洒在我身上的阳光。"

如今，或许是感受到了我离开家的时间逼近，你在家待的时间逐渐增多，加班的次数逐渐减少。我明显感觉你在努力向我靠近，努力拉近我们之间的距离，填补遗失的空缺。

那天其实我只是开个玩笑，脑子一热冒出一句："老爸，你爱我吗？"原本以为你会瞥我一眼，像往常一样说："咋问这种问题？"我正打算如往常一样说"就瞎问问"，却听见了你的回答。

"非常非常爱你啊，女儿，爸爸最爱的就是你了！"

对一向不屑于也不善于用语言表达情感的你来说，这句话简直是奇迹般的存在，但对着即将迈入成人世界的我，你说了出来！

感动席卷全身，包含着愧疚、感激、喜悦。原来，语言是如此俗气，又是如此强大。有你的深爱，未来的道路又有什么可畏惧的呢？

谢谢你，爸爸！

你深爱的、同时也深爱你的女儿

藏在左手里的父爱

□杨家丽

父亲，我看到你在彼岸，和我一样，抬起头倾听鸟群飞远的声音，笑容纯真，再无痛楚。

高一开学，从自己的村子里走进这座陌生的大城市，父亲毅然要亲自送我到校园，因为他怕下次来找不到我的学校，也怕我和母亲迷路。

其实他只来过这儿几次，那还是早些年的事儿了。现在看看眼前的繁华市区，他怎会记得哪路哪巷呢？

一大早吃完早点他就带我匆匆坐车来到昆明。可下车后，满眼的陌生，父亲镇定地掏出他的右手，提着那装满我生活用品的塑料编织袋。那么一大袋东西对于普通壮年男子根本不算什么，却在他右手上待了大半天，右手备受折磨。而左手呢？他则习惯性地甩在身后，或是藏在衣袖里。

父亲的左手因为事故从小带有残疾，五根手指不能弯曲，连抽烟都困难，更别说用左手提重物了。因此，他一直用右手把大口袋紧紧拽住，在拥挤的车站不肯松懈一分钟。我背着书包，双手空着，想跟他搭把手，父亲总是不乐意地说：“就这么点东西，我还会拎不住吗？”我只好住嘴，走到他身边，拉起他甩在身后的左手。

父亲带着我，指着通知单上的地址，赔着笑脸问路，有的人摇摇头，更甚者直接不理会。

直到遇见一位好心的本地人，才问来了路线，怎么怎么走，几路几路车。父亲感激地点点头，忙带着我去赶公交车。

一路停停走走，坐在车窗边，父亲才放下手中的口袋，用他健壮的右手指着窗外跟我绘声绘色地讲他以前的所见所闻。不时感叹这城市的巨大变化。汽车到站，幸而离我们的学校不远，车一停，父亲立刻用右手抓起口袋，左手伸过来拉着我，急忙冲下车赶去学校。

毕竟那只是他的一只手，一个普通人的手，那劣质的口袋把父亲黝黑粗糙的手勒得通红，那终日附在手上的老茧好像都要被勒破似的。倔强的父亲绝不允许我说帮他换把手，就像谁看不起他似的。

八月骄阳似火。我拉着的父亲的左手，早已被汗水湿透。他那夹杂着白发的双鬓和额头也早已汗如雨下，可他仍任凭右手受罪也不愿停下匆忙的脚步。

总算是摸到了学校。报到后，找到宿舍床位，父亲才放心地放下那包大行李。早已勒得发紫的右手这会儿才得到解放，也才有空闲拭去额头的汗水。

一切安顿好，我说送他去车站，一开始他不乐意，可最终没拗过我。

在那人头攒动的车站，父亲又把左手习惯性地甩在身后。我跟他道别。在车缓缓启动时，他用那疲惫的右手向我挥舞着，示意让我回去，我终于看不见那只左手了，心里却莫名哀痛。

我心酸。心酸父亲的左手。那虽残缺的左手或许在别人看来丑陋，但它里面却藏着这世间最真切，也最质朴的爱。

一封锁起来的信

□马　德

父亲老了，在长大的今天，岁月是两只白色蝴蝶，落在父亲的鬓边。我试图上前驱赶，才发现那是刺眼的白发。

那一年，他十岁，和班里的同学打架，同学被打急了，一撒手，说："我不和你打，你不是你爸你妈亲生的。"

他一愣，一慌，拽着对方脖领子的手顿时松开来。他哭着跑回家，不吃饭，坐在炕上恶狠狠地盯着母亲。母亲不明端由。他拖着哭腔，锐声问母亲："你告诉我，你是不是我的亲妈？"

像是被什么突然间咬了心，母亲一下子僵在那里，面色如纸。好半天，母亲才镇静下来。母亲说："儿啊，别听别人胡咧咧，赶紧吃饭吧。"

第二天下午，父亲便急匆匆地从矿上赶回来了。父亲的脸色黑黑的，严肃得让他有些害怕。

以前，父亲回来，总是一把把他架到双肩上，然后，把买回来的好吃的东西尽数摊在炕上，让他随便挑着吃。

父亲说："既然这样，这件事，爸爸必须得跟你说说。

"是的，我们不是你的亲生父母。十年前，一个老婆婆，把你和一封信交给了我。那是你的亲生父母写给你的信。

"信的大意是，因为家里穷，无力抚养你，所以他们才把你送出来。将来，等你长大成人后，他们还会把你接回去的。老婆婆走的时候，顺带把爸爸的名字，以及咱们住的地址，一并带走了。她说，这样，好让你的亲生父母找到你。

"那封信就锁在墙角的那个米色的柜子里。等你长大了，爸爸会让你看的。爸爸只想告诉你，孩子，要挺直腰杆活着，你比任何一个孩子都幸福，因为，你比他们，并不缺少什么。”

之后，每天他都趾高气扬地去上学。是的，他什么都不少，为什么要比别人矮一截呢？

他总是盯着那只米色的柜子出神。有一次，他问母亲，钥匙在哪里。母亲笑笑说：“钥匙只有一把，在你爸爸那里。”他便有些失望。上高中的时候，他家从平房搬进了楼房。那次，父亲打开了那只米色的柜子，他的心怦怦直跳，以为父亲要做什么，但很快，父亲又把它锁上了。这一锁，他上完了大学，找到了工作，有了属于自己的家庭。

当了一辈子矿工的父亲，最后是得了肺癌去世的。料理完后事，他终于得到了父亲那把一直带在身边的钥匙。当他哆哆嗦嗦地打开柜子，却发现，里边空空的，什么也没有。

他一下子愣在那里。

在一旁看着他的母亲，混浊的双眸里，早已蓄满了泪水。

“孩子，你是找那封信吧？”母亲一边说，一边啜泣，“哪有什么信啊，那是你爸爸怕你想不开，怕你受了别人欺负，编的。”

“这些年，俺俩守着这个秘密，不敢让你知道。其实，你的亲生父亲，也是一名矿工，在一次矿难中，死了。那时，你刚出生不久，你的生母丢下你就走了。于是，爸爸把你带到了咱们家……”

“扑通”一声，他跪在父亲的遗像前，痛哭不起。迷离的泪眼里，他仿佛看到了那封信。

是的，那是养父，包含了所有的爱，为他写成的。他也要像父亲一样，把它锁在自己的心里。

他知道，这封信锁多久，他就会暖多久。

一次失败的离家出走

□路　明

长大后，倚着父亲成熟；举目时，他是浩瀚天空；垂首时，他是莽莽大地，世界再大也大不过他的微笑。

1998年，我初二。有一天，我离家出走了。这是一次蓄谋已久的出走，原因是：我厌倦了当一个好孩子。

我对着镜子，忧伤、沮丧、无可奈何。镜子里的自己，长着一张平庸无奇的脸：瘦弱、白净，还戴一副金丝眼镜，标准“小红花少年”的模样。更要命的是，因为成绩好，加上管教严，我一直是“别人家的小孩”——走路中规中矩，说话细声细气。只是没有人知道，在我的内心深处，燃烧着怎样的火焰。

十三岁的少年，两点一线，写不完的作业，却渴望像草莽英雄那样揭竿而起，像江洋大盗那样行走江湖。

那天的早饭是稀饭和白煮蛋。我吃完稀饭，把白煮蛋放进书包，又从厨房拿了一只冷粽子。然后背上书包，右手插在裤兜里，紧紧攥着两张皱巴巴的钞票，一张五块、一张十块。钱是昨天向爷爷要的，理由是买学习资料。

出门，沿老街一直走，前方有一座石桥，过了桥就是中学。

我走过桥边，卖卤豆干的阿婆抬头看了我一眼。带着做贼心虚的快感，我快速穿过一片旧街巷，来到小镇的尽头。

镇北边是村庄，大地在我眼前徐徐打开。春天，油菜花盛开，三两农人在田里劳作。我走在田埂上，呼吸着新鲜空气，一股悲壮感油然而生。你看，我自由了。我将浪迹天涯，永不回头。像切·格瓦拉走向丛林，像贝吉塔走向那美克星。我不由得想起了高尔基的《童年》、狄更斯的《雾都孤儿》，以及日本动画片《咪咪流浪记》。我情不自禁地唱起来：落雨不怕，落雪也不怕，就算寒冷大风雪落下……

接下来的歌词我不好意思唱出来，什么“我的好爸爸”，“我要我要找我爸”，一律用“啦啦啦”代替了。

我没去找爸爸，我爸爸来找我了。

中午的太阳白晃晃，我坐在田埂上，吃完了白煮蛋，正在剥粽子。我爸骑着自行车，悄无声息地靠近。发现得太晚，逃跑已绝无可能。我爸是高中部老师，对我的动向向来了如指掌。嗯，一定是班主任跟他讲我没去上课，然后卖卤豆干的阿婆泄露了我的行踪。

我爸停了车，倒也不着急。

他摸出打火机，半靠半坐在后座上，点了一支烟。抽了几口，他摁掉烟头，说：“走。”

我爸推着车走在前边，我垂头丧气地跟在后面。一路上，谁也不说话。到校门口，他开口了：“我跟老李（我的班主任）打过招呼了，说你身体不舒服，请半天假。”

我说：“嗯。”低着头往大门里走。

他叫住了我：“钱交出来。”

“什么？”

“跟你爷爷要的钱。”

十五块钱，相当于三十根雪糕，五十个游戏机铜板，一百五十只甩炮，说没就没了。我欲哭无泪。

我爸有点得意：“这点小花招，哼哼，还想瞒过我……期中考到年级前三，我就不告诉你妈。”

他抽出那张五块扔给我，剩下的十块钱塞进上衣内兜。一甩腿，骑上车走了。

那一年，我教女儿“追”男生

□聪明瓜

那一天，我终于可以心甘情愿地把你的手放在另一个男人手里。作为父亲，只要你认定了，我就陪你一起去守护；如果你受挫了，你可以随时回来哭一场；如果你忍着不哭，我也可以装作不知道，烧一桌你最爱吃的菜。

女儿高三那年，我最担心的事发生了——女儿暗恋上了他们班的班长，一个学习好得不要不要的“男神”。

女儿为这段暗恋付出了惨重的代价，月考成绩惨不忍睹。

我把女儿约出来，像朋友一样请她喝咖啡。女儿在我灼灼的目光中，苦恼地说：“爸爸，他根本看不上我。”我心里猛地一抽，第一个反应是，我女儿差啥啊，他竟然看不上？

我仔细打量了女儿一番后，明白了。我说：“你愿不愿意爸爸从男人的角度来给你分析一下为什么你们班长看不上你？”女儿期待又羞涩地点了点头。

我对女儿说，从男人的角度来看，你绝不是第一眼就能相中的对象。尤其像你们班长那样眼睛长在头顶上的，不可能喜欢你这种又高又胖的女孩，所以首先，你要从外形上改变。

女儿低头看了看自己的体形，默默地点了点头。

其次，一个女孩要想吸引男生的注意，除了长相，最重要的还是内在的气质。你会弹古筝，你们学校不是还有最后一次会演吗？露一手你的《高山流水》，绝对可以一鸣惊人。

女儿经过一番训导，终于想通了：“爸爸，我想改头换面，你能帮我吗？”我立即答应了。

我和妻子分工，她负责女儿的饮食，我负责女儿的健康，每天清晨，我都会陪着女儿早起慢跑，顺便跟她交交心。

不久，我把女儿的古筝搬出来，学习累了的时候，就让她弹一弹。年终的汇报演出，女儿上台弹奏了《枉凝眉》，艺惊全场。她回家后兴奋地抱着我大喊："爸爸万岁！"

原来，女儿不但为她的班级获得了一等奖的荣誉，还被全校男生冠以"古典女神"的封号。

我笑眯眯地看着女儿，只半年时间，她坚持跑步，戒掉了零食，竟真的瘦下来十五公斤，再加上女儿长得白净温婉，还真有点古典美人儿的味道。

剩下的时间，就是冲刺了。

女儿学习底子不差，成绩只是因为单相思才掉下来了。我把女儿的心态调整好后，遍请各校名师，给女儿一对一补习，我给女儿的口号是："胜利在向你招手，班长在前头。"

就这样，我拉着女儿在高考的路上玩命飞奔，2016年6月初，我把女儿送进高考战场时，对她说："什么都别想，冷静地答完每一道题，你就赢了。"女儿点点头往教室走，走到半路又跑了回来，她趴在我耳边对我说："爸爸，无论结果如何，我都谢谢你。"我迅速转过身，不敢让她看见我掉泪的样子。

如今，女儿已经在中国传媒大学读大二，这个暑假回来，我问她个人感情的事，她吹牛说追她的人排到了五环外。我纵声大笑，没问这里面有没有班长。

对一个父亲来说，能让女儿在成长的路上学会挑选，学会守住底线，学会化被动为主动，已经足矣。

三个爸爸

□倪　萍

我走遍这个城市的所有角落，眼睛里挤满老人们的身影，唯独没有父亲的脸庞。

姥姥因为我没有“父爱”而格外地心疼我。

看着邻居的父母双双拉着孩子的手在院子里走，姥姥就会很夸张地转移我的视线，不是领我去买个冰棍，就是给我几分钱去看会儿小人书。以我现在的理解，这种内心的痛大人比孩子痛多了。

其实没有父爱，我真的不怎么痛，因为没尝过甜，所以不知道苦。记忆中只跟父亲转过青岛的中山公园，父亲推着车子，我和哥哥跟在后面走，言语不多的父亲偶尔说两句话也记不清说的什么。每次像完成任务一样，和父亲见过面就急急忙忙地逃离开。

爸爸的形象在妈妈的描述中和姥姥的描述中完全是两个爸爸，再和我见到的爸爸加起来，一共是三个爸爸。

“姥姥，你和妈妈说的爸爸到底哪个是真爸爸？”

“你妈说的一半儿和我说的一半儿再加上你自己见到的一半儿就是你那个真爸爸。”哈，一个半爸爸。

妈妈描述的爸爸太坏，姥姥描述的爸爸又太好，我信姥姥说的那个爸爸，所以心目中的爸爸是善良、正直、清高的，只因和妈妈“鸡狗不和”罢了。

我从没有在爸爸面前喊出过“爸爸”这两个字，是姥姥一生的遗憾。在姥姥的生活哲学中，一个孩子不会叫爸爸，不曾有机会叫爸爸，这是多么让人心碎的一件事，她一生都在努力地让我叫出一声“爸爸”，可我就是发不出这个声音。

父亲在他不该去世的年纪，早于姥姥一年走了，他才七十四岁啊。父亲是因脑出血而住进医院的，从发病到去世的一个月里一直在重症监护室睡着。我是在他睡着的时候和他见的最后一面，所以也不能叫作见面，因为父亲不知道。

躺在最先进的病床上，父亲像个婴儿一样，脸红扑扑的，甜甜地睡着，脸上有些笑容，似乎有些知足。我和哥哥一人拉着他的一只手目不转睛地看着他，一个儿女双全的父亲“幸福”地躺在那儿，多么大的一幅假画面。父亲幸福吗？我们是他的儿女吗？

一生只有这一次拉着父亲的手，这么近距离地看着这个给予我生命的父亲，心里的那份疼啊，真的是折磨，人生的苦啊，怎么会有这么多种？这么不可想象？更不可想象的是父亲这么些年是怎么和这些遥远的儿女相处的啊？他这个女儿又做了这么一个特殊的职业，不管你喜欢不喜欢，隔三岔五地她就要“满面春风地走进千家万户”。

父亲是最早买电视机的那拨人，因为听说“我在电视上工作”，父亲把电视搬回家，等于把女儿搬回了家，多么硬邦邦的父女关系啊！

我恨自己，一个一生都不曾喊过爸爸的人还有脸坐在这儿，爸爸你为什么不睁开眼睛骂我一顿？

人生就是这么残酷。主治医生来查房：“你们试试，不停地叫他，叫他爸爸，他也许会苏醒，脑干的血已凝固了一半儿，或许奇迹会发生。”

叫爸爸？我和哥哥都懂了，此时亲人的呼叫可能比药物更管用。哥哥不停地喊：“爸爸，我和妹妹都来了，你睁开眼看看，左边是我，右边是妹妹小萍，爸爸……”

我不相信我没喊爸爸，我喊了，爸爸没听见，任何人都没听见，因为这个“爸爸”依然没有声音。爸爸，我只是双唇在动，我失声了，心灵失声了。一生没有喊过爸爸，最后的机会都让自己毁了，我是这天下最不女儿的女儿了。我恨自己！

心中有怨恨吗？没有啊。从懂事起姥姥传达给我的那个爸爸就已经让我不怨不恨了，爸爸生前我也按常人的理性多少次地去看他，给他送钱。出口欧洲的羊绒衫，因为爸爸喜欢它的柔软宽大，我一买就是十几件；儿子会跑了，我还专门把他从北京带去给姥爷看。该做的好像都做了，但真正该做的我知道，却没做，从来都没做。

叫一声爸爸，叫不出。

家里第一次装上电话，姥姥就曾偷偷地给爸爸打过：“我找刘世杰同志。”没有文化的姥姥在“外交”场上也称职了。

一定是听到“刘世杰同志”的声音了，姥姥一把捂住自己的嘴，老泪纵横。“我挺好的，萍儿也好，青儿也好。萍儿走道那个小身子骨和你一模一样，那个脸盘和她奶奶一模一样，那个儿头一看就是你们老刘家的人，那个眼睫毛和她姑刘世美一模一样。来和萍儿说句话吧！”我摆手拒绝。“哦，上茅房了……”

事后姥姥说：“人家你爸一听我这音儿就叫了一声妈，我这个心一下子就被这声妈叫空了，有情有义的人啊！”

善良的姥姥啊，恨不能把我和爸爸说成是一个人，只是一大一小。

以后的很多次偷偷打电话，姥姥只有一个目的，抚平爸爸缺失儿女的心，填补我和哥哥缺失的父爱。

姥姥啊姥姥，心里承载的东西太多了，对我们成长的滋养都是“润物细无声”。小时候不觉得，慢慢长大了，才知道一切善良、宽容、忍让都不是与生俱来的，血脉里流淌的美好都是一点一滴的给予积聚的。真的，我从不憎恨父亲，对于父亲后来的一家，从妻子到儿女，我和哥哥都充满了感激，感谢他们给予父亲的那份真爱和照顾。

妈妈其实也是一块儿抹着辣椒的糖果，那么多次的电话妈妈一定是知道的，每月电话单里的那个号码妈妈从没问过。善良的一家让我学不会憎恨，学不会报复，学不会整人、治人，这不都是我的财富吗？

安葬爸爸的时候，是我记事后第一次见到了“爷爷、奶奶”，墓碑上贴着他们的照片，写着他们的名字。英俊的爷爷、漂亮的奶奶着实让我吃了一惊，体体面面地坐在那儿，让我有了一些说不出的亲近感。村庄里来了好些人，他们看着我，我看着他们，无数的手机、相机举在我面前，我不知所措。没有一个我认识的人，却也没有陌生感。远房的大哥安排几十人的大宴，我却逃离了餐桌，堵了几十年的这颗心就快跳出来了。我必须逃脱，我怎么有脸在这个温暖的大家庭里被敬酒啊？

八十岁的姑姑一直拉着我的手，我像个木头人一样被拉来扯去的。我是谁？是这个村庄的人啊，是爸爸刘世杰的女儿啊，我从心底里叫了一声爸爸，我不能断定这次出声了没有。

爸爸的去世姥姥并不知道。

生病的最后日子，姥姥还嘱咐我：“有空多去看看老刘。”估计姥姥对我此生叫出一声“爸爸”不抱任何希望了，否则她该说：“有空多去看看你爸爸。”

梦中的父亲

□南派三叔

这样一个人与你结缘一生，用厚实的臂膀撑起一片天，他的羽翼呵护你成长，他的苛责背后却全是温柔，这个人，便是父亲。

我曾做过一些很难过的梦。梦中我和我的父亲在河边钓鱼。

我大约五岁的时候就随我的父亲出去钓鱼，一钓就钓一整天，小孩子的精力不够，到黄昏的时候，我就会靠在爸爸的背包上睡觉。

等走的时候，往往是睡得最沉的时候，爸爸背上我，拿上鱼竿和收获，骑着自行车往家里赶，到家我醒过来，正好吃晚饭。

趴在他背上睡觉，是很不舒服的，但你却知道自己能安心。

梦中的父亲已经是现在这个年岁，甚至更老一些。我以前看过很多文章，讲的是父亲背小时候的作者，作者大了背老了的父亲，这种生命的交替，看似天然，对于个人来说，却往往有无法抵抗的悲怆。我们并不想承认父亲的老去，如同不想自己童年那安心的后背消失。

梦中的那一天我们钓完鱼，山路崎岖，父亲行走趔趄，行不了几步已经气喘吁吁。我看着父亲的背影，知道这一天终于来临，我们两个人的位置终于要调换。我蹲下来，说出了之前任何一天，我都羞于说出的话："爸，我来背你吧。"

我预料到很多回答，倔强的、无奈的，没有想到，梦中的父亲没有我想的那么顽固，他抬腿上来，我想背起我的父亲，然而他滑了下来，他又尝试了几次，都没有成功。我回头看父亲，他说出了一句让我非常难过的话："儿啊，你那么胖，我爬不上来啊。"

梦中的我泪流满面。

护肤狂魔是我爸

□佚　名

现在，我才懂得，不论多么肮脏、悲伤、可怕，他之所以能够坚强地挺过来，是因为有要守护的人，不是出于别的理由，是因为他要以父亲的名义生活下去。

宇宙第一帅

老实说，我爸并不算是长相惊为天人的锥子脸大帅哥，但在我心目中，他却帅得一塌糊涂。

他的眼睛很大，且是令人羡慕的大双眼皮。他的鼻子高挺而别致，像一座小山峰般立在脸上。人中深陷，形成一道完美的沟壑。嘴唇不薄也不厚，总是带着似有似无的笑意。这样一张轮廓合理、起伏有序的脸，简直就是立体的风景。

护肤小能手

每个人都有特别在意的东西。我爸也有特别在意的东西，那就是他那张老脸。

他的在意是十分明确、毫不遮掩的。对于各种美容产品，他懂的比我们家所有女性加在一起的都多得多，堪称护肤小能手。比如他每天早上无论多匆忙，都会比我多用二十分钟来洗脸。在清洁护理之后，还会手法地道地均匀涂抹上一层厚厚的男式护肤霜。

但是，我们都知道著名的墨菲定理。简单来说，就是越怕什么越来什么。我爸越是在意他那张老脸，他那张老脸就越不安全。

护脸之路不易

我爸第一次破相时，我妈还只是个包着尿布、满地爬的娃娃。

那是一个寒冷的冬天，年幼的我爸和家中几个兄弟一起放鞭炮玩。我爸自作主张增加了放炮难度：将一个铁皮盆子倒扣在炮仗上，他原本点着炮捻就灵巧地躲开了，可是鞭炮并没按预想的发出声响，于是他壮着胆子前去查看。

就在我爸掀开铁皮盆的一瞬间，爆破成功了。他被炮仗炸成了一个满脸花点的小麻子，用了将近二十年才逐渐平复。我爸第二次破相时已四十多岁了，一个阳光灿烂的午后，他喝高了，左脚绊了右脚，一段“华丽的舞步”之后，摔倒在楼梯上。我爸倒地的一瞬间，不知道吹了什么邪风，脸先着地了。

实际上，只是脸蛋上的皮蹭坏了一块，没出一个星期就结痂自行脱落了，甚至都没留下什么疤痕。但无疑的是，我爸更加视那张老脸如珍宝了。

都是鸡蛋惹的祸

我爸的第三次破相就在前几天，那天晚上只有我和我爸在家，他主动说要给我做晚饭，煎四个蛋。我也没多考虑煎蛋对于他来说的难度系数，于是就回卧室看电影去了。

过了大约两分钟，隔着两堵墙，我听到厨房里传来噼里啪啦的声音，像是锅和铲子同时从高处坠落在地上发出的碰撞声。

我疑惑地踱步到厨房，眼前的一幕让我目瞪口呆：锅躺在地上，铲子躺在地上，一枚煎好的鸡蛋平躺在灶台上方的青花瓷盘里。而我爸已经逃到洗手间去了，正在用大量的水冲洗脸部。

我听着哗哗的水声，把锅铲重新放回它该待的地方，开火，倒油，煎剩下的三个饱受惊吓的鸡蛋。我爸大喊：“快给我找烫伤膏！”然后一脸窘相地坦白：“我往外盛鸡蛋，炒瓢歪了，我看锅要倒，就伸手去扶。”我打断他，插了句话：“徒手扶锅？”心里还想了一句没敢说出来：“少侠，功夫不错啊！”

我爸没搭理我继续说：“没扶住，锅就掉地上了，一落地，油就飞起来了。我一闪身，就烫了我这半边脸。”在我无法停止的笑声里，我爸像平时涂抹护肤品那样，专业地涂抹了烫伤膏。

已经过去快一周了，我爸脸上的大花点渐渐结痂脱落了，留下一个个小小的、浅浅的痕迹，像花。但这并不妨碍我觉得他帅。只是，我现在一看到他，就会喊：“大花！大花！”

我爸也不恼，只是默默地低下头，念叨着：“可吓死我了，可吓死我了。”

因为每次回头你都在，我才能走得远

□张佳玮

母亲是一寸一寸变老的，而父亲是突然老的。父爱这把大伞，即使风雨交加也不让一滴水珠落在我身上。

我爸长在无锡市乡下——那里现在算郊区，有小区，有楼，有厂。但我小时候回老家看爷爷奶奶时，还有木结构房、鸡、鹅、河水、菜田、塞柴草的大灶和晒咸菜的场院。

他是家里长子，高中毕业进无锡城闯天下，进了一个做土畜产进出口的公司，后来公司转型，专注进出口贸易了，他一直在那里，做到如今。

他外语不好，但是各类条例、航运、箱子规模、港口、运输路线等，问一答十。本来该退休了，几位领导都是老交情，拉他留下，带学生，打打电话，控控场面。

我爸不算知识分子，他和我妈都是自学夜校拿的文凭。但他是我所见最爱看书的人之一，而且热情鼓励我看书。

幼儿园时，我们去逛菜市场，我看见一个孩子手捧一本《黑猫警长》，大馋，问哪儿买的，说是两里外一个桥旁书店。我爸穿着拖鞋就走着去了，买了回来给我。

我爸允许我看一切书，还悬赏：小学，每逢我期中、期末考所谓“大考”得全班第一，他就允许我买套书。

我爸一直在做本行。做了四十年国际商务。打电话，谈事，确认集装箱尺寸，确认货物性质，研究有关交付条例。大体上，他一直稳稳地支撑家里。

我爸妈一直不太管我的学业——确切说是，我妈想管，我爸不让。

每次别人问：“你们儿子进一中，没要你们掏一分钱，你们怎么教的？”

我爸总是说：“什么也不教，随他自己去。”

2002年我离家去上海上大学，我爸给我定了电子商务的专业，我跟父母订了个协议：大学的一切，我自己来；我也会拿到学位，不至于中途退学之类。前提是：我做什么，父母不能管。

我爸说，好，去吧。

我爸只有一次认真管过我。大一下半学期，我成绩还不大好。我爸没跟我谈成绩，只严肃跟我谈过一次话。他认为我不擅长处理人际关系，做事有时太任性，将来想走什么路，要提前想清楚。他说话时，关切之情溢于言表。

之前，我们一直有点多年父子成兄弟的意思，那大概是他第一次拿出父亲的姿态来跟我说话。

之后，我开始能写字挣钱了，他就稍微放了点心。

我爸给我看的第一本西方著作，我记得极清楚，是上海译文社七十年代末红皮本《三个火枪手》，李青崖译。第二本是《基督山伯爵》，第三本是《高老头》。从此我记下了达达尼昂、拉斯蒂涅和巴黎。2008年，我对我爸说，我过几年要去巴黎的时候，我爸问我“干什么去，学什么”时，我想不到词，就说：“就跟达达尼昂一样。”我爸就点头，说：“好，去吧。”

我在上海待了十年，大概每个月回一次无锡。每次回无锡，无论火车站还是机场，总是我爸开车来接。每次的典型经历，是这样的：

——爸到家时，问：“回来车可顺利？不累吧？”

被妈催着坐了，吃饭。

问我：“儿子，喝一杯？”我点头。妈就拿了酒来——冬天是温的黄酒，夏天是啤酒——父子俩分着喝了。妈嘴快，又怕胖吃得少。几口把饭扒拉完，看剧去了。爸喝点小酒，开始慢悠悠地跟我说话。足球篮球，时事政闻，晃晃荡荡地细细说着，把菜在嘴里细嚼。

偶或吃到一半，若有所悟般拍下脑袋，起身去房里，端出一屏蝴蝶标本来：“上次去云南旅游时看见的，你不是一直喜欢这东西吗？”

妈就在里屋嚷：“他在云南可得劲了，拍了好些傻照片呢！”爸只是笑，喝着酒，跟我讲大理天龙寺的事。看剧插播广告，妈从房里又蹦出来：“怎么吃那么慢，喝酒喝酒，慢慢腾腾，前三灶吃到后三灶！”

早饭，爸爱吃鸭肉面，问我可要一起吃去。我说在外常想无锡的馄饨和小笼包，爸说好。两个人趼一对拖鞋，吧唧吧唧出门去。

这种时候，妈不在身边了，爸就能认真问我几句：在外过得如何？——他也知道，有些话，当着我妈，怕她担心，是不能明说的。我说还好，他便说，现在世道纷乱，做什么都不易。先静下心来为好，家里呢，都还好，自己想怎么做，就放手去好了。

午后，爸便说有些累，睡午觉，要我下午四点叫他起来看球赛。我写了会儿字，过后房间书架找书，一瞥眼看见爸睡着，发根那儿显出白来。我和爸一样，少白头，十三岁有白发，猜爸现在头发大概白了有大半了，染着，再加人还健康，还很精神，但发根露了真相。

妈一直怨爸吝啬，一对大眼睛明亮有神，年轻时迷倒无数姑娘，就是不肯遗传给我。爸闭了眼睡着时，少了很多神采，见出些老来。床头柜上是爸在云南穿少数民族服装拍的照，笑得欢跃。

2005年之前，我妈争强好胜，嫌我爸懒；2005年之后，我妈开始绣花、跳操、做花草、养狗、照拂家里，依然嫌我爸懒。我妈经常叹我向着爸爸，叹我和爸爸合伙，一吹一唱，表面奉承，私下里却把她当小孩哄。但有时又反过来，说我们俩才是小孩脾气，尤其是我爸爸，要没她照管，早活不下去了，等等。每次我回家，我妈都要唠唠叨叨，把我爸数落得体无完肤。我爸爸坐在桌子另一端，在漫天花雨似的抱怨催促声里，笑眯眯的，拖拖拉拉的，喝黄酒、吃花生。

但是2013年春，我没在家，我妈做了个小手术，我是事后才知道的。我妈事后跟我视频，夸我爸表现好，说他照顾周到，特别温柔体贴，说他有段儿还急哭了——老头子了，儿子都这么大了，还哭，真是，嘿嘿。我妈笑得得意极了，好像占到了便宜。

我私下里跟爸说，妈说这次你表现特别好，她特别感动，特别心疼你，觉得你真是好丈夫好男人，就是不好意思亲口跟你说。我爸笑得得意极了。我爸说：“我早知道了，她这是啊，爱你在心口难开！”

在我爸开车之前，有很长一段时间，他是骑自行车的。我十岁前上下学，是他骑车接送我。1993年国庆节，他教会了我骑自行车。那天下午，我们一家去乡下吃宴席。吃饱喝足的午后，我爸叮嘱我握住车把，拍拍我战战兢兢的腰胯，对我说：“笔直向前，就不会倒了！放心，我在呢。”

我后来能走得很远很远，大概也是因为这句话吧。

人生有许多重要角色，需要你去扮演，人生也有很多重要时刻，需要你在身边。回家的路一直都在，无论在外面临多大的风雨和压力，只想带着幸福安稳回家。

作为父亲的曹操

□佚　名

你的父亲，一定不会希望你成为英雄，世俗的很多东西，耀眼而毫无价值。只要你能健康成长，正直做人，独立思考，幸福生活，就是父辈对你的最高期望。

某部电视剧里，曹操以“大争之世”为借口，撺掇几个儿子明目张胆地互掐。但这并不符合史实。曹操现在主要的头衔基本上是三国时期著名的政治家、军事家和诗人。我看还漏了重要的一个，教育家。曹操在对曹家孩子的教育上，有智慧也有决心，在一个乱世里面甚至比以后治世的帝王之家要更加细心和尽心。

曹丕的《典论·自叙》里面说：“余时年五岁，上以世方扰乱，教余学射……”五岁开始拉弓射箭，过了一年，曹丕说自己六岁而知射。等到八岁的时候就已经能够在马上骑射了，运动中打靶比打运动靶难多了吧。曹丕的单人作战能力有三个例子。

一个是自个儿向荀彧吹嘘：“趴在马背上，各种千钧一发之际射中靶心，下次我表演给令君看。”

实战的例子就是打宛城的那次，死了哥哥曹昂跟大将典韦，他这十岁的小朋友骑着马颠颠儿地跑回来了。

另外还有用甘蔗跟邓展打架：先是听邓展讲剑术啊、击剑的八卦啥的，曹丕一边啃甘蔗一边一脸花痴样儿地听着，然后手痒说，要不咱俩练练？于是邓展就跟这娃儿摆开排场打起来了，居然被这小子用手上还没吃干净的甘蔗三次打中手臂。曹丕又嘚瑟，一本正经介绍经验道，为啥我只打手不打脸呢？吧啦了半天，邓展心里不爽啊，嚷嚷着要再来一次，然后曹丕使诈，命门大开，引诱邓展深入，结果一甘蔗敲人脑门儿上……在这年曹丕还“能属文，有逸才，博贯古今经传诸子百家之书”。对比当时东汉国家大学规定的研究生三年治一经的速度，没上过大学不等于没读过书啊。

要是曹操老早送曹丕去上大学，他估计也就是每天都翘课偶尔上个学，到了期末混个八十分回家差不多。可惜他家老爹太厉害了："上雅好诗书文籍，虽在军旅，手不释卷。"

在军旅，诸事繁忙的老曹还不忘按时考查小曹的功课，与他探讨些读书心得、人生感言。定省的时候曹操怎么说呢？他总是说，你现在年纪小，年纪小而好学就容易钻研下去；现在不好好读书吧，长大你再读就全忘了；长大了还能好好读书的，就只有我跟袁遗两个人。是一种既期盼曹丕能够就着这条路好好走下去，又担忧他"误入歧途"的感觉。就好像曹操在曹植二十三岁的时候给他说过一句话，说我当年做顿丘令的时候也像你这么大，我现在想起来当年做的事情都很妥帖，没啥好遗憾的。你现在也二十三岁了，你也要像我一样啊。

我特喜欢定省这件事情，是工作繁忙的父亲在书房跟儿子能好好说会儿话的时间，谈谈最近读了什么书啊、有什么感想啊。父亲在每一次这种谈话的时候都会把自己经历过的、想过的灌输给儿子。郭沫若《蔡文姬》的第四幕里面有一段曹操跟曹丕在书房里的对话，讨论蔡文姬的《胡笳十八拍》。曹操说很少有人像蔡文姬一样用七言写得这么好，虽然你的《燕歌行》很好，但你和你的文友们如何如何。这两段非常有质感。有一种属于父亲的舐犊深情，但又是带着批评性的，又慈爱又威严。

建安八年，曹丕十七岁的时候，曹操带着曹丕去黎阳打仗，之后建安十二年打乌丸，建安十三年打刘表，都把曹丕带去观摩了。

虽然在战场上死掉了大儿子，但是曹操还是很坚决地要儿子去面对这个时代必须要他们去了解和应付的残酷。打仗这种东西，终究是纸上得来终觉浅的，曹操有舍不得（官渡没带曹丕去），但是也有很坚决地要曹丕懂得面对这些东西。

并且，自从曹昂死掉之后，曹操更严格地教导曹丕，要把他培养成一个合格的继承人。

等到曹丕二十岁的时候，曹操去打高干，留着曹丕守邺城。之前是培养他在乱世上战场的能力，这是培养他治事的能力。这些东西都是读书读不出来的，只有经过历练才能够有经验。成功的、失败的都是为以后没有老爹在后面帮衬着的时候打下的宝贵基础。

到了建安十六年，曹操果断把既观摩过打仗也实习过治民的曹丕推上了副手的位置，五官中郎将，丞相副。给他更大的空间和一个名分做长时间的实习，积累工作经验。丞相副就是副丞相，你说他专门管个啥吧，也没有，相当于曹操的高级秘书加跑腿的，曹操的班子开会讨论问题吧，曹丕就在旁边听着，有啥事儿曹操觉得可以让曹丕试试就扔给他。比如说官制改革，九品官人法。既给了他熟悉政事和曹操班子的机会，又给了他发表自己意见的平台，有些事情可以尝试去做，做得不好还有老爹在后头擦屁股，给他抹平。

五官中郎将是管官儿的（虽然管的是候补官儿），但这个时候，曹丕开始可以光明正大地招聘自己喜欢的人才。

曹操之前一直是自己选人才来陪儿子们读书，比如"建安七子"，王粲、阮瑀、应玚之类的。现在他给他们自己选贤任能的机会。但是曹操这时候小小地作弊了，自己动手把邢颙扔给了曹植，之后又通过一点手段把刘桢也拨给了曹植。

要我说这刚好是曹操对于曹丕眼光的肯定。曹丕懂得去选那些跟自己不一样但是有用的人，但是曹植喜欢跟自己一样的人（比如说不能善待邢，喜欢杨修、丁啥的），这就决定了曹丕比曹植更适合做领导。

曹操对几个儿子都很好，总体来说其实是个很温情的爸爸，把曹丕推上去之后就封了剩下的儿子侯，然后给他们选家吏，招聘人才帮助他们，并且专门要求是" 渊深法度"如邢辈。邢的主要特点是有德行，曹操自己选助手是唯才是举的，但是对儿子他希望他们身边的人是有德行的，能够帮助塑造他们成为有学问、有德行又有手段的人。

曹操对儿子是爱，但是不溺爱。封了侯之后，他要派儿子们去治理寿春、汉中、长安这些重要的地方。虽然每一个儿子小时候他都很宠爱，但长大之后还是要根据他们的性格才能来选，曹操这时候说"儿虽小时见爱，而长大能善，必用之"。

这个时候，其他的儿子都封爵了，只有曹丕这苦逼，只有工作没有爵位，人家拿年薪还带薪休假，他拿月薪还天天考勤……过了六年，曹操觉得差不多了，封了他魏王太子。曹操给曹彰说："汝等悉为侯，而子桓独不封，止为五官中郎将，此是太子可知矣。"

所以说曹操对于儿子的培养既有一视同仁也有长子特别的安排，中间他会有犹豫。从感情上来说曹操更喜欢曹植、曹彰，但也因为他对曹丕有更严格的要求，所以对他常常显得很严厉，但这种严厉又确实是父亲对长子的爱。比如说他知道曹丕喜欢刀啊剑的，刚做好的五枚百辟刀就先给曹丕一把。

这样一个温情而理性的父亲，被写成一个以"大争之世"为借口，撺掇儿子兄弟阋墙自相残杀的神经病，实在是很可惜。

我把父亲丢了

□吴昕孺

你从来不说爱我，可惜演技不好，举手投足间总是藏不住那些满满的关怀。

昨晚梦见了父亲。几乎一整晚都和父亲在一起，但最后我把他给丢了。

这是第二次梦见父亲。

第一次是开完他追悼会后的那天晚上。他来到我的梦里，场景很模糊，似乎是在自己家里，又像在一个类似公园的地方，他离我远远的，站在一个门廊处怔怔地望着我，面无表情，更不说话。我躺着，或者坐着，感觉非常疲乏，看到他，一下就兴奋起来。我张开嘴喊他，声音却像被一大团棉花裹住了，发不出去。他大约没有听到，依然面无表情。我想站起来，走到他那里去，却浑身无力，根本不能动弹。我使劲喊他，也没有用。过一会儿，他消失在浓浓的迷雾里。

那时是初春，我醒来一身大汗，半天像石头一样纹丝不动，久久回不过神来。母亲还在悲恸中，当时我没有告诉她。十来天后，母亲忧容戚戚地对我说，你父亲真无情，这么多天了，梦都不托一个！我才告诉她说："那天我梦见他了。他是怕你伤心，所以没敢托梦给你。"母亲将信将疑，但心里舒坦了许多。

此后，再没梦见过父亲。母亲也没有问过。她并没有长时间活在失去老伴的忧郁氛围里，而是安乐于打牌、旅游、走门串户的寡居生活。母亲身体好，开朗，达观。有不少朋友帮她介绍"新人"，我和姐姐也曾考虑过这件事，但十多年来，母亲对此没有任何想法。她看上去并不怎么想念父亲，又让我们觉得，她从来没有离开过他。

昨天晚上的梦，没有丝毫预感，虽然我估计我可能比母亲更想念父亲。我对父亲的想念，缘于我发现一个问题：我越来越像父亲了。不仅五官长得越来越像，连说话的声音、语调，走路的姿势，我自己听了、看了，都让我想起久远年代的那个人，我仿佛是他行走在这个世界的替身。

这个发现带给我的惶恐是，我生怕自己像父亲那样，在五十九岁那年就患上阿尔茨海默病，他折磨了我母亲整整十年。我把这个担心不安地告诉妻子。妻子搂着我说：“你放心，我保证不会让你丢掉。”

昨晚的梦境，清晰得简直不像一个梦。我和父亲、母亲，还有姐姐，一起在外面旅游。父亲生前，我们一家从没在一起旅游过。那是另外一个城市，好像是广州。大约游完了，我们要踏上回程，已经买好了火车票，但离开车还有一段时间。母亲和姐姐在车站守着行李，父亲邀我一起去旁边一个公园。那个公园颇像长沙的烈士公园，一个很大的湖，我们沿着湖边走。父亲一边走一边逛小店，他以前可从不进商店的。他买了一长溜用塑料袋装着的苹果，扛在背上；又买了我最喜欢吃的发饼，塞到我的口袋里。

他同样不说话，但和上次梦中遗像般的表情相比，这回可生动活泼多了。我明白他所有的肢体语言，就像用口语交流一样，毫无障碍。他坚持要我走在前面，他在后面跟着。每次我都觉得他会丢，每次朝后看，他都紧紧跟着，脸上挂着一副顽童才有的笑容，好像马上要来一个恶作剧似的。回头看了很多次，他都在，我就放心了。有一段没有回头看，当我在一个十字路口再回头看时，父亲不见了！

我使劲喊，声音依然像被一大团棉花裹住。周围人流如织，可没有人听到我的呼喊，他们仿佛一根根快速移动的木头。我疯狂地往回跑，到每一个小店里、每棵大树后面、每一个角落去找，都不见父亲的踪影。我一边哭，一边跑，一直跑到母亲和姐姐身边，大声说：“我把父亲丢了！”

我不知道母亲和姐姐是否听到了我的声音，更不知道她们的反应；我也不知道后来是怎么收场的。因为说完这句话，我就醒来了。躺在洞穴般沉沉的黑夜里，我不断地回味着那个梦境，沉浸在遇见父亲的喜悦和丢失父亲的悲伤里。良久，我突然转过身，抱着酣睡的妻子说：“别把我弄丢了……”

后天是母亲生日。父亲是不是回来参加母亲的生日宴会的呢？他可能就藏在生日宴会上的每一张笑脸里哩！我想，只要我活着一天，就永远不会让父亲丢了。

父亲的粥

□刘　墉

离家多年，恍惚想起父母的模样，他们是否安好，还是白发苍苍？我走过春夏秋冬，才发现自己敌不过时光，初衷和梦想，都丢在了来时的路上。

大概因为回台体力透支，返美前突然上吐下泻。所幸儿子住得近，清晨五点把我送去急诊，化验结果是感染了通常只有小孩会怕的轮状病毒。

儿子要为我煮稀饭，我说不必，护士讲只要拿干饭加水煮一下就成稀饭，老爸再笨，这点还是会的。正好冰箱里放了两盒叫外卖剩下的米饭，于是通通倒进锅里，又加了些水，放上炉子。果然才一会儿，好多饭粒就上上下下游泳，成为稀饭的样子。忙不迭地盛出来，再打开酱瓜和海苔酱，吃了病后的第一顿大餐。

这稀饭不错，够软，唯一的缺点是我加了太多水，为了吃实在些，只好往锅底捞稠的。端上一大碗白稀饭，颇有些成就感。儿子早晨送来肉松，是他去特别店买的，我拿起罐子细看，居然印着“婴幼儿专用”，不知道这小子是体贴还是讽刺。我倒了尖尖一堆肉松在稀饭上，急着下嘴，立刻被呛得猛咳，因为吸气的时候，把细如粉末的肉松吸进了气管。

一边咳，一边用筷子把肉松压进稀饭，再搅拌成肉粥。突然懂了，为什么父亲总坚持先把肉松搅匀，才交给我，还一直叮嘱我慢慢吃。他也帮我吹，吹得眼镜上一层雾，又摘下眼镜吹。父亲还教我用筷子由碗的四周拨稀饭，说那里因为接近碗边，凉得快，有时候我还是等不及，他则会再拿来两个大碗，把稀饭先倒进一个碗，再来回地跟另一个碗互相倾倒，没几下，就凉多了。

可不是吗？我自己煮的这碗稀饭也够烫的。第一口已经把我烫到，但是当我改由四周拨，就都能入口了。上面拌的肉松吃完，我又倒了好多肉松下去。这种大手笔，也是小时候被父亲惯坏的，那时候母亲常骂，哪儿是吃稀饭配肉松，根本是吃肉松配稀饭。最记得父亲生病，母亲日夜陪在医院的那段日子。有一天表弟来家，姥姥煮了稀饭，她给我肉松，只一点点，远不如给表弟的多。我当时很吃惊，甚至委屈得用注音符号写了封信去医院告状。更令我吃惊的是父母居然都没反应，即使后来我当面抱怨好几次，他们也只是点点头。

吃了一整锅白稀饭和一整罐肉松，肠胃居然没出毛病。第三天，我的胆子更大了，先去买了两碗白饭和一盒生的牛肉丝。而且为了快，我找出压力锅，把材料全倒进去，添水、加些生姜和盐，放上火煮。压力锅有保险装置，无须守在旁边，所以我径自去书房工作。没多久就听见咻咻喷气的声音，我知道是锅盖上的小口在往外泄压，只是那声音越来越怪，还有点啪啦啪啦的感觉。想起以前压力锅爆炸的新闻，赶紧跑进厨房。才进去就差点滑一跤，地上一大片，黏黏的，我的稀饭居然喷得到处都是。

一番忙乱之后，我这辈子做的第一碗牛肉粥上桌了，十分滚烫黏稠，而且大有闻香下马的境界。牛肉丝，不错！一点也不老。姜，虽然切的时候因为摆太久，像是削竹片，反而更带劲。我的嘴又被狠狠烫了一下，想到爸爸的方法，改为从旁边拨。不知为什么又觉得该拿个勺，从粥的表面，一点一点刮。

果然，一次刮一点点，滚烫的粥也不烫了。我有些自诩，可是又觉得似乎见过别人用勺子刮的画面。我一边刮一边想，突然回到了九岁的童年，回到父亲的病床前。医院为直肠癌手术不久的父亲送餐，只一碗，像这样的瘦肉稀饭，我居然急着跑到床边要吃。母亲骂："那是你爹的！"父亲对她挥挥手，反叫我爬上床，跟他并排坐着，又怕我摔下去，一手搂着我，一手喂我吃。肉粥很烫，医院里没有两个大碗可以用来降温。父亲就用勺子，一点一点在稀饭的表面刮。那瘦得像柴的手直抖，但是只要把勺子落在稀饭上就不抖了，非但不抖，还像抚摸般，很细腻、很轻柔地，一圈一圈刮，每次只刮薄薄一层，再吹吹，放进我嘴里。

现在我正这么做。但是飞回了五十年前，我的手成为父亲临终前两个月的手。我的眼镜飞得更遥远，成为父亲为我吹粥时的眼镜，蒸气氤氲，镜片罩上一层雾。我像父亲当年一样，摘下眼镜，只是不见清晰，反而模糊。一个年已花甲的老孩子，居然从这碗粥，想到五十七年前抱养我的父亲，我的眼泪止不住地淌，淌在父亲的粥里……

父爱加速度，是你的脚步

□刘　燕

年幼时，父亲是一道港湾；年轻时，父亲是一尊偶像；中年时，父亲是一段岁月；年暮时，父亲是一部史书。

浙江金华举办的一场乡村马拉松赛中，一名推着婴儿车跑步的父亲吸引了众人的目光。他叫罗书坚，婴儿车里坐着的是他天生脑瘫的儿子罗知柏。罗书坚一边跑着，一边用一只手稳稳地推着婴儿车一起跑。虽然他的头上、身上因为跑步已经布满汗水，却也顾不得擦一下。

跑着跑着，他不时停下来查看婴儿车内的孩子，看他是否有不舒服的地方或有什么需要。虽然带着孩子一起跑，让他的脚步明显比别人慢了许多，他却一点也没在意。他的注意力全都放在了跑步和婴儿车内的孩子身上。而车内的孩子，则随着父亲的奔跑，慢慢露出了灿烂的笑容。

看到孩子笑，父亲也笑了。他回想起这些年虽然艰苦却依然不失温暖和幸福的岁月。记得小知柏刚出生不久，就被检查出患有先天性脑瘫，并被诊断为终身无法治愈。一直长到八岁了，小知柏依旧不能说话，智力只相当于婴儿，走路也慢吞吞的。虽然如此，但罗书坚对小知柏的爱，却一点也没有比正常孩子少。身为普通快递员的他，愿意拼尽全力，尽量让小知柏过上和正常人一样的幸福生活。

一次无意中，他发现小知柏喜欢看人跑步。每次看到别人奔跑，他都会开心地笑起来。也许小知柏喜欢跑步，但明显小知柏是无法亲自跑的。但得知这个后，罗书坚还是觉得是个意外的惊喜。为此，他开始练习和坚持长跑。每次，他都让家人把小知柏带到跑步的地方，让儿子看着他跑。他想着，就当代替行动无法自如的小知柏跑吧。看到父亲的脚步稳健有力地奔跑在大地上，小知柏不是看得入了迷，就是乐得哈哈大笑。

一个偶然的机会，罗书坚读到了美国长跑界传奇迪克的故事。迪克的儿子也患有脑瘫，但迪克推着轮椅上的儿子，在四十年的时间里参加了一千多场比赛，每次都坚持到达终点。最重要的是，迪克带着脑瘫儿子跑步的事迹还感染和激发了很多生活困难和正经历磨难的人，让很多人找到了重新生活的勇气。为了纪念迪克父子的义举，2011年人们还在波士顿马拉松比赛的起点建了一尊迪克父子共跑的雕像，借此来鼓励更多的人勇于面对困难。

读完迪克的故事后，罗书坚的心沸腾了。他想，同样是父亲，迪克能做到，我为什么不行？说干就干，罗书坚在一次马拉松长跑中，坚定地推着婴儿车内的儿子出发了。

刚开始推着婴儿车内的孩子一起奔跑时，罗书坚并不太顺利。长跑马拉松本就是对体能和耐力的考验，要求奔跑者轻装上阵，更何况推着婴儿车跑。除此之外，来自他人疑惑的眼光也是一种考验，但罗书坚一一克服了。他只是想着，小知柏是那么喜欢奔跑，就当把自己的双手和双脚借给他吧，至于什么比赛成绩之类的，这一切在小知柏开心的笑容面前又算得了什么呢？

就这样奔跑着，坚持着。从杭州马拉松开始，不到半年时间里，罗书坚已经推着小知柏参加了八次长跑。而每次和父亲一起长跑，小知柏都会开心不已。

慢慢地，罗书坚带着脑瘫儿子一起跑步的事迹，感染了越来越多的人。他们不是为父子俩鼓掌加油，就是尽可能地给他们送上最大的帮助。受到别人帮助的罗书坚，也在想着，如何利用自己智障父亲的身份，来帮助更多的人，让更多的人了解和关注先天性残疾儿童这个群体。在最近几次的长跑马拉松中，他穿上了自费购买的蓝色T恤，背面写着“关注星星的孩子”，正面则写着“您的微笑很美丽”，希望引起更多人的注意，来关注和小知柏有类似病痛的自闭症儿童。

跑，拼尽全力去跑。只要你需要，我就愿意用更快的速度带你奔跑在大地上，在每一寸你感兴趣的土地上。罗书坚是这样想的，也是这样做的。我的脚就是你的脚，对你的爱则是让我加速奔跑的最大动力。罗书坚用自身行动证明，纵使前面有再多的荆棘和困难又如何，父爱只会如同天使的翅膀，带着对孩子的爱永不停息地飞翔……

我爸妈没什么文化，但撒起谎来就像本科毕业

□如　鹿

朦胧中感到父亲的关怀，徐徐的风儿撩起窗纱；隐约中听到母亲的叮咛，柔柔的雨儿爬上窗台。当我忧郁时，亲情给我安慰；当我迟疑时，亲情给我鼓励；当我快乐时，亲情给我祝福。

谁要吃鸡腿，鸡头上的肉才好吃

这是我舍友小雅的故事。她的童年里，家里的柴房每逢下雨就会滴滴答答漏雨，卧室里的墙皮斑斑驳驳，客厅是红砖地面。妈妈没有工作，爸爸在水泥厂打工。

因为没钱，饭桌上很少开荤，逢年过节才会吃上些肉。

每当有鸡这道菜，小雅爸爸总是飞快地把鸡头夹进自己的碗里，神情就像小卖部里抢颜色特异的弹珠的小孩子。

小雅问，为什么爸爸总是抢鸡头吃呢？

他爸爸说，鸡头上的肉最好吃，但小孩子吃鸡头会中毒，小孩子只能吃鸡腿。

后来直到小雅上大学第一次和我们聚餐，点了辣子鸡。她忽然想起自己长大了可以吃鸡头了。可整盘鸡吃完也没见到鸡头。

她愤愤地跟我们吐槽饭店偷工减料，我们哈哈大笑，告诉她：鸡头是没有肉的，骨头还会扎嘴。

满屋子的笑声里，只有小雅偷偷抹了几把眼泪，原来爸爸一直在骗她，这样她才会心安理得地啃两条鸡腿。

你快去教室！妈妈上班了，没时间理你

第一次被送到幼儿园，到处奔跑的小朋友全都不认识，滑梯上传来阵阵尖叫声，墙壁上五颜六色的涂鸦看得我头晕。然后出来一个长头发戴眼镜的女老师把我往教室拉。

我死死地拽着我妈的衣服，任凭我妈推老师拽，哭天抢地就是不撒手。

纠缠了一会儿，直到我妈一跺脚，真的是下了狠心使了力气把我的手拽开。一巴掌把我推进校门，然后眼睛一瞪，终于不再用哄我的口吻，凶道：“我马上就得上班，没时间管你，你哭也得在这里，不哭也得在这里，不到放学我不会来接你！”

然后她转身就走，我脸上挂着泪花，被老师抱到教室。

可我没再哭，因为我看见了大门外的冬青后面藏着一个熟悉的身影，正在偷偷往里看。

挺一般的呀，没有多么厉害啊

我中考那一年，制度还没有改革。总分760，分数线差不多划到550分。

成绩单出来时，我爸正在地里锄草。我吆吆喝喝地跑过去激动地大叫：“我考了713分，可以进重点高中的重点班了！”

我爸眼中亮了一下，瞬间恢复正常，继续弯着腰锄草。没得到我想要的夸奖，没看到我爸的激动，我不死心，继续跟在他后面喊：“爸，是713分哎，是700多哎！”

终于我爸悠悠地点了根烟，轻描淡写地说：“挺一般的呀，没有多么厉害。”

我心里挺不是滋味，隔壁家姐妹刚过分数线呢，他爸妈就开心地炒了八个菜庆祝。

结果后来高中周末回家，还没进屋，就听见我爸正跟一起打工的人吹牛：“我闺女考了713分呢，接近满分，进了重点班，据说能进重点班的女生很少，可把我乐坏了！”

你现在不知道好好学习，等以后找不到工作，我是不会养你的

这句话从小到大听了无数次。

开家长会被老师点名批评时；迷上了隔壁班男班长寝食难安时；发小考得比我高出10分时；走在路上遇到了红头发皮夹克游荡的社会小姐姐时……

我的梦想一直是做个摄影师，可大学专业一点不对我的口味。好歹我是比较懂事的孩子，很少窝在宿舍里打游戏看剧。没课时我就要么背着单反相机到处跑，要么泡在图书馆里看摄影类的指导书。

大三时，终于有一家杂志看上了我在微博坚持更新的照片，于是我开始收到一些微薄的外快。后来有朋友把我介绍给婚庆公司，时不时地拍婚纱照。

可这严重影响了我的专业成绩。大三下学期，周围的人都在准备考研、考公务员，我失眠了几个夜，纠结了很多天，终于给家里打了电话。

我说我不想考研，我想做个摄影师，如果这个决定让我以后穷困潦倒，我也不后悔。

我妈在电话那头哭了，边啜泣边说：“别压力太大，我跟你爸知道你很努力，毕了业如果你的工资不够你吃喝，没关系，爸妈养你，养你一辈子都成。”

我爸妈没什么文化，他们不会开导我，只会拿不好好学习就不养我这种话来要挟我；他们也不会鼓励我，只会拿赚不到钱爸妈养你这种话来安慰我。

是啊，我们的爸妈都没什么文化，但撒起谎来就像本科毕业。

而我们，看上去很有文化，但有时候连爸妈的话，哪句是真话哪句是谎言都分不清。

不过，他们不撒谎的时候也很多。

高考前，我压力特别大。我爸送我去考场，我坐在摩托车后面小声问他：“爸，你更喜欢重点大学还是更喜欢我？”

我爸没说话，摩托车骑得很快，风嗖嗖的，他大概没听到。到了学校我下车时，我爸说：“更喜欢你。”

我们随时可以放下父母，可父母的心里，永远我们最大。

他们的每一句谎言都是钻石，在爱的长河里熠熠生辉，此生光芒不减。

而你，就不必当真了。

给生命的旅程垫一块砖

□顾正龙

我从童年的方向，看到的永远是你的背影。你召唤我成为儿子，我追随你成为父亲。

十六岁那年的六月，我因为逃课去租武侠小说看，被班主任发现，告诉了在街上卖菜的母亲。父亲得知后，一气之下，将我揪着耳朵拽回家。

当晚，父亲阴沉着脸说：“你也看到家里的经济条件，养不起闲人，明天一早就跟我去工地上打短工，提灰搬砖。”我心想，这还不是小菜一碟，便用力地点点头。

那时，父亲已经在工地上干了好多年的小工，每天也就是提灰搬砖运水泥。以致在我的记忆里，他每天傍晚回来，身上全是浓重的灰尘味，连指甲盖里也灌满了水泥灰。

那一次的工程是二叔承包的，所以第一天去工地的路上，父亲就反复跟坐在自行车后座上的我说：“干活要有眼力见儿，别给你二叔丢脸。”我倒是在想：二叔是父亲从小带到大的，怎么着也得给他这个大侄子一些“照顾”吧。活还没有干，心里已经有了一些底气。

由于天气炎热，早晨干活早，父亲和我的早饭就在路上的一个早餐摊点解决。每一次去，那家早餐摊点门口都停满了破得叮当响的自行车，里面坐满了像父亲一样卖苦力的人。两碗稀粥或者辣糊汤，四个糖糕，四根油条，粥寡淡而稀薄，明亮得可以照见自己的影子；油条细而蔫巴，吃到嘴里一股子碱面味——真是难以下咽。

父亲看我的勉强劲头，说：“多吃点儿，不然上午干活可没有劲啊。”我埋下头，迅速解决了桌子上所剩的早餐。

工地很空旷，父亲将我领到砖堆旁，说："今天是你第一天干活，就先搬砖吧。"接着用手指向那一堆砖头的最终归宿：一幢正盖到二层的楼房，留下的窗户仿佛张着血盆大口，在召唤我。我心里掂量着：二叔都说了，一天给我十三元的工钱，父母亲都已表态说干多少都由我自由支配，买衣服、买吃的都可以，他们一分不要！那就撸起袖子加油干呗。

第一趟，我垒了六块转，起身时没搬动，往前一个趔趄，还差点栽倒在地上。正站在脚手架上砌墙的同村的永成叔喊着："正龙，一口可吃不成胖子！慢慢来吧。"这惹起了周边一群人的哄笑。我暗暗怪他多事，害我出糗。

五十米的路程坚持下来，腿上像绑了一个几十斤重的大沙袋，举步维艰。来来回回三四趟以后，这种情形开始好转。父亲将他平时戴的白手套扔给我，套上以后再搬，感觉不那么扎手了。搬到第六趟时，我的上衣已经湿透了。肚子也开始"咕噜"地叫起来——对正在长身体的我来说，那稀薄的早餐显然不顶饿。我刚想张嘴跟父亲说自己饿了，可转念一想父亲早晨不也只吃了一点吗，自己是不是太矫情了？况且当时的父亲正弓着腰，推着一辆载满水泥的驾车往搅拌机跟前送。我咬咬牙，撑着飘飘然的身子继续前行。那一个上午我总共搬了九十六块砖，褂子湿了干，干了又湿，汗珠从额头滴到地上瞬间就蒸发了——我才知道原来每年父亲亲手交给我的学费挣来的艰辛。

下午，一点半就开始干活了，除了搬砖，又给我分配了拎泥灰的任务。六月的日头已经很毒辣了，我在每拎完一趟泥灰后就跑到工地围墙边的一棵大柳树下乘凉，不停地用手扇着，试图加快空气的流动来让自己散去的热更多一些，在一次次抹去头上的汗珠时，有时碰到了嘴角：啃，汗果然是咸的。再抬头看着脚手架上的其他工友，一个个安全帽下的脸庞，除了黝黑，就是大量的汗水在恣意流淌……因为二叔的关系，其他的工友对于我的"偷懒"并没有表现出明显的不满，而父亲当天晚上回去后就斥责我给二叔和他脸上抹了黑。事实俱在，我脸上火辣辣的。打那以后，我也跟他们一样，任凭日头照着，干的就是这样的活儿。

有时中午为了赶活，工地提供大杂烩样的伙食。饭是白米饭，菜是用大锅炒出来的，一律用大铝锅盛着一字摆开。豆芽、土豆、包菜、芹菜香干是最常见的"四大件"，包菜和土豆里有几片肉，汤是西红柿蛋汤或者豆腐蛋汤。一群人出了一上午苦力，到中午都特别能吃。盛饭的碗是那种大海碗，米饭上方堆满了菜，蹲在树荫下，你一言我一语的，或讲两个笑话，饭粒喷得到处都是。

在工地上干活，除非碰上恶劣天气，是没有休息的，干一天得一天的工资。工头会记你一天的出勤，自己也都会找一个本子记着。父亲的记工本记录很简单，打一个"√"表示干了一天，打"×"则表示那天可能因为忙农活而耽误了，干半天就打半个“√”。那一个星期我的睡眠特别好，每天傍晚下工后，吃完饭，简单地洗洗后，倒头就睡，一觉到天亮。

到了去干活的第八天早晨，班主任来家里了。父亲将班主任迎进屋里，母亲恭敬地递上一杯水后，班主任问我：“活干得怎么样，没有在教室上课舒服吧？”我尴尬地一笑，算是认同。父亲拍拍我的肩膀：“回去吧，还是读书比较适合你。”平时就寡言少语的母亲在一旁用力地直点头。

收拾好书包，我再一次坐在父亲骑的自行车后座上，只不过这一次是去往学校。班主任也骑着一辆自行车，大家一路无话，可彼此心里都清楚：这一段尽管很短的时间，却坚定了我继续求学的决心。不当家不知过生活的辛苦，那七天的搬砖拎灰的经历已经在我的灵魂深处打上烙印。

后来结算工钱时，本来七天一共九十一元，二叔给了我一百元。我将它夹在《人生》那本书里，至今都不舍得花。

父亲的故事，那个从来不善表达的男人

□李峥嵘

父亲的手，是在他那饱经风霜的岁月中，一点点变得如此粗糙，可在我的心里，这是世界上最宽厚最温暖的手掌。父爱是沉默的，安静的，却来得如此汹涌，将我紧紧包围。

父亲这辈子跟我说过的话大概一张A4纸就能写完。大学的时候每次打电话，他总说："你妈妈来讲。"

他是一个沉默的存在，可以一整天一整天不说话。

我不记得和他有过亲密的接触。唯一的身体接触是不顾我的鬼哭狼嚎，抓我去医院打针。

八岁时，有一次他出差回来，我兴高采烈地迎上去——如果我是一只小狗，大概能把尾巴摇掉。他好像没看见，径直走进屋。我屁颠屁颠地跟在后面，偷偷把小手塞在他手里，他甩开我，从公文包里掏出一个纸包，搁在桌上——里面是压碎的蛋糕。

工作后我看到超市有类似的蛋糕，原来是杯子形状的。买了半斤，捏碎了放在嘴里，开始是木木的、很粗糙的颗粒，咽下去又有些回甘。

我的个性和父亲简直就是冰与火。妈妈说我最像爸爸的地方是小腿——听了就火大，谁想要那么粗的小腿？

他是工程师，他的世界只有逻辑和数字，整天都在计算房屋的结构，过去没有计算机，全靠手算，他从来没有算错过。七十岁才完全停止工作，当时还可以返聘，他拒绝了，说："年纪大了脑子不灵泛，算错了数会倒屋，要死人的。"

他七十七岁了还每天做数独，当娱乐。而我完全没继承父亲的数字基因，八岁时算二十以内的加减法都要脱鞋。父亲教我中学几何，我问："为什么这样画辅助线？"他说："一看就晓得啊。"我看啊看啊，看成斗鸡眼了也没看明白。

一直觉得我的文艺病来自六岁时他从地摊买的一本《少年文艺》。

年底，他拿了一张邮局征订单问我要订什么杂志。我说《少年文艺》。从那时起，每天晚上他都给我念故事。照本宣科，没有多余的话。我也不敢吱声，这是一天中唯一能听到他声音的时刻，生怕浪费了一秒钟。

独享的故事时间终结于九岁。一天晚上他随手翻开《西游记》，说："你读。"我抑扬顿挫地念完一页。他说："蛮好，这些字都认得。以后自己读书。"说完就低头看图纸。我愣了一会儿，抱着小板凳走开了。

我父亲面瘫似高仓健，而我自带水龙头。有一次看西德电影《英俊少年》，一部讲述父子亲情的喜剧，里面插曲："辽阔的天空上挂着两颗小星星，它们将随着我一起去远征去远征，小星星它替我留下了最后的问候。但愿你把我记在心，有个夜晚在窗户前，我低声地问过你，你能不能不离开我，你回答说，孩子我能。"

音乐一起，我就开始喷泪。父亲很恼火："这是演戏，假的，有什么好哭的？"我也不知道为什么眼窝浅。看报纸中缝的寻人启事，我也能哭半天。父亲讥笑说："你不晓得什么是苦日子。"

在父亲面前，我一直是怯怯的，因为完全不像他：生活规律、意志坚定、沉默寡言，而我数字盲、多愁善感、敏感脆弱。我从小住的房子都是父亲设计的，方方正正，毫无美感。

我幻想房间是粉色的墙面开着小小的花，蓝色的天花板上飘着大大的云。父亲不屑地说："只有白色的墙面光线最好。"他晚年住的一套房子是跃层，一进去就把螺旋式楼梯拆了，改成直通通的几节台阶。我遗憾："旋转楼梯多好看。"他说："好看要占一万元的地盘。"

父亲对一切花里胡哨的东西都嗤之以鼻。小学流行用香喷喷的橡皮，我用的是绘图橡皮，被女同学嘲笑。

他说："香有什么用，都是添加剂，有害健康。怕人笑就莫要为人了。"

他不过生日，也不给我过生日。衣服没有破、鞋子不顶脚，绝对不会买新的。买新的也是解放鞋——经脏又经踹。

十四岁生日，我鼓起勇气说想要一双新鞋子。爸爸沉默了一会儿说："好。"我选中了一双缀满蕾丝的粉色鞋子。父亲惊讶："哪个会把窗帘穿在脚上？"他皱着眉头还是给我买了。洗了几水，蕾丝破了，粉色褪成惨白。父亲一言不发，扔给我一双解放鞋。

我从来没有被宠爱的感觉，第一次感受到静水流深，是高中分文理科。我想当医生，生物和化学也还不错，会考都是满分，但是数学拖后腿，把大腿都拉劈叉了。

分班那天，我跑到传达室给父亲打电话，说不知道怎么选，他说“哦”。上课铃响了，我就把电话挂了。上了两堂课，突然有人敲窗户，我赫然看见父亲站在窗外，他用嘴形告诉我：“文科。”我点点头。他转身骑着自行车走了。当时下着大雨。

我上大学的时候家信都是写给母亲的，只有一次单独给父亲写信，那是他五十岁生日。他没有回信。母亲说，那封信他一直放在枕头底下。

曾经认为人生是一条直线，一直向前，不需要回头。我到北京工作后几乎不回老家，因为父母每年都来北京住，我不认为有必要回老家。今年，父亲说：“去看看爷爷奶奶的老房子。我们老了，再不去，以后你也不认得路了。”

我第一次看到了破败的百年祖屋，边上有一个泥巴房子。父亲说他在这里长大。

家业传到曾爷爷手上，已然败落。爷爷奶奶以卖豆腐为生，每天四点钟就起床磨豆腐。父亲前头还有两个早逝的哥哥。“有一个小哥哥两岁时发高烧，哭着要妈妈抱，妈妈说，等一下等一下。等妈妈忙完，小仔仔已经咽气了。”

之后还有一个哥哥，十八岁出门上学再也没有回来，后来家里收到嘉奖令才知道哥哥偷偷参军，在衡阳保卫战中被日军炸死了。“你奶奶天天哭。有一天说怎么这么早天就黑麻麻？才晓得眼睛哭坏了。”

父亲五岁的时候，爷爷带他下田干了一天活，问他：“你愿意读书还是牵牛尾巴？”父亲说：“我去读书。”他年纪最小，学习却很好。念完小学，本地没有中学，穿着草鞋跟着大哥哥翻山越岭去邻县念中学。

他考上了大学，国家分配工作，吃上了国家粮。他平淡地说：“你爷爷奶奶辛苦一辈子就是为了吃口饱饭。可惜没有活到八十年代，没有享到福。”

坐在田埂上休息，望着远山，他说：“我十岁就是从这里翻山，离开了村子，后来去了省城，你走到了北京，以后你儿子不晓得要走多远。”

他从来没有说过这么长的句子。捡了一根柴火棍支起身子，牵着我儿子的手，慢慢沿着田埂走。这样的亲密是和我从来没有过的。

路边野菊花开得很灿烂。我想起父亲唯一有点浪漫气息的是喜欢种花，他种的是仙人掌和菊花。每次离开老家来北京，他就把菊花挖出来，埋到院子的地里。他说：“菊花很好养，冬天干枯了，春天一下水就活过来。”

父亲的名字里也有一个菊字。

黄昏，跟父亲一起进来

□肖复兴

父爱是一缕阳光，让你的心灵即使在寒冷的冬天也能感到温暖如春；父爱是一泓清泉，让你的情感即使蒙上岁月的风尘依然纯洁明净。

世上，写母亲的文字，远远多于写父亲的。在我所看到的写父亲的文字中，白俄罗斯裔法国画家马克·夏加尔和法国女作家安妮·艾诺，最让我难忘和感动。

夏加尔出生在维台普斯克。这是一座只有四万人口的小镇。夏加尔的父亲是制作咸鱼的工厂的工人。晚年，夏加尔写过一部自传，他着重一节写自己的父亲，其中有这样一段：

“瘦高的父亲，穿着因工作而污秽，有着暗褐色口袋的上衣回家，黄昏总是跟着他一起进来。父亲从口袋里拿出饼干、冻梨等，用布满皱纹的黑色的手分送给我们小孩子。这些点心总比那些装在漂亮盘子里端上来的，更让人觉得快乐，更为好吃。我们一口气把它们吃完了。如果有一天晚上，爸爸的口袋里没有出现饼干或冻梨，我会觉得很难过。只有对我，父亲才是非常亲密的。他有一颗庶民的心，那是诗，是无言的重压的心。”

也曾读过别的画家或艺术家回忆自己父亲的文字，夏加尔这一段话，写得很朴素、简洁，却让人们看后好久都难以忘怀。他写得真好，他不说黄昏时父亲走进家门，而是说黄昏总是跟着父亲一起进来，特定的时间，有了人影出现，有了内心期待的完成，朴素中便含有了感情；如果有一天，没有从父亲的口袋里发现饼干或冻梨，“我”会很难过，设想的“如果”，让文字倒悬，摇荡出内心的涟漪，让看不见的感情，化为看得见的动作。

父亲的心，是诗，只有夏加尔才会这样形容父亲。他从一位浑身满是咸鱼味道的贫穷的父亲身上，他从日常最平凡琐碎的黄昏里，看到了一颗含着诗意的心。

这样的诗心，不是流淌在富贵人家的雅致韵脚，而是无言的重压——无言，又重压，是因重压而无言。这一切，夏加尔捕捉到了，也感受到了，因为他同样拥有一颗诗一样的心。只不过，他用的不再是父亲给予自己的饼干或冻梨，而是一支灿烂生花的画笔。他将对父亲的感情，画成了一幅幅美丽的画作。他让父亲永远存活在自己的画作当中。

安妮·艾诺的《位置》，是写父亲在她生命中的位置。这位只是在诺曼底一座小镇上开一家小酒馆的普通父亲，像所有底层人的父亲一样，除了贫穷，并没有带来什么好生活。回忆父亲琐碎的人生时，安妮·艾诺写得很节制，绝没有一般人回忆父母时惯常见到的煽情。

她只是写了父亲说话带有乡下的土话口音，拼写字母常常出错，拿着二等车票，却误上了头等车厢，被查票员查出来后补足票价时被伤的自尊。父亲从来没有去过博物馆，却爱看丰满的女人和宏伟的建筑。他爱和女客人闲扯时说些粗俗不堪的笑话，能从叫声分辨出小鸟的种类，从天空的颜色预报出天气的好坏。她请同学来家里做客时，父亲为讨好女儿，对客人的款待如同过节一样，泄露了出身的卑微。和自己的亲戚在一起，喝酒从中午直到下午三四时，他们边喝边聊战争、聊亲人，“几张相片在空杯周围递过来递过去”……

一直到父亲临死前那天夜里，摸摸索索地探过来搂母亲，那时他已经不会说话了，一个垂危的父亲顽强表现的感情，被她写得无微不至，触动人心。

父亲下葬那天，“绳子吊着棺木摇摇晃晃往下沉，这时候，我妈妈突然啜泣起来，就像我婚礼那天”。出人意料地将葬礼同婚礼一起写，写得更是别开生面，令人感动。她以母亲对父亲的感情，衬托出当时自己的不懂事，不理解父亲，也不动声色地道出，如今自己对父亲的怀念和愧疚之情。

安妮·艾诺的文字的确很好，和夏加尔的一样好，非常动人。这种动人，是那种朴素中的动人，就像亚麻布给人的感觉，并非丝绸华丽的触感。他们对于父亲的感情，用的不是感叹的词汇，不是惊天动地的事件，甚至不是人们常常说的细节，而都是这些琐碎得不能再琐碎的日常生活，就如同流水账。只不过，他们将父亲一生的流水账，在自己的心底翻开，一遍遍读出的时候，不像读课文时那么做作，更不像演讲时那么虚张声势，也不像和朋友交谈时尽情宣泄。他们像是在喃喃自语，像是对父亲说话，朴素却真挚，唯有这样，父亲才会慰藉，人们才会感动。

葬礼时，哭得像婚礼时一样，是对父亲怀念之情的一种音乐。黄昏，总是跟着父亲一起进来，是对父亲怀念之情的一种意象。

我爸就是那个油腻的中年人

□佚　名

恐惧时，父爱是一块踏脚的石；黑暗时，父爱是一盏照明的灯；枯竭时，父爱是一湾生命之水；努力时，父爱是精神上的支柱；成功时，父爱又是鼓励与警钟。

一

我爸早两年还是很帅的，这一点我必须先说清楚。

现在有了啤酒肚了，其实，也很帅，这一点我也没法否认。

有一次，我跟我爸说："要不你别喝酒了，你算算你买酒的钱，省不了多久就够我买一个肾了。"

我爸反问我："我什么时候说过不给你买东西吗？为什么要我戒酒？我不喝酒哪来的钱给你买东西？"

我第一次开始思考，这个啤酒肚越来越大的男人是不是真的爱喝酒，他每次和人出去吃饭，点那么多菜，有几样是他喜欢的呢？

那他喜欢吃什么菜呢？在家里我和弟弟不喜欢吃的都夹到他碗里了，他说："这个好吃的，是你们不会吃。"

我爸小学毕业。我没见他看过书。

这么多年，我爸唯一坚持学习的就是做菜，无论吃到了什么好吃的菜，都要研究一番，回来依样画葫芦做给我们吃，这使他更油腻了。

他平时的消遣就是追剧和刷手机，看电视看到感人的地方比我先掉眼泪，朋友圈转的很多文章都被我随手举报了。

这个世界很大，他一般都是躺在沙发上看一看。

二

其实当年我爸辍学不是不喜欢读书，小学毕业后没有收到初中的录取通知书，以为自己没有考上初中，直到有天砍柴回来碰到了自己的老师，才知道是爷爷把通知书藏起来了，因为家里没钱。

而我曾经在老家的柜橱上面翻到盖满灰尘的本子，里面都是一些打油诗。我爸年轻时写的，算不上多好，只是看着看着眼睛发酸而已。

“你要是多读点书，会混得比现在好。”

“对，我已经老了，读不进书了，你以后要混得比我好。”

我爸和很多中年家长一样，把“知识改变命运”的寄托都扔在了自己的孩子身上，他不断工作，给我交学费，买辅导书，上兴趣班，上补习班，让我什么都别担心，只要好好学习。

“你看，他们多不思进取，几十岁的年龄了还不知道要多学习，忙着家庭就放弃了自我提升。他们不优秀啊，不努力……”

这样说，就能显得自己很厉害的样子吧。

“你爸这一辈子就这样了，以后都看你们的了。”

他只想做个平庸的中年人了，可是他做不到的，从我来到这个世界上的那一刻，“平庸”就再也跟他没关系了。

三

有时候想想，我读过的书真是比我爸多多了，听过的人生鸡汤也比他多。

再则我们俩走过的桥也差不多了，他未成年就走南闯北，挣钱养家，而我则拿着他的钱，旅游。

可我爸还是喜欢教育我，可我还是乐意他教育我。

首先，他是我老子，这种我只要听着就行而能让他有那么些成就感的事，我很乐意去做。其次，只要坚持真善美，我们三观就能求同存异了，而专属于他那个年龄的智慧，常常令我茅塞顿开，不得不感叹这个被岁月摔打的男人真帅。最后，相对于在网上“实名反对 ×××”，我倒认为面对面反对我爸更有趣。

当然这是我爸，不排除我有盲目的个人崇拜。

于是我趁着和一堆“90后”“00后”在烧烤摊撸串喝啤酒谈人生理想的时候，问了问他们对于中年人“好为人师”这个问题有没有什么建设性的想法。

新染了电光蓝发色的菜菜说：“人家靠本事活了这么多年，吃了这么多盐，当然要拿出来显摆显摆呀，没毛病。”

这确实是个很有建设性的想法，大家都碰杯表示认同。

而也有人觉得中年人具有独特的幽默，让他们在指点江山的时候散发魅力。偶尔被“指导”几次，也算是陶冶情操了。

撸串几轮过后，我对大家说：“给你们讲个笑话吧，我爸这个年轻时候抹着发油穿着花衬衫去撩妹的汉子，自从步入中年，购物能力已经基本丧失，只剩下结账这一本领了。”

我说了个冷笑话是吗？大家都沉默了。

菜菜趴在男朋友的肩上，有点红了眼眶。

四

当“油腻的中年人”一词盛行于网络的时候，很多人都在对比着那些条条框框，庆幸自己不是，或者庆幸自己爸妈不是，可是谁是呢？

那个在外喝酒的时候一套套劝酒词，回家系着花围裙做饭的我爸是。

那个每天忙着开会忙着应酬，凌晨回家直接瘫在床上的菜菜爸是。

那个自拍照片被做成畅销抱枕，被夸赞拥有有趣灵魂的高晓松也是。

听过一句话：“哪有什么岁月静好，不过是有人在替你负重前行。”我不想为爸爸们辩驳，因为这样的辩驳在我看来毫无意义。

很多时候，是他们不得已的油腻，成全了我们自以为是的清爽。

今年过年回家，想和我爸坐一起，开箱酒，听他说说想当年……

爸妈不炫富，他们只炫你

□婉　兮

我们生命里有这样一个人，护着一个家，护着你健康成长，正因他期望你也有巨人的臂膀。他的威严之后却是那般温柔，这个人就是父亲。

《战狼2》热映，我打算请老爸看。开始他不想去，推托说有活要干。我知道，其实他是怕花钱，三十块钱，够买六碗带肉末的小锅米线了，相当于他一周的早饭钱。

我天花乱坠地描述："3D 电影你知道吗？就跟在你面前演似的，海水都能漫到你面前来。你肯定感兴趣。"老爸将信将疑，终于松了口："那试试？"

我迅速订了最近场次的票，然后送他到电影院，取票、买水、拿3D 眼镜，等把他送进放映厅，我又马不停蹄地上班去了。

电影四点钟散场，四点零五分，老爸的朋友圈开始更新，两张照片，是电影片段的特写，拍得并不清晰，但他喜滋滋地昭告天下：看了一下午《战狼2》，真是值得！

我和老公捧腹大笑，觉得他像个爱炫耀的小孩。忽然想起小时候，他花八百多块钱给我买了个学习机，我趾高气扬地对小伙伴们炫耀："这是我爸爸给我买的。"

晚饭时，老爸还沉浸在电影情节里，我暗自欣喜。我希望能凭借自己的力量，把父母从生存泥沼里拉出来。小时候，他们带着我认识世界。现在，我要带着他们享受世界。

一个做老师的朋友，攒了两年工资，终于买了一辆车。他计划着暑假和女朋友自驾游，饱览大好河山。可计划赶不上变化，女朋友在放假前一周和他分手，另结新欢。

朋友伤心欲绝，郁郁寡欢地回了家，父母迎上来嘘寒问暖。他心思一动，当下便提出带着父母一起去海边，开着新买的轿车，来一场说走就走的旅行。

父母扭捏起来，一边推辞却又一边欢快地收拾行装，不停地对来串门的邻居笑，故作埋怨地说："这孩子，硬是要带我们出去玩。你说花那个钱干什么？"明里是矛盾和纠结，暗中却是骄傲与欣喜。

想不到的是，他的一时兴起换来了父母大半年的兴高采烈。回家后，父母把大海边拍下的照片全部打印出来，在客厅最显眼的地方做了照片墙。

老两口逢人便念叨大龙虾、象牙蚌和生蚝螃蟹……吹嘘完总不忘加上一句："我儿子说了，还要带我们去北京呢，看升国旗、爬长城。"

他的确许诺过，原本也只是无心之语，如今却认真准备起来，查地图做攻略，将北京之行提上日程。

亲情仿佛也是一场轮回，角色互换，但爱意永存。父母在一天天老去，需要不时借助子女的强大能量，来为生活撑起另外一片天。

只想和你接近

□吴念真

父爱是一把大伞，总在有雨的天里撑着；父爱是一座大山，挺拔而伟岸；父爱是一片汪洋大海，浓郁而深远；父爱是我人生旅途中的一盏明灯，在我迷路时，照亮我的行程。

直到我十六岁离家之前，我们一家七口全睡在同一张床上，睡在那种用木板架高、铺着草席，冬天加上一层垫被的通铺。

这样的一家人应该很亲近吧？没错，不过，不包括父亲。

父亲可能一直在摸索、尝试与孩子们亲近的方式，但老是不得其门。

同样，孩子们也是。

小时候特别喜欢父亲上小夜班的那几天，因为下课回来时他不在家。因为他不在，所以整个家就少了莫名的肃杀和压力，妈妈准确的形容是“猫不在，老鼠呛须”。

午夜父亲回来，他必须把睡得横七竖八的孩子一个一个搬动、摆正之后，才有自己可以躺下来的空间。

那时候我通常是醒着的。早就被他开门闩的声音吵醒的我继续装睡，等着洗完澡的父亲上床。

他会稍微站定观察一阵，有时候甚至会喃喃自语地说：“实在啊……睡成这样！”然后床板轻轻抖动，接着闻到他身上柠檬香皂的气味慢慢靠近，感觉他的大手穿过我的肩胛和大腿，最后整个人被他抱了起来放到应有的位子上，然后拉过被子帮我盖好。

喜欢父亲上小夜班，其实喜欢的仿佛是这个特别的时刻——短短半分钟不到的来自父亲的拥抱。

长大后的某一天，我跟弟妹坦诚这种装睡的经验，没想到他们都说：“我也是！

我也是！”

或许亲近的机会不多，所以某些记忆特别深刻。

有一年父亲的腿被矿坑的落磐压伤，伤势严重到必须从矿工医院转到台北一家私人的外科医院治疗。

由于住院的时间很长，妈妈得打工养家，所以他在医院的情形几乎没人知道。某个星期六中午放学之后，不知是怎样的冲动，我竟然跳上开往台北的火车，下车后从火车站不断地问路走到那家外科医院，然后在挤满六张病床和陪伴家属的病房里，看到一个毫无威严、落魄不堪的父亲。

他是睡着的。四点多的阳光斜斜地落在他消瘦不少的脸上。

他的头发没有梳理，既长且乱，胡子也好像几天没刮的样子；打着石膏的右腿露在棉被外，脚指甲又长又脏。不知道为什么，我想到的第一件事，竟然就是帮他剪脚指甲。

护士说没有指甲剪，不过，可以借我一把小剪刀，然后我就在众人的注视下，低着头忍住一直冒出来的眼泪，小心翼翼地帮父亲剪脚指甲。

当我剪完所有的脚指甲，抬起头才发现父亲不知道什么时候已经睁着眼睛看着我。

“妈妈叫你来的？”“不是。”

“你自己跑来的？没跟妈妈说？”“没有……”

直到天慢慢转暗，外头霓虹灯逐渐亮起来之后，父亲才再开口说：“暗了，我带你去看电影，晚上就睡这边吧！”

那天夜晚，父亲一手撑着我的肩膀，一手拄着拐杖，小心地穿越周末熙攘的人群，走过长长的街道，去看了一场电影。

一路上，当我不禁想起小时候和父亲以及一群叔叔伯伯，踏着月色去看电影的情形的同时，父亲正好问我说：“记不记得小时候我带你去九份看电影？”那是我人生第一次一个人到台北、第一次单独和父亲睡在一起、第一次帮父亲剪脚指甲，却也是最后一次和父亲一起看电影。

那是一家比九份升平戏院大很多的电影院，叫远东戏院。那天上演的是一部日本纪录片，导演是市川昆，片名叫《东京世运会》。

片子很长，长到父亲过世二十年后的现在，还不时在我脑袋里播放着。

世界上最厉害的人

□徐楼碧

亲情就是父亲扬起的手掌、颤动的双唇和恨铁不成钢的怒容；亲情就是母亲灼灼的泪水、柔情的呼唤和温暖舒适的怀抱。

我生于1994年，金牛座。我父母皆毕业于国内顶尖的大学并且留校任教，于是我的小学自然是在该大学的附属小学读的。

传说中，这个世界上有很多“别人家的孩子”这种生物。我人生的前十二年基本就是在这种生物的包围中度过的。那时候的我，学习中下、没有任何特长、长相平平、个子不高、打架不行，而且我不会玩游戏，最大的爱好是看动画片。

按常理，生长在这样一个全国顶级学府大院里，“别人家的孩子”遍地开花，像我这样不成器的孩子没被打死也该被唾沫星子淹死了。

但是我父母没有。不仅不打不骂，而且心平气和、毫不着急。

三年级，八岁。第一次考试不及格（半个班都满分），回家，我在家门口踌躇了十分钟，鼓起勇气进门，跟我爸说：“爸爸，我考试不及格。”

本来都已经做好了被臭骂一顿的准备，谁料想我爸一个箭步跨过来，蹲下抱住我，对我讲：“多大点事，不就是不及格嘛，下次继续努力。”

六年级，十一岁。周杰伦“无与伦比”演唱会北京站。

周杰伦是我在现实世界里的第一个偶像。在我的死党买好了两张演唱会票的那天，激动的我在征求了父母同意后立马骑自行车冲到了他家，去观赏在我们心中如圣物一般的票。那天我接到死党的通知时已是晚上十一点，我回到家的时候，是夜里十二点半。我爸妈已经睡下了。你们见过几个敢让五年级的小孩自己半夜十一点出门十二点后回家的家长？

初二，十三岁。从初中开始，因为迈克尔·杰克逊，我开始沉迷于音乐和舞蹈，出没于学校各大联欢晚会、艺术节的舞台。初二的时候，我更是用一年的时间，策划了一出独角舞台剧，准备在那年的艺术节上亮相。

因为沉迷于此，我本来就中下水平的学业自然一落千丈。我的班主任是数学老师，而我初二一年的数学考试好像就没得过三十分以上。在这样严峻的情况下，我爸妈终于有点坐不住了，他们第一次插手了我的学习。方法很简单，禁止我参加任何演出活动。

做演出服要钱，买道具要钱，做海报要钱……太多事都要钱。十三岁的我，虽然知道怎么跳好舞，但挣钱这件事着实不会。怎么办？

攒。

那个时候我住校，每周家里给两百块钱生活费，让我吃饭和买书。我以两周为单位。每次从我妈那儿领到两张“毛爷爷”后，会在周一把五十块钱充到饭卡里，剩下的一百五十块钱存起来。这卡里的五十块钱，就是我未来两周的生活费。就这样，一年时间里算上我从压岁钱里悄悄“顺”出来的一千块钱，我一共攒下了六千七百块钱。

我知道，我距离实现自己的梦想，把我的作品搬上舞台不远了。我夜以继日地悄悄排练着，等待演出那天的到来。

故事到了这里，一般都会有一个转折。就在演出前一周的周末，在我爸带我去机场接我姐的路上，我爸突然问我道：“徐德尘，为什么你现在也不去演出了，每天都在学习，成绩还是没有任何起色？”我听出了话里的意思。我被怀疑了。

自然，上面我提到的那些我干的事，全都是瞒着家里和老师的。甚至因为害怕被告密，连我同宿舍的兄弟都被我瞒得严严实实的。为了不被同学发现我在准备演出，我每天都是趁大家去吃午饭的时候，一个人跑回宿舍拉上窗帘锁上门悄悄自己排练。为了不漏破绽，我连音乐都不敢公放，戴着耳机跳舞。

可是我也绝不能告诉他真相。因为我的演出近在眼前，我绝对不能功亏一篑。

于是，我用尽全力平息住我心中的紧张、激动、愤怒、害怕，用最冷静也最不容置疑的语气对我爸讲：“爸，我现在不能告诉你。但是你等我一周。下周末回来，你今天想知道的一切，我都告诉你。”

我爸也安静了。他努力地平息了自己所有的焦虑、疑惑、不安和怒火，对我说道：“好，下周。”余下的路，我们二人一言不发。

一周之后，我的演出大获成功。演出结束后，我躺在舞台上，看着天花板，心里想着：“朝闻道，夕死可矣。说的应该就是现在的我吧。”

第二天，周六，晚上八点。

我爸带着我来到小区门口一个很安静的小酒吧。一张台，坐下，点了两杯马提尼（Martini），对，就是007经常点的那个。

我看着高脚杯里插在橄榄上的牙签，深吸一口气，开始对我爸讲了在过去的一年里，我都干了什么。我怎么饿肚子省钱到得了慢性肠炎，怎么假装肚子疼请假离开自习课去参加彩排，怎么避开室友躲在宿舍里戴着耳机练舞，怎么因为巨大的压力愁得失眠长白发，怎么给学生会一帮高一的学长学姐传授舞台经验和活动组织经验，怎么在演出结束后一个人躺在舞台上流眼泪。

我一口气滔滔不绝地讲了两个小时，根本停不下来。我太需要倾诉了。

那一年，一个十三岁的傻小子拼了命去对抗了全世界。

而第一个听我从头到尾倾诉的，是坐在我对面两个小时一动不动的我爸。在我终于停下了滔滔不绝的讲述后，面对如释重负的我，我爸说出的第一句话是：“你妈要是知道你这样饿坏了肚子攒钱，肯定会心疼死的。”

初三，十四岁。我没有辜负爸妈十四年来一直对我的信任，用再一次拼了命的一年时间，从班里的倒数几名变成了全班第一的学霸。

高一，十五岁。我接手了一个算上我只有两个人的社团，用一年半的时间做成了全北京最知名、规模最大也最好的文艺类中学生社团。后来我的社员考去了中国传媒大学，报名中传的街舞社时报上了我们社团的名字，免试录取。我的社员遍布中传、北影等名牌艺术院校。

高三，十七岁。当我跟爸妈说出我准备放弃出国留学而辍学创业的时候，我已经基本不用费什么口舌了，反而是我爸去说服了我妈。

那年的6月8日，高考的最后一天。我自然没有去。

那天晚上，当我的同学们都在欢庆着压抑苦闷的高三结束的时候，我以联合创始人兼 PR（公共关系师的简称）总监的身份代表我的公司作为特邀嘉宾录制的关于青年创业的电视节目在央视财经频道播出。

我的七大姑八大姨齐聚一堂，一起观看了这期节目。

我爸对我说，即便在我十三岁前从未展现过任何天赋、又笨又“熊”到一无是处的时候，即便除了我，身边所有朋友的孩子都去上满满当当的课外班的时候，即便在我成绩跌到谷底他们无比担忧的时候，他们也从来没有怀疑过我的未来。

在我心中，他们——我的爸妈，才是世界上最厉害的人。

女儿，你今天打算穿什么

□刘墉

古老相传，母亲给了我血肉，使我成长，而父亲却给了我骨骼，使我站立。父亲给了我一种启示，给了我教训，给了我一种暂时无法明白却受益终身的爱。而这种爱是父亲生命的付出。

“那是你新买的三角裤吗？”我昨天晚上在柜子上看到一大包三角裤，于是问你妈妈。

“不是！是给女儿买的，但是买错了，要拿去退。”你妈妈回答。

“为什么？”

“因为女儿要的是比基尼式的三角裤，她外面穿的裤子都是低腰的。”你妈妈说，“这种高腰的三角裤会露出边来。”

可不是吗？我最近总看到你露个肚脐。今天中午你一边绑头发，一边走出来，也看见你露着一截肚子。我当时开玩笑说你是“露肚脐娃娃”，你还不高兴地回我一句：“我又不是故意的。”

问题是什么叫故意的呢？就算你不故意举手过头，使那短小的上衣向上移而露出一截肚子，但总有可能伸手拿高处的东西！

当然，我不是说露肚脐不好看，我没那么古板。你妈也常教育我，说她前些时候去别人家做客，那家的女儿衣服更短，肚脐上还戴了一个环。有客人笑说好时髦，那女生耸耸肩，对着那人，嘴一张——天哪！她的舌头上居然也戴着一个环。

“所以啊！”你妈妈说，“现在的年轻人想什么、做什么，真是管不了。”

这也让我想到你哥哥上高中的时候，有一天一只耳朵上居然挂了个耳环，我吓了一大跳，忍着没发作，还故作开明地笑了笑。

但是从那天开始，我吃饭时就换到他没戴耳环的那一侧坐。所幸没过多久，他就摘掉了，而且从此再也没戴过，说：“这个时期已经过了。”

我很认同“时期过了”这个说法，因为每个人，包括我在内，都有那样的时期。随着年龄的增长、身体的发育，每个人对服装的选择都会改变。

你在小学中年级的时候，特别爱穿欧洲古典式的长裙，还得意地说同学都认为你是真正的公主，因为天天都穿漂亮的裙子。

但是到了高年级你就变了，把原来觉得暗而拒绝穿的蓝色夹克拿出来穿，而且再也不穿裙子，改穿长裤，说穿裙子太不方便了。

初中开始，你的毛病更多了。以前都是由妈妈前一晚帮你挑好衣服，现在突然不行了，你要早上自己挑，而且妈妈给你买的衣服你全不满意，统统退掉。于是买衣服变成你自己去买，而且买了一些妈妈说她怎么想都想不到的衣服。

记得不久前，我发现总有亮晶晶的东西粘在鞋底，又不知道是什么。直到有一天，看到你穿了一条闪亮亮的牛仔裤，才搞清楚那些亮晶晶的粉末都是从你的裤子上掉下来的。

可是没过几个月，就不见你再穿那条裤子，而开始穿绞染的花 T 恤和纯棉低腰的浅色裤子，裤腰上绑着细带子，我初看还以为是睡裤。

不过我觉得你那么穿真是很青春、很美，只是也有点担心，不知再过些时日你又会换成什么打扮。

对于穿衣服，我和你妈很民主，因为我们都是年过半百的人，很难知道你们这些小女生心里在想什么，宁愿由你自己决定。

举个例子，一个二十多岁的女生，穿得比较性感，显示她的青春魅力，可以吸引到终身伴侣。但是当她结婚了，三十多岁了，还刻意穿得性感，那性感若还属于露骨的一类，就不恰当了。

同样，如果你今天是个中学生，穿得性感也不妥当。因为你是学生，你的职责是好好念书而不是求偶，所以像你现在这样穿出自己的品位固然好，但如果往露的方向走就不妥了。

噢！对了！我昨天看到你们毕业旅行的规则，真棒！

我尤其欣赏无论男生女生都不准有勾肩搭背的行为，不准单独行动，还有不准穿“意大利面条衣”那几项。

我原来还不懂，问你妈妈才知道，那是说不能穿像意大利面条似的两根细细肩带的上衣。

谁说美国学校开放？美国的开放也是有原则的啊！

小时候骗爸妈说没钱了，现在却总骗他们还有钱

□陈毛毛

一株茉莉也许没有沁人心脾的芳香，但它永远会让你感到清新，感到幽雅，父爱就是这样，犹如茉莉一样静静地开放。无论你在何方，父亲那慈爱的眼睛定会伴随你终生。

一

报喜不报忧，是我们的漂泊病。

小时候，我们总爱撒谎，跟爸妈说自己没钱了，甚至有时候偷偷从爸妈口袋顺几张一块两块的，去买一瓶饮料，买几样好看的文具，或者几张偶像的海报。

长大了，爱撒谎的毛病，还是一点都没有改掉，在电话里骗爸妈工作不累、工资不低……

独自在外打拼，成长是一个极其复杂曲折的过程，面对父母的牵挂与担忧，所有的酸甜苦辣都只汇成简单的一句话："没事，我有钱呢。"

二

有个学霸同学，从小到大都是"别人家的孩子"，是爸妈挂在嘴边的骄傲。大学读医读了七年，毕业那会儿在一线城市拿五千块的工资，面对父母殷切的眼神，愣是掰成八千块，还说一年后转正能拿到一万元。自然，每年过年回家，感觉压力山大。

他苦笑说："自己吹的牛，哭着也要演下去啊！"

大家跟着他一起笑，其实彼此心照不宣。面对父母，我们更多的是想要他们放心，不愿他们担忧。

阿铭前几天体检出一点问题，医生建议动个小手术，康复得彻底一些。他考虑了一整天，去医院拿了药就回家了。

"怎么？大男生还怕痛啊？"我开玩笑问他。

他不理我的揶揄，叹口气："虽然是小手术，但是之后要在家卧床三四天，只有爸妈有空来照顾，这不是不想让他们知道吗？还是不要让他们担心的好。"

经常碰见加班到深夜，拎着打包的晚饭的小白领，在电话里跟家里人说："早就吃过饭了，要洗洗准备睡了呢。"强撑着最后一点兴奋讲完电话，长吁一口气，拖着满身疲惫往回赶。

明明很累，却不会跟爸妈透露只言片语。

"除了徒增他们的担忧，还能怎样呢？"

对于父母来说，我们过得不好，会让他们烦恼；对于自己来说，父母的焦虑，甚至会成为压倒我们的最后一根稻草。报忧，真是一件百害而无一利的事情。

很多人会把父母设置在单独的分组，只有某些正能量的朋友圈可见，或者干脆将父母屏蔽在朋友圈之外。我们是真的不爱他们吗？并不是。

越长大，我们越习惯了只对爸妈讲他们爱听的话，只提供他们需要的情绪价值，其他的通通划清界限，关上门自己处理。

三

报喜不报忧，对于独在异乡打拼的我们，成了无奈的不二选择，宁愿"越长大越孤单"，也不愿成为父母面前长不大的"麻烦鬼"。

"这才是体贴，这才是孝顺，这才是长大。"我们深信不疑。

可是，"长大了却总骗爸妈自己还有钱"这句话却不偏不倚地戳进我们的软肋，让我们湿了眼眶。这一份大无畏的理智和打不败的坚强，有多少强撑的味道呢？

人们常说，父母和儿女就是一场渐行渐远的修行。爸妈的缺席，也许是这个时代的步伐太快，也许是我们不愿长大了还让父母操心，也许是我们都习惯了报喜不报忧。

其实爸妈仍然希望能参与到我们的生活中来，能看到一个会哭会笑、真实的我们，能感觉他们仍旧被需要。

而自从染上这"报喜不报忧"的漂泊病，偶尔我也格外想念小时候心安理得地接受那一份热汤热水的温暖。

报喜，也报忧，才是最好的孝顺吧。因为无论是我们的"喜"，还是我们的"忧"，真正爱你的他们，一定都渴望去了解。

用武功保护了我一辈子的那个人

□易小荷

母爱是温柔的，而父爱则给人一种厚重感，父亲的肩膀让人格外依赖，父亲的手给我温暖，父亲永远是我坚强的后盾。

前些日子我和他一起过马路，有辆小车直直向我倒过来。说时迟，那时快，他一个箭步，“嗖”地一下跳到前面，伸出虬臂，眉眼竖立，自丹田发出一声“狮子吼”。

我一直觉得我老爸是某个没落门派的神秘掌门人，所以读到老舍的《断魂枪》时，我觉得里面写的就是老爸：夜深人静，山鸟归林之时，他才会静静地在一个神秘的角落，吞吐天地之灵气——“一气把六十四枪刺下来。而后，拄着枪，望着天上的群星，想起当年在野店荒林的威风。叹一口气，用手指慢慢摸着凉滑的枪身，微微一笑：‘不传！不传！’”

上小学的时候，我姐是整个大院里唯一练过武功的人。别人都不理解老爸是怎么想的，居然让一个女孩子家每天起早贪黑，把身上练出一身腱子肉。

他们不懂，某个月明星稀的夜晚，老爸特别郑重地拉着我俩的小手：“现在这个年代不再需要武术了，但是我们门派不能没落，我现在将掌门之位传给老大，以后要学会保护自己。”

老爸经常在大院的风口上捧着一本武侠小说，那时候整个大院的小孩都崇拜他，因为只有他对杜心五的故事耳熟能详。他给我们普及“自然门”的故事：“杜心五看见持函前来的徐师身材矮小瘦瘠，不甚信服。几经试探，乃知确为风尘奇人，遂恭敬有加。徐师教杜负重踩桩成圆形走，练习自然门的内圈法。”他说，“自然门首先练气，踩桩走要轻松自然，动静相兼，气沉丹田，能虚能实。”

整个大院的小孩听得津津有味，乐不思家，但这并不妨碍他们在欺负我的时候对我毫不留情。我妈会把长长的尖指甲指向我和我姐，数落我们不中用，但是我爸作为一个神奇的掌门人，总是能在小朋友欺负我的时候第一时间感应到，哪怕他手里捧着一本书，远在千米之外的大树下。

这种时候，老爸才不管对方是什么来头，他一言不发，使出一招“以其人之道还治其人之身”……后来，整个桐梓坳的人都数落他没有知识分子的风度。老爸还是不急，伸出双手一抱拳：“只要是放到我家小荷头上的，我都会统统还回来，各位不服气也可以来找我。”邻居们愤愤而归。只是从此，真的再也没有人敢随意伸出脚绊我，或是趁我不注意拧青我的胳膊。

余华在《鲜血梅花》里面写的阮海阔也是我，后来我去重庆读了大学，又去了北京。很多年来，以为自己沿着一条稀里糊涂的路在往前走，工作生活，很少遇到需要伸出拳头的时候，更不会遇到需要江湖道义的时候。

而神秘的易掌门还在家乡留守他的江湖，我因为忙，或者想当然的其他理由，并不经常回去探望他。结果有一次我回到家，发现老爸在单元门口给自己做了一个门牌，生怕有落难人士找不到他。

我妈还跟我抱怨，说老爸有一次在街上遇到一个陌生人，看对方失魂落魄，就给人家免费看相，鼓励他东山再起。

“鼓励就鼓励，结果还把自己身上所有的钱都掏出来请人家喝酒，恨不得把对方邀请到家里住上一个月。”

老爸捧着一本武侠小说，对我妈的数落不置一词。

我离家去读大学之前的那一天，我妈在家里抹眼泪，老爸只跟我说了四个字：“江湖道义。”

是的，说出来也许不会有人相信，三个月后的某一天，居然有人一路放着鞭炮来到我家，抱着好多礼物，说是因为老爸的一席话真的“东山再起”，生意翻了身。

有一年，老爸已经六十岁了。我交往了一个奔着谈婚论嫁去的男朋友，他陪我们全家去爬香山。那一次老掌门爬得飞快，完全没有平时糖尿病患者的虚弱懒惰。每当他的未来女婿想要好好表现、打算伸出援手的时候，他就目光炯炯地瞪对方一眼，最后成功地变身为首位登顶者。他居然生平第一次当着那么多人的面，在山顶长啸一声，中气十足，狮吼之音绕梁不绝，完全暴露了他隐藏多年的内力。

我在美国做 NBA 报道的时候，有一年的赛季，几乎整个月每天只能睡两三个小时，年纪轻轻就熬得频生白发，焦虑到整天流鼻血。有一次我凌晨三点睡下，四点起来赶飞机，迷迷糊糊摔了一大跤，伏地哇哇大哭，也不知道为什么伤心成那样。

突然我房间的电话响了起来，是老爸怕我赶不上飞机特意叫我起床的。我想起小的时候，每一次只要我被绊倒，老爸总是伸出铁砂掌拍一下肇事的桌子、床或书柜，然后模仿它们“吱吱”的惨叫声，我想象着那些异国他乡的孤独，未知的工作挑战，一个人独处的惶恐，所有无形的敌人都会毁于老掌门的铁砂掌下，于是很快气沉丹田，平顺呼吸，而那些痛苦就像被拍死在墙上的蚊子的血。

2002年到2006年那几年，我常年在美国，老爸给我写了很多的信。我快要出书之前，他写了一封长长的信，在里面写道：“我们为有你这样的女儿而骄傲，你却不幸有我们这样无能的父母。”

醒醒啊，身为青城帮帮主的你，怎么可以说出这种话？

我一直都记得，在他年轻做诗人的时候，他也间或偷偷在家写过一部武侠小说，用那种打上了格子的稿纸，浅蓝色的，薄得墨水深一点儿就能渗透好几张纸。

他在小说的开头写了一个失意落魄的中年书生，由于厌倦江湖，带着书童返回家乡，却在半路上遭遇劫杀。书生被踹落水中，试图喘气，却感觉到犹如一只拳头塞进了喉咙，浓密的气泡在眼前上升，一串串的，就像老爸很小的时候，曾经在水里清晰地看到过的那密集的气泡。那种气泡是一种死亡的喻义，或许，江湖与庙堂，生与死之间，也就差这么一串气泡了。

老爸不会知道我记得这些，也许我的记忆对过往自动进行了一些修订和删改，也许那天在大马路上，那个蹿出来救我的人并没有那么好的身手，他毕竟是七十岁的人了，上楼梯的时候已经有些头重脚轻。

只有当我翻开那些旧照片，就像打开一个个贮存着记忆的保险箱，我才清清楚楚、明明白白地意识到，在群体像当中，那个瘦弱不堪、矮小粗糙、毫不出奇的年轻人才是我的老爸。

但是这么多年，我越过那么多国境线，乘坐轮船、火车、飞机，走到这么远，完全是因为他用那传说中的武功保护了我一辈子呀，我到今天还是这样想的。

陪我长大，陪你变老

时光带走他们的青丝，带来额上的皱纹，他们可能忘记了很多事情，但从未忘记过爱你。

“毒舌”奶奶

□耶雅亿

我奶奶这样说过，告别是要提前说的，要真到了最后，就不能告别了。

一

奶奶裁缝出身，铁齿铜牙、冷漠刻薄，总变着法子损我。我总将自己没男生追求的原因归咎于奶奶太凶，她毒舌道：“想人追，你先去医院整容吧！”我追问：“怎么整？”她看看我，平静地说：“把整张脸都换了，捎带着换个管用点的脑子，你妈也不用费那么大劲儿盯你学习！”

我不得不怀疑她是不是我亲奶奶。读高中那会儿，我是疯狂的动漫迷，连当时名不见经传的漫画《超能陆战队》我都收藏了。在书中，“大白”是一个彪炳霸气、摧枯拉朽的怪兽保镖，颇似我的“毒舌”奶奶。

高三那年，我的早恋偷偷摸摸开始了。那天，我一边啃冰棍吃零食，一边拉着男朋友闲逛。奶奶却如天兵降临，不打不骂，硬要请吃饭。我的小男友一心想脚底抹油，奶奶一把抓走他的校徽，逼我们跟她走进一家饭馆。她点了平日舍不得吃的菜，还点了一瓶啤酒，小饮几杯后，她给我们讲起她的爱情故事。奶奶口才好，听得小男友不住问：“然后呢？”

奶奶一边点钱，一边说：“然后我们掰了。离结婚太遥远的关系，都是耍流氓！后来，我遇到一个肯付账的男人，就是她爷爷。”

看着奶奶潇洒买单，小男友的自尊心受到打击，发奋读书，高考前再没联系我，高考后联系了班花。

我首次失恋哭得稀里哗啦，口口声声说自己摊上这样的奶奶，下次恋爱仍会失败。奶奶“呸”了一声，说：“想得美，你以为你还有下次吗？就你这脾气、长相、受挫力，谁还跟你谈恋爱？”

二

奶奶跟我妈共同生活几十年，竟没吵过架。我妈受婆婆熏陶，愤世嫉俗，常将单位“走后门、拍马屁、势利眼”的事儿做靶子，婆媳一开聊，家里就沸腾正能量。

一次，男领导给我妈穿小鞋，把芝麻大的错误说得比天还大，我妈哭哭啼啼时，奶奶冷笑说：“多大点事儿啊？对个身高不到桌面的男人来说，啥都是大事；对个身高一米七的女人来说，啥都是小事！”

瞬间，我妈破涕为笑。这番话，让她每次挨训时，都记着自己比领导高半头的优势。她蹬着恨天高的细跟鞋，鞋跟在地上“咣咣”一敲，憋屈和烦恼无影无踪了。

正值青春期的我，当时特别看不惯奶奶用身高、外貌损人的行为。对刻薄到骨子里的奶奶来说，脑子里没有任何禁区，肚子里没有任何诡诈，她的自嘲也毫无底线，明摆着百毒不侵。

三

别人都说我奶奶是属鸭子的，即使煮熟了，嘴巴也是硬的。不料，生活这锅汤比我想象中的要厉害许多倍，等我大学毕业工作以后，奶奶的身体一年不如一年，锋芒也一日不如一日。偶尔，奶奶会温柔下来，在闲聊中告诉我她过去的故事。

她从小学裁缝，常有顾客无理取闹，揩油行骗，父母教她以泼辣刻薄保护自己，谋得生存。婚后，爷爷早逝，奶奶一人拉扯三个娃，不免心烦气躁，出口伤人。等儿女们成家立业，奶奶早已习惯于这种思维方式和表达方式，改不过来了。不过，身体变差之后，奶奶的脾性竟然悄悄变了。

“损人的嘴，越来越懒得张了。”奶奶叹息道，“不过，你别怕！要是你婆家人敢欺负你，奶奶一定替你去讲理……”

前年起，奶奶得了轻微的帕金森症。她反应慢了，思路乱了，讲话重复啰唆，昔日会惹她喋喋不休的话题，如今听了就忘。原来，“毒舌”是需要缜密的逻辑、较高的智商、健康的体魄作为后盾的。

奶奶整天傻乐，好像永不生气，任凭孙辈们玩弄她的脸和发，任凭好事者开她的玩笑。不过，有一件事情奶奶始终惦记，就是我的婚姻。

每次回家，她都以那永远活在过去的思维方式跟我说：“你那个小男友，现在在哪儿呀？你们还好吗？”说来有趣，那场稀里糊涂的初恋和失恋，倒也没给我们双方造成什么伤害，我们的关系逐渐变为“老同学”。

在谈了几次不咸不淡的恋爱之后，我一门心思奔事业，迟迟不愿答应男友的求婚。前年春节，我推着奶奶在街上溜达，恰遇携妻带子的“小男友”。看到奶奶老成这个样子，他略有几分惆怅，又有几分惭愧。

奶奶居然一眼认出他来，缓缓地问：“你现在多大了？单位在哪儿？父母做什么工作……”意识到人家已结婚，奶奶眼中闪出不可名状的失落与难过，好像我的独身悲剧源自她当时的棒打鸳鸯。

那一刻，就是她那一丝的眼神，触动了我最深的情感，我下了结婚的决心，也决定要好好热爱这柴米油盐的生活，让奶奶不再为我继续操心。

四

我结婚后不久，奶奶被诊断出胃癌晚期。

由于腹部积水，奶奶的肚子一天天肿起来，胳膊和腿越来越细，她离开我们的日子越来越近了。那阵子，我青春时代迷恋的漫画《超能陆战队》被拍成了迪士尼动画电影。有趣的是，“大白”的形象从狰狞怪兽，改变为一个萌萌的充气白胖子。那段时间，全世界的人都在看大白，到处都是大白的广告。我也去看了很多次电影。

我一边看电影，一边流泪，满脑子都是这个永远会保护你、让人一看就想拥抱、能容纳你所有眼泪与委屈的大白。他永远都在，在你需要的时候，便来到你身边；他自带萌点，大肚子小粗腿，永远天真懵懂……

这不就是我的奶奶吗？当褪掉那为了生存而披上的铠甲之后，她的本相是那么柔软、单纯、可爱，甚至是呆呆的、萌萌的！

每当我遇到委屈，扑入她怀中，全身都被这种饱满、温暖、踏实的感觉充满。那种“打是情骂是爱”的幸福感，只有全心爱我的人，才能给予我。

那次观影结束后，我在导购的唆使下，花了半个月工资，买了一个正版真人大小的“大白”，扛去给奶奶。

我将大白带到奶奶的床边，唤了一声：“奶奶，大白来了！”

那一刻，奶奶的眼睛发出小孩子一样惊喜的光！从那一天开始，她对这个大玩具宠爱无比，每时每刻都要枕着它、摸着它、抱着它……她把头埋进大白柔软的肚子里，仿佛小孩依偎于母亲的怀抱。那个样子，多像我小时候啊，一个呆萌呆萌的女孩，在奶奶柔软的怀中，不知不觉就熟睡了……

钩子上的鱼

□［美］拜伦·柯伯特　李克红／译

长辈的人生哲学是我们要花上一生去领悟的，哪怕是像钓鱼一样的小事，唯有求真、踏实地做事情，才有可能取得成功。

我小的时候，曾经有很长一段时间是和祖父一起度过的。

祖父很喜欢钓鱼，有一次，他给我也准备了一根鱼竿，并带着我去河边钓鱼。我模仿着祖父的样子甩出鱼线，然后静静地坐着，等着鱼儿上钩。好一阵子后，水面上的浮标突然下沉，我非常兴奋，一把就提起了鱼竿，但鱼钩上只有几根水草而已。祖父笑笑对我说：“再试试吧，钓鱼需要耐心。”

我点点头，再次把鱼钩甩入河里。又等了很长时间，水面上的浮标突然被什么东西拉入深水，我连忙抓住鱼竿使劲一提，立刻看到一条活蹦乱跳的鲇鱼。我立刻欣喜若狂地对祖父大喊：“祖父，你看，我终于钓到了一条鱼！”

“这可不算呢。”祖父笑着说。

我奇怪为什么这不算，我明明钓到一条鱼了呀！但就在那一瞬间，那条鲇鱼“扑通”一声掉进了水里，然后它晃了一下尾巴甩出一串水花就不见了。眼看到手的猎物又跑了，我一屁股坐在草地上，十分沮丧。祖父走过来替我装上鱼饵，然后又把鱼竿递到我手上说：“小家伙，再试试吧！不过你要记住，钩子上的鱼还不算是你钓到的鱼，只有当你把鱼放进你的鱼篓，才算是你钓到了一条鱼。其实做任何事情都是这个道理，当鱼还在你的钩子上时，你千万不要以为它就是你的收获，那还远远不算！”

我明白了祖父的话。钩子上的鱼不算收获，做了一半的事情也不算成功，无论什么时候都要沉着冷静、脚踏实地，而不是稍有点成绩就沾沾自喜、夸耀吹嘘。

有一种爱，叫姐姐

□一只会飞的懒猪

姐姐，你的笑语传承着温馨，唤醒着沉睡多时的鸟鸣，叮咚着我独在异乡求知时容易受伤的心。

一

上周其中一个室友的姐姐来到重庆，约我们一起出去吃饭、喝酒、聊天。

那天室友表现得格外乖巧，连说话都细声细气的，我们其他三个人开玩笑地打趣她："女汉子变温柔了。"

这次，应该是我见过室友最含蓄的时候。平时她在寝室都是大大咧咧、张牙舞爪的，我们奉她为"扛把子"。

可那天她给我们的感觉大不相同，只要她姐姐认真地说了一句，她就开始乖巧起来，真的就是小女生的那种温顺。

看得我蛮想笑的，心里暗自感谢，她姐姐帮我出了平时她"欺压"我的"恶气"。

后来我们才知道，从小到大，她最怕的就是她的那位姐姐，而有什么事情她最愿意告诉的人也是她姐姐。尽管平时天不怕地不怕的，可只要她姐姐认真跟她说一句，她立马就蔫了，只剩乖乖听从。

其实呀，我们都知道，那并不是畏惧，而是爱，是姐姐能给的，一种独特的依赖和安全感。

喝到兴起时，姐姐拿着酒杯敬酒，对着我们三个人分别说：

"哎呀，她好可爱，没心没肺的那种。"

"她一看就有北方人的豪气，单纯得不得了，一眼能看穿。"

"她跟我好像，性格一模一样。"

听着她评价完我们三个人，室友也赶紧凑过去很惊喜地问：

“那我呢，我呢？”

“你爬开点。”姐姐豪气地答道。

室友又羞答答地坐回了原位，我们几个人戏谑她，以后要找一个像她姐姐一样的男朋友，能够降服住她的。

“过来。”过了很久，姐姐一把将室友拉了过去。

“你，我只能说是我最爱的，别人无法替代的。”

姐姐的话说得很轻松，还夹杂了一丝玩笑的成分，语气是漫不经心，有点痞痞的，可那份爱和真心没有掺一点假。

世界上总会有那么一个人，她不在意你是不是优秀，是不是满身的戾气，她只知道，无论怎样的你，她都愿意守护和爱你，始终如一。

你，对于她，千金也换不回。

二

那天，吃完东西，疯完已经是十点多，我们将姐姐送上出租车，也打车回了寝室。

路途中姐姐发来微信，让我们多担待室友的“臭脾气”，别跟她计较，还交代了很多其他事情。

我们几个在车上感动着，说有姐姐是一种幸福。室友却窝在车的角落，抹起了眼泪。

大概是被感动的。

我们经常听室友提起她这位姐姐，年轻的时候如何的传奇，如何的叛逆，曾为她不顾一切的冲动震惊，也曾为她勇敢追求爱情的魄力感慨。

可那天见面，我觉得所有的身份及标签，都不及一个“姐姐”令我感动。

表面看上去也还只是个孩子，可一言一行，一颦一蹙，都在保护着另一个孩子。会揭她短，会骂她不争气，会嫌弃她不会化妆，可在她心里，她依旧是那个谁都替代不了的小孩。

张韶涵在《遗失的美好》里唱道：“有的人说不清楚哪里好，但就是谁都替代不了。”

经常，我们用这句歌词形容爱人之间的关系，其实，亲情之间又何尝不是呢？

你一身的臭脾气，可她愿意容忍，还依旧视你为生命，把你捧在手心；两人挤一张床，你一脚将她踹下去，她做的第一件事情，是爬起来给你盖好被子；家里并不富有，可她依旧愿意把所有的零花钱给你花。

姐姐给的爱没有父母那般沉重，她不要求你活得多么闪亮，多么了不起，她不需要你有多么成功，她只希望你活出自己。

你，对于她，谁都无法替代。

三

我家有四姐妹，我有三个姐姐疼爱着，一直以来我都觉得超级幸福。

大姐，温柔体贴，给了我像妈妈一样的爱；二姐直爽豪气，给了我像哥哥一样的爱；三姐懂我所有的开心和不开心，给我像姐姐又像挚友的爱。

我记得小时候，妈妈经常从外面带一小把瓜子回来，把它平均分成四份，一粒一粒地数，分到很平均的那种。可每次到我手中的瓜子是最多的，因为她们把自己手中的瓜子都分给了我。

与其说她们把瓜子给了我，不如说她们把她们的爱都给了我。

小时候，她们是为了我，可以放弃自己心爱东西的人；长大后，她们是为了我心爱的东西，愿意为我鞍前马后的人。

从小到大，我都是在她们的保护中长大的，有时候日子虽然苦，却足够温暖。她们用爱屏蔽了我所受的伤，让我长大后，依旧有勇气，追求自己想要的。

我经常和室友讨论：毕业后，要去哪，要去做什么？

她们通常会说，留在重庆呀，不能走远，家里不同意的。

“你呢？”

“我无所谓呀！去哪都可以，看自己。”

我经常开玩笑说，如果她们是圈养类型，那我应该是属于放养类型的。

从我懂事以来，所有的决定几乎都是我自己做的，家人会给我意见，但她们尊重我的选择。

姐姐们经常说的话是，你去追求你自己想要的，如果觉得累了就回家。她们鼓励我出去见识，并提供我所有的支持，她们会担心我饿着，冻着，省着，所以按时打钱给我。

她们永远是那个当别人都关心我飞得高不高的时候，而她们却只担心我飞得累不累的人。

她们给我所有的自由，让我去拼、去闯，我所有的底气和安全感都来自她们。

她们教会了我，爱别人和爱自己的能力。

世间的爱千万种，而有一种独特的，是亲情又是友情的爱，便是姐姐。

我对你无可替代，同样，你也是我的，无可比拟。

比海更深，比天更蓝，我对你的爱再不能比这更深了

□度公子

可以去找的东西，往往是找不到的。天下万物的来和去，都有他的时间。你要做的是足够坚持，拥有很大的勇气，等他到来。

2011年3月11日，那一天是星期五，高松康夫和平日一样，开车送妻子高松裕子去上班，紧接着送岳母去医院做检查。他刚到医院的门口，九级大地震毫无预兆地袭来，而且持续了整整六分钟。

高松康夫立刻开车回去，一路通过收音机了解灾情，在外地上学的儿子发来了平安信息，女儿也在一处避难所找到，唯独无法联系上妻子。

直到下午三点，康夫收到妻子的信息："你安全吗？我想回家。"由于当天道路被完全封锁，康夫无法去到妻子工作的银行。

第二天一早，他赶到避难所，目击者却告诉他，大家爬上楼顶，短短几分钟，海水就吞噬了大楼，所有人都被海啸巨浪卷走了。

"听到消息的那一刻，我整个人几乎无法站立，海啸带走的不只是裕子，还有我身体里的全部力气。"

一个月后，在银行废墟中，康夫发现了妻子的手机，里面还有一条没发出的短信："海啸好可怕。"

那些天，他强忍着悲痛，同时怀揣着无限的希望，走过陆地、山林、海岸线，对所有可能的地点进行地毯式搜索，但妻子活不见人，死不见尸。

多年来，夫妻感情十分要好，虽然偶尔也会拌拌嘴，但在彼此的生命之中，不知给予了多少抚慰和支持。

在寻找妻子的过程中，康夫偶尔回想那些岁月，便一个人望着茫茫海面感叹："裕子，如若我没有遇到你，那样的人生该有多无聊，我哪里会知道这世界上，还

有那样幸福的瞬间。”

每当翻出妻子的手机，看到那条未能发出的信息，“海啸好可怕”几个字映入眼帘，康夫便能深深体会到妻子的想法。

“她当时一定想赶紧回家，见到我和女儿，无论事后如何，当时肯定只有这样一个心愿。”

康夫发誓要找到妻子。一次偶然的机会，康夫看到，日本海上护卫队的潜水员，在寻找失踪人员，他就想：“如果我也这样做，也许可以把裕子带回家。”于是他将目标转向海底。

2013年，五十六岁高龄的他，报名开始学习潜水。

他联系到潜水教练：“我已经年过半百了，对潜水并没什么兴趣，只是希望找到我的妻子。”

但一切比想象中要困难得多，水下充满了未知的危险，有许多禁区和渔区。由于海水的流动性，很多区域要反复搜寻好几遍，那些情况复杂的水域，必须请专业警卫队帮忙。

起初，他每月只能下潜一次，每一次深入这片悲伤的海域，在光线昏暗的海底搜寻，康夫内心的痛苦无人能体会。

每一次下潜都怀着无限希望，每一次出水都满身疲惫和悲伤。随着时间的推移，他越潜越深，一年后，可以潜到八十英尺（一英尺约为三十厘米），最深一次纪录是八十五英尺。他在这个深度，他可以坚持十分钟。在2014年获得国家潜水证，潜入海底清理废墟，寻找自己的妻子。

他学会了清理海上残骸，学会了如何救起海底溺水者，甚至学会了如何取回遗体。每一次下潜，他都祈祷，哪怕能找到任何一件与妻子有关的东西也好。但是这微小的愿望从未实现，他只能一次次深入海底，从不放弃，不断寻找。

每次进入海底的一刹那，康夫仿佛进入了另一个世界，一个连接着死亡的灰色地带，在那里，他仿佛能听见失踪者的细语，也仿佛能感知到妻子的存在，一步一步向她靠近。

在寻找过程中，康夫认识了成田正明，一家鱼类加工厂的经理。正明已经57岁，女儿惠美，和康夫的妻子是银行同事。

海啸过去后，女儿下落不明，正明便决定与康夫一起潜入海底，寻找失踪亲人的遗体。妻子对此感到十分不安，担心丈夫在水下遭遇不测。

但成田正明告诉妻子：“在找到惠美的遗体之前，我坚信女儿还活着，如果我也离去，请把我的骨灰撒在海里。”

妻子非常理解丈夫：“我很感激我的丈夫，他一直没有放弃寻找女儿，我知道海下搜寻很困难，但是只要有一点线索，对我们来说都是希望。她是我唯一的孩子，今年应该三十一岁了。灾难虽然是不可避免的，但是惠美并不是生来就应该沉睡在冰冷的海底，我们至少该把她送到温暖的床上。”

她舍不得注销女儿的电话号码，这是她与惠美最后的联系，每天都给女儿发短信：“对不起，妈妈对不起……”

就这样，两位老人，一位找妻子，一位找女儿，两人每个月潜入深海两次，截至2016年年初，康夫累计潜水一百一十多次。

事到如今，他和正明心里都很清楚，人已经不在这个世界上了，但必须保持着找到什么的念头，如此才能继续生活下去。

“我知道这有多困难，”康夫说，“但这是我唯一能做的。我别无选择，只能继续找下去。我感到，潜入海里的时候，是我与她最靠近的时候。”

有一位法国作曲家，听了高松康夫的故事后，为他写了首曲子《高松裕子》，一段以他妻子的名字命名的钢琴独奏。康夫时常拿出来听，无论是上网、运动、睡觉，都让这段旋律围绕在周身。

曾经有人问康夫：“是不是听这首曲子，就会想起往日的时光？”康夫回答说：“我没有想起往事，因为我从来就没有淡忘。”

闲下来时，他会翻出妻子的手机，看到那句“我想回家”时，身体又会充满勇气和力量，无论如何，要带妻子回家。

讲述这个故事时，在我的脑海之中，一直浮现着康夫潜水的身影。

那是何等孤独的身影啊，一个人被无边、昏暗的海水包裹，但因为有着强大的爱与决心，无论海底有多么不可预测的危险，还是毅然地、不断地寻找。

其实康夫苦苦追寻的，又何止妻子的遗体本身，更多的是作为一个幸存者，必须寻找的生活意义。

就像康夫自己说的：“我没有办法，只能继续。”因为如果不继续寻找，生活的意义也几近荒凉。

哪怕明知可能一生都找不到，明知找到遗体会更加绝望，还是要以十足的勇气潜入深海，去寻觅爱人，一次又一次……

每一次潜入海面以下，追随的不只是比海更深的爱，也是自我前行的动力。

无论走多远，总有人会在原地等你

□苑子豪

奶奶是真的爱我，她教育我的每一点，在我长大以后都像金子一样闪闪发光，指引着我变成更好的自己。

一

奶奶家的条件并不是很好，但是她从来不会吝惜在我身上花钱。

我喜欢看的书，她咬着牙买下来；我爱吃水果，她隔两天就去早市上讨价还价买水果。

要知道小时候的幸福很简单，就是奶奶洗好一盘新鲜红艳的草莓，再摆上一小碟白砂糖，拿草莓蘸着白糖，酸甜的滋味可以化到心里去。

那时候还没有什么奶油草莓、牛奶草莓，或者现在颗粒非常大的咬下去甜得牙疼的进口草莓，她买来的都是普普通通、其貌不扬的小草莓，但是每天蘸着白糖吃上两颗，就会觉得自己是幸福的。

奶奶是不吃草莓的，准确地说，她不吃我们爱吃的东西。我们不爱吃的或者吃剩下的，奶奶才拾起来吃掉。

吃饭的时候，她会故意先去收拾厨房，等我们吃完了，她再坐下来，把米饭倒在菜底儿里，搅拌一下吃掉，另一个菜底儿，倒上热水，就当菜汤喝掉。

直到今天，家里富裕一些了，奶奶还是有做完饭在厨房收拾个不停和拿开水冲菜底儿喝的习惯。每到这时，我总会喊她："奶奶，快来吃饭啦，吃完了我帮您收拾。"

二

我的奶奶就是这样的一个老太太，热心肠，朴实善良。

她见到路边的残疾人，总会掏出几块钱，塞给人家，而自己，拎着在早市上讨价还价买来的菜，走很远的路回家。

奶奶不识几个字，但她有自己的文化。她有着自己的一套清晰的处世之道，邻里关系处得好，逢年过节都会有邻居来串门，你送我家一锅刚出锅的豆沙包，我送你家一碗炖得熟烂香浓的五花肉，一来一往中，完成了人字互相支撑的文字架构。

楼下的家里停水了，一把年纪的奶奶会端着几大盆打好的水，摇摇晃晃地给人家送去；楼上的家里做饭用的煤气没了，奶奶会直接把人家喊来家里吃顿家常便饭，烧几个菜，斟一小壶温酒，大家一起说说笑笑。

三

春节前夕，去奶奶家吃了顿饭，我恍惚中第一次感到，奶奶老了。

奶奶摆弄饭菜再也不像以前那样简单利落，好像每一道菜，她都炒得很卖力；好像每种味道，要花很久，才能回到小时候的感觉。

我觉得她放盐的时候一定是手抖，所以菜咸；她煮汤的时候一定是火拧得不到位，所以有些寡淡；擦桌子的时候一定没用力气，所以有油渍还在桌上印着。

吃完饭后，我打车回家，奶奶偏要在身后跟着我，把我送到路口。我拿着手机嘻嘻哈哈跟朋友聊着微信，再回头，发现她离我已经有一段距离了。

我停下脚步，回头望她，我看见奶奶走路时腿脚有些不协调，虽然没有一瘸一拐，却有些吃力。

我赶紧走回去拉着她，问奶奶腿脚是怎么了。她一边孩子气地皱着眉，一边喃喃低语："前几年奶奶这膝盖落了毛病，一到冬天就疼，缺了德了，走几步就难受，疼得能钻到心里去。"

破旧狭窄的路口难打到车，我还要再走到大岔路口去，奶奶还想跟着，我挥挥手拒绝了，让她赶快回去休息，让膝盖少受凉。她就乖乖地站在原地，看着我往前走。

一个八十岁的老人站在风里、路口里、岁月里，好像站成了这个老人的一生。

每走个三五步，我就想回头看看身后的奶奶，她的身影越来越矮、越来越小，一时间不确定是我视线里的她渐行渐远了，还是她视线里的我渐行渐远了。

唯一敢肯定的是，无论我走多远，她永远默默在我身后。

姥姥是我的上帝

□沈十六

外婆的慈爱是无价的，尽管时光过去很多年，依稀往事还是如烟如雨地清晰扑来，不能忘记的还是外婆的爱。

姥姥救过我的命。

妈妈生我的时候难产，爸爸正在出差。那时医疗条件有限，妇产医院的医生们都束手无策。妈妈一个人躺在简陋的手术室，看着窗外惨白的月光，心如死灰。

就在这时，身体干瘦得像是脱水山药的姥姥瘸着腿赶到了医院。她向所有人求情，只差下跪了。医生们无奈地向姥姥坦白："不是我们不愿意救……"一时间，眼泪布满了姥姥沟壑纵横的脸。她走到妈妈面前，哽咽地说道："啾啾啊，你从小就乖，一定不会有事的。"

这句话好像有股魔力似的，妈妈后来顺利地生下了我。姥姥高兴地掏出一些钱送给医生护士们，他们死活不接。姥姥后来只好偷偷地把一块打算冬天做衣服的好料子塞给了妇产科主任，表示感谢。

我妈常对我说："你长大了要好好孝敬姥姥，她为你受了很多罪，直到现在阴天下雨，她还背痛得站不起来。"原来，姥姥在赶去医院的路上遇到了车祸。因为太心急，完全没有注意拐角处冲来的自行车。她重重地摔倒在水泥地上，脊背触地，脚踝也磕得露出了骨头。

那天，姥姥是强忍着痛赶去医院的。

我是在姥姥家长大的。姥姥信基督教，小时候，我总是牵着她的衣角，一到傍晚就准时出门朝村子西边的教堂走去。姥姥不识字，刚开始读《圣经》的时候很费劲。我上学认字之后，姥姥总会问我。她一个字一个字地学，不过三五年就能顺畅地读整本《圣经》了。

暑假里，我靠在沙发上昏昏沉沉地看电视。她在一旁摇着扇子读赞美诗，遇到不会的字，她就放下扇子，推一推我。我猛地从昏沉中醒来，像是从水里游了许久，浑身疲惫，但顺着姥姥指的字，条件反射一样读出来。

然后姥姥跟着我读一遍，推推老花镜，若有所思。

关于暑假的记忆，我很长一段时间里总是出现一个固定的画面。就是我躺在凉席上打盹，姥姥在旁边听收音机里声音高亢的男声讲道。房顶上电风扇呼啦啦地吹。窗户外面的葡萄架上挂满了紫的、圆溜溜的葡萄。午后，像一场电影。

如果日子一直这么悠长而美好就好了，但生活总是有多多少少的不尽如人意。

长大离家后，每天疲于奔命，和姥姥相处的时间越来越少。我们只能在逢年过节时见见面，而她特别在意我过得好不好。

去年清明假期时，我刚失恋不久，姥姥、姥爷、爸爸、妈妈来北京找我玩儿。我安排好姥爷的行程，早早地给爸妈买好了去长城的票，然后带着姥姥去中关村的教堂做礼拜。

姥姥老了。北京的清明前后已经暖和了好久，但她还需要穿着小夹袄。我扶着她瘦到没有太多脂肪的胳膊，心里难过得要死。

姥姥却很高兴。尤其在领到圣餐，做完祷告之后，满足得皱纹又折在了一起。她在教堂的一楼朝募捐箱里投了一些钱，又在旁边的柜台给我买了一本《圣经》。她说："你要读一读。这里面有大道理。许多事不要放在心上，要忘掉。"

我点头，笑了，继而又落下泪来。那颗被狠狠伤过的心又重新被温暖起来。因为我知道无论自己失去什么，都会有姥姥的爱护佑我。

祖父的肉圆汤

□吴佳伊

岁月已将您的青春燃烧，但您的关怀和勉励将伴我信步风雨人生，用我心抚平您额上的皱纹，用我的情感染黑您头上的白发。

傍晚回到家，门边又立着那只熟悉的白色饭盒。

我忙把它拿起捧在手心，饭盒温度已经几乎散尽，但我的心里全是暖意。我知道，是祖父又送来了我最爱的肉圆汤。

祖父在我心里，是十分高大的存在。他曾是一名新四军军医，多年的军旅生涯练就了他的一身硬骨。尽管已是杖朝之年，祖父依旧健朗，从不要人照顾，同岁的老人已经拄着拐杖无法行走时，祖父仍每天自己骑着车买菜做饭，打扫卫生。

祖父的拿手菜肉圆汤是一绝。那肉圆紧致弹滑，软嫩鲜香，汤汁醇美浓郁。无论单喝，还是炖入蔬菜一同食用，抑或拌入米饭、面条，都是极好的，吃多少都不会腻。做这道菜时祖父往往不像别人那样站在炉前，捏好一个肉圆就随即入锅，而是坐在桌前，备好圆勺和盛有凉水的大碗，将肉就着勺子的形状反复旋着搓成小球，然后逐个整齐放入碗中，所有的肉圆都大小均一，形状漂亮，表面光滑平整。待全部制好后再入锅一煮，光是那飘出的香气就足以让人胃口大开，更别说入了口，那浓香的味道，吃一次就定会回味无穷。这道经典的菜式，家里很多人都曾向祖父学习，但因为制作工艺虽不算复杂，却要求很高，必须认真精细，故至没有人能做出如祖父一样完美的味道。

祖父这样的精心制作，必然是极耗时间的。但每次逢年过节全家聚餐，祖父总是会起个大早开始制作，那一大锅足足能有几十个。因为他知道我们全家人无一不爱吃他做的肉圆汤，而每次我总会分得最多的肉圆，祖父甚至会专门拿小缸为我另留些许。

祖父的肉圆汤一路伴我长大。小时候我不爱吃肉，母亲常为此发愁。但每每祖父做的肉圆汤我能吃上好多个。后来即使我学业渐渐繁忙，很少有时间回去，他也总会隔三岔五做上一锅为我送来。有时候白天来时无人在家，祖父就会将饭盒留在门边。久而久之，放学走到家门前是否会看到祖父的白色饭盒，已经成了日常愉悦的期待。这么多年过去，祖父的肉圆汤我从未吃腻；反之，它已经是我生活中不可缺少的一部分了。

直到祖父去年的一场大病，大病过后他的身体已不再像从前那样硬朗，变得瘦骨嶙峋。

然而有一天，我放学回到家，发现门外放着一个熟悉的白色饭盒。我疑惑地打开，居然是祖父做的肉圆汤！我忙拨通祖父的电话。“宝子啊，看到肉圆汤了吗？吃了吗？我给你说啊，我路上走得慢，要是凉了，吃的时候你再放到炉子上热一下，想加蔬菜的话让妈妈再给你放点儿冬瓜……”祖父的声音是大病后少有的洪亮与兴奋，听着那愉悦的话语，抱着沉甸甸的饭盒，脑海里浮现出祖父坐在桌前，站在炉边做肉圆汤的身影，我再也控制不住眼里涌出的泪水，一颗一颗掉落在怀里的白色饭盒上。从那以后，祖父又开始做肉圆汤，只是不再如以前那样总给全家做上一大锅，而是独独为我做上一小碗。后来的日子仿佛回到了从前，隔三岔五回到家，就能看到那只白色的饭盒。我们很担心，劝说祖父不要再下厨，但祖父态度坚决，甚至带着几分军人的强硬。他说：“没事，宝子爱吃啊，也不知道我还能给她做几回了……”

将来假期即使再忙我也要回去陪祖父。还有那没有人学会的肉圆汤，我一定要学会。因为这肉圆汤于我，已不仅仅是一道美味的菜肴了，它是一种美好的情怀，一份深切的爱。我想，这已经陪伴了我快二十年的肉圆汤的味道，我这一辈子都不能失去、不想忘怀。那是祖父的味道。

我打开祖父的白色饭盒，喷香的气味一如既往地扑鼻而来，里面躺着的是那诱人的浓汤、精致的肉圆。我舀起一颗放进嘴里，那最熟悉的、最美味的、我最爱的味道，伴着那汤和肉圆，入了喉，穿过肚，暖了心。

亲情也需要撩

□多多黛

如果，您是一棵沧桑的老树，那么，我愿是那会唱歌的百灵，日夜栖在您的枝头鸣叫，换回您的年轻，让您永远青翠。

二姥爷是我姥爷的哥哥。他结婚第二年，二姥姥因车祸不幸去世。在白发苍苍时，他依旧独身，说是心里住着二姥姥，跟谁都不来电，也不想耽误别人。

从我记事起，我就对二姥爷有浓浓的依赖感。他一辈子以手工活为生，给人做家具，编篮子、竹席。经过他的手，一堆乱七八糟的木头和竹子就变成一件件工艺品。

他的院子很大，堆了很多木头、竹子，还有一个大箱子，里面有各式各样的工具。别的孩子都去抓麻雀、逮蛐蛐，我偏偏喜欢打开他家那扇吱吱呀呀的门，蹲在他旁边，看他做活。

二姥爷从来不跟我打招呼，任凭我来去自如。家人都觉得他性格古怪，所以一般也极少去他的院子，逢年过节，也不去拜望他，因为他总是板着一张脸，让人很难靠近。

因为做木工活，他家里常有一些边角料。孩子们想拿那些三角形的木头当手枪玩游戏。可是，大家一走进大院，他就狠狠地瞪过去，吓得孩子们一哄而散。我不死心，拿了一些三角形的木头送人，他拦住我，说了一句："那木头尖，戳到人很危险。"

上了高中，我去了县里，见识了更多好看的玩意，对二姥爷院子里的那些木工活渐渐失去了兴趣。于是，偶尔去姥姥家，我也不再光顾那个院子。

有一年的中秋节，我和爸妈去姥姥家，在路上遇见二姥爷。爸妈都没有和他打招呼的意思，因为过去那么多年，大家在沉默的他面前都只微笑一下，甚至私下说他不爱与人相处。

可能是因为小时候常去二姥爷的院子转悠，而他又从来不赶我，所以我一直对他心存好感，总觉得他不像是家里人说的那样。

后来，我遇到了现在的妻子阿秋。在一个夜晚，我和她交流童年往事。我发现，在二姥爷的院子里，他沉默地做着木工活，而我蹲在旁边看着，这竟是让我印象最深的童年风景。

阿秋的爷爷也是手艺人，可在她上高中时就去世了，她要我一定要带她去看看我的二姥爷。

中秋节，我带着阿秋去姥姥家，主要目的是去二姥爷家。听姥姥说，前不久他生了一场病，病好了以后，见人都爱说话了。

阿秋背了一个包，她说里面全是她给二姥爷买的礼物，一打开全是一些酸奶，零食什么的，我说老年人根本不喜欢这个。阿秋质疑我说："你怎么知道？"

二姥爷正在院子里编篮子。阿秋和他聊天，问他能不能给做一个小型的篮子，以当工艺品摆在家里。没想到二姥爷欣然答应，而且，对于阿秋带的那些零食，他很有兴趣，一再夸好吃。

阿秋在他的厨房里搜罗了一些食材，做了一顿简单的饭菜。她站在屋里，喊我们吃饭。二姥爷扭头，看着她说："孩子，你找了一个好媳妇。"

吃饭席间，二姥爷像是阿秋的娘家人，问她怎么看上我的。

"他会撩妹啊。"阿秋笑弯了眼睛答道。二姥爷一头雾水："撩什么？"

在我介绍完"撩"的意思后，他边吃着菜，边喃喃自语："亲情也是需要撩的啊！"

阿秋说，二姥爷并非一个古怪的人，他只是不想因为自己的固执，变成别人的负担。有时候，亲情也需要撩的，多撩几次，他的担心也就没有了，也就和大家融为一体了。

"二姥爷，以后我们没事常撩你。"我临走前对二姥爷说。

老爷子点点头："撩吧。"

有个女孩叫穗子

□严歌苓

要懂得珍惜，用真情对待；要学会感恩，用真心感悟。不问过去如何，珍惜现有的一切，你的生活才会更光明，更幸福。

外婆跟外公并不恩爱，他们只有通过宠爱穗子才能恩爱。

老头没什么话，有话就是咆哮出来的。他只是在穗子受了气才咆哮。

开始穗子不懂外公的话，后来懂了便非常难为情。过后她不跟外公讲话，一讲就朝他翻白眼："我不要你做我外公！我不要你管我！不要你做我家长！"

这是外公最心虚之处。九岁那年，穗子终于明白外公是一个外人。当初，政府出面撮合一些老兵的婚配，把守寡多年的外婆配给了外公。被穗子称为外公的老头，血缘上同她毫无关系。

外婆去世不久，穗子妈从城里回来，她对穗子说："外婆不在了，老头就跟我们什么关系也没了，明白吗？"长谈进行到天黑，穗子瞪着母亲。她感觉眼泪痒而热，在眼底爬动。

母亲拿出香喷喷的手帕，手很重、动作很嫌弃地为穗子擦泪。外公的确不及母亲、父亲高雅，这认识让穗子心碎。外公用体温为她焐被窝，外公背着她去上学，这些理亏的实情都让穗子痛心。

她答应父母亲口对外公说："外公，我想去和爸妈一块生活。"但穗子妈和穗子爸没料到，穗子临场叛变。之后的一个星期，无论父母给她怎样的眼风，怎么以耳语催促她，她都装傻，顽固地沉默。

这天傍晚，外公摘下后院的丝瓜，又掏出咸蛋，剪下几截咸鱼，放在米饭上蒸。这样的晚餐在1969年的夏天是丰盛的。外公把咸蛋黄拣到穗子碗里，自己吃咸蛋白，穗子妈说："光吃蛋黄，还得了？"

外公说：“那是她的福分。你要想吃，我还没得给你吃呢。”

以后的几天，穗子妈开始忙，忙着给穗子办转学手续，翻晒冬衣，打理行李。穗子坚持不带棉袄，然后她悄悄指着那些棉袄对外公说：“外公，你看我棉衣都没带走，我还要回来的。”

老头想点头，但他头颈的残疾让他摇头摇得很有力。他站上木凳，伸手取下那些高高悬起的竹篮。存货不多了，有半条云片糕，里面的果仁全坏了，还有一些板栗，多半也是霉了和虫蛀的，最后就是西瓜子了。

外公一夏天收集了至少五斤西瓜子，洗净风干，又加了五香粉和盐炒制，再用湿沙去掺，让瓜子回潮，嗑起来不会碎成渣子。

外公筛去沙，穗子把瓜子装进一只只用报纸糊成的口袋。祖孙俩无言无语地配合，穗子父母看见，赶紧避开眼光，有些不忍，又有些妒忌。

在和外公分开的那些日子，穗子非常意外地发现，自己很少想念老人。

一次穗子突然收到一封信，是别人以外公口气写的，上面称“小穗子我的伢”。信的主要内容是请求穗子寄些钱给他。他说病不碍大事，就是疼得不轻。有种进口止痛药，说是一吃就灵，若穗子手头宽裕，寄些钱，好去托人买这种药。

当时穗子没什么钱。她一个月零花钱用不到月底，零嘴也戒掉了。她只在信封里夹了两张十元票。

不多久，听母亲说，外公故去了。老人没有一个亲人，他的亲属栏只填了一个人的名字——穗子。

我失去了我最好的朋友

□张晓晗

拥有时不懂得珍惜，失去了方觉可贵。几乎每一个人都曾有过这样的感觉。其实，是我们那颗患得患失的心在左右着我们，而我们的生活就是在不断出现的遗憾中度过的。

一

爸爸跟我说，奶奶快不行了。

自从奶奶住院，我梦到过她好几次，每次一睁眼，就想还好还好，虚惊一场。

上小学前我一直住在爷爷奶奶家，人类的基本生活技能都是他俩教我的：系鞋带，写自己名字，认表，认钱，用马桶，背古诗。现在想想，很后悔没感谢过他们，感谢他们教我这些时刻都能用到的东西。

大多数人说到奶奶，都会说她是最好最好的人，但是我作为她的资深好友，觉得这些评价都太局限了。奶奶是个超酷的老太太，她不爱搬凳子出去和大家聊八卦，也不会闲在家里和小孩斗智斗勇，每天的生活能被她安排得满满当当的。早上起来做早饭买菜，等大家去忙之后，她一上午都用来看报看杂志，还做读书笔记。下午会带我打羽毛球，或者教我打“争上游”（一种纸牌游戏）。全家人只有我最清楚奶奶的神秘兴趣班：练过毛笔字，打过门球，学过扇子舞，上过老年大学的英文班、计算机班，还参加过合唱队。

二

每年在奶奶家过生日，奶奶都会一大早给我下一碗面条和准备十块钱。我吃了面条，就小心地把钱放在最喜欢的透明笔袋里。在爸妈家，只要和他们闹不愉快，我就会抱着那个透明笔袋大哭，然后嚷嚷：“你们对我不好，我还有奶奶呢！”

奶奶几乎是我整个成长过程中的避风港。有什么事我就去奶奶家，一进门总能吃到我最爱的酱油炒剩饭。奶奶能把任何饭混着酱油，炒出天下最好吃的味道。

土豆深深的红褐色、酱油的浓浓味道，成就了最治愈的食物。这些除了在奶奶的饭桌上，我从没见过。

爷爷奶奶节约到“丧心病狂”。院子里的辣椒可以挂十年；爷爷睡觉穿的白玫瑰牌背心比我年龄都大；大瓶的饮料瓶子都要留下来装水，冬天放在暖气片上，烤热了洗脸用；洗完脸的水用来冲马桶。任何一样东西，都能被他们废物利用。虽然这样，家里所有的东西却还是整整齐齐，干净体面，都是拜很会生活的奶奶所赐。

妈妈和婶婶收拾奶奶用过的东西，发现几乎所有内衣裤、袜子都带着补丁，她们就一边收拾一边哭。那些每年送给她的衣服被褥，都整齐码好，几乎没穿过用过。六十大寿时叔叔送她和爷爷一人一件羊绒衫，之后每年过年过生日，他们就像穿战衣一样穿着那一件，到现在还跟新的一样。

可就是这样的奶奶，第一次去香港旅游，给我们都买了金首饰。我们来上海买房，她第一时间打电话来说有钱给我们。我每次回去看她，她教育我的主旨就是爸妈还在偿还房贷，千万要保持节约的美德。

现在想想看，支撑着我成为一个好人的品德——勤俭节约的习惯、对人的同情心，基本都源自奶奶。善良的种子埋在心里，让无论有多少坏毛病的我，也不会变成坏人。

三

小学三年级，父母都去了上海工作，我又开始被奶奶接管。她坐公交车往返照顾我，回去后还得给爷爷做饭。那年我得了肺炎，大半夜带着我去医院、陪着我打了半个月“吊针”的，都是奶奶。

爸妈不在，我就不回自己房间睡，每天晚上都爬到奶奶床上，和她一直聊天到睡着，还养成一个坏习惯，让她在我背后写字，我才能睡着。长大后睡不着，却再也找不到人陪我失眠，陪我再玩一会儿。

那个时候家住在六楼，五楼有一个平台，楼下的邻居在阳台上搭了一个斜斜的、绿色的塑料棚。我几乎每天都在想，到底有什么机会能滑一次那个棚跑到平台上。终于有一天我想到了办法，就在睡觉前跟奶奶说，如果哪天家里突然来了歹徒，我们就顺着那个棚跑到五楼哦！奶奶听了就咯咯笑，想了想说，哪天要是真的有坏人，我就一条老命跟他们拼了，你才有时间跑啊！

当时我背过身，抱着被子，有点难过。我不想那样，我不希望这个世界上只有我，没有奶奶，当然要一起跑啊！

四

爷爷一直是我爸和我叔的“公敌”，他将大少爷遗风保留终生，十指不沾阳春水，严于律人、宽以待己。奶奶就在这种高压政策中，伺候了爷爷一辈子。

我小时候，有一次爷爷出去散步，奶奶忘带钥匙，甚至都不敢直接在门口等着爷爷说忘带钥匙，要不会被爷爷逮着讲一晚上道理。她带着我在操场一圈圈转。当时我不明白为什么不能告诉爷爷，所以在打开门的一瞬间，便激动地告诉爷爷，奶奶忘带钥匙了！当时奶奶估计万念俱灰了，说了句脏话。等到周末我妈来接我的时候，我突然想起问我妈那句话什么意思。

周一回到奶奶家，又到了晚饭后的操场娱乐时间。奶奶和我坐在双杠上，问我是不是跟我妈说她说了脏话。我说，是啊，我不知道什么意思。她叹了口气，递了根冰棍给我说，是不好的意思，以后她不会说了，但是以后我也不能再出卖她。

虽然我又很想问“出卖”是什么意思，但是在冰棍的诱惑下，我顾不上细问了。

现在再想那个画面——六十岁的奶奶和六岁的我坐在双杠上……啊，奶奶真是一个很萌的“老少女”呢。

五

在回济南的飞机上，我一直忍着，好像迅速变成了一个唯心主义者，心想着，只要我不掉眼泪，剧情就不会到高潮，只要不到高潮，就还有转机。

一下飞机，打通妈妈的电话，我第一句话就是问奶奶，我去哪儿找她。妈妈哽咽着，半天才说出来“太平间”三个字。

我一个人走出机场，外面风雨凄厉，我茫然到手足无措，甚至不知道去哪儿，像是一个六岁的迷路小孩。我把手伸到包里乱摸，突然摸到一个出门前塞进来的面包。想到去上海的时候，奶奶送我上火车，给我塞了一塑料袋这种小面包。我当时既着急又难过，想到要去一个完全陌生的城市生活，不知道之后怎么办。奶奶把红色塑料袋在我胳膊上绕了两圈，说：“路上饿了记得吃啊，吃饱了就没事了。”

我把面包拿出来，使劲啃着，告诉自己，奶奶说，会有办法的，吃饱了就好了。

奶奶啊，咱们是忘年老铁，你比我早来那么久，去下一个地方玩，肯定也要先去的。虽然或许会失散很久，很长一段时间里，再也吃不到你包的饺子，生日没有你做的长寿面，没有人会在我背后写字，但是我知道，缘分很奇妙，我们总会再相见。

二丫头，我们只是不懂爱你

□韩小七

弟弟是那种天天听着你说你会保护他的大话，一有什么风吹草动你就一声尖叫他立刻把你护在怀里的人。

因为计划生育，我是在大姨家长大的。我有一个大我两岁的姐姐，一个小我两岁的弟弟。后来我被接回家，常听邻居打趣说："偏爱大的，疼爱小的，中间一个受闲气的。"

我只能努力让自己不要做错什么。在他们眼里，我是学习不用操心又听话又乖的娃。

从上初中起，我就执意要住校，尽管学校离家并不远。不仅如此，渐渐地，我也恨上了弟弟，对他从没有好脸色。如果没有他，我就不会成现在这样！

高考结束，我以优异的成绩考入重点大学，我妈骄傲地逢人就说："你们不知道我女儿那个学校多么难考！"我看不惯她这个样子，因为在我看来，我学习好跟她没有关系，凭什么来分享属于我一个人的荣耀？

弟弟初中毕业后，就去社会上闯荡。我大一过年回家的时候，弟弟已经工作了半年。他特别大气地给了我和姐姐每人一千元钱说："两个姐姐，弟弟现在挣钱了，以后没钱花了可以问我要。"

那一刻，我真的把这些年因为他的存在而带给我的伤害都忘了。他是我亲弟弟，他才十六岁。后来，他跟着我搞装修的叔叔扎扎实实地学装电。有一次他给我打电话，说在我们学校附近，想请我吃饭。出去后我才知道，他跟我叔叔揽了一个活儿，就在我们学校新盖的宿舍楼装电。饭桌上，我弟非常热情地把我介绍给和他一起干活的哥们儿："这是我二姐，就在这个学校上学。"二姐，他说得那么坦荡、自然，而我做不到。

其实，渐渐地，我已经不那么恨他了。我冰冷的心在慢慢融化，这么多年来第一次跟家人有走近的感觉。

大三那年，学校征兵，想着弟弟这样终究不是个事，就给他报了个名。结果，弟弟考上了，被分配到西藏去当兵。他走的时候，我没能去送他，他发来信息说，给我卡里打了一千块钱。

弟弟走了没两个月，我就得了病毒性心肌炎，进了抢救室。那天晚上，爸妈一直守着我。ICU 病房没有陪床，他俩就跟护士借了一床褥子，铺在病床旁边的地上，轮流睡。好在，我度过了危险期，转入普通病房后，住了一个礼拜就回家了。

在这期间，弟弟打过一次电话，但我妈没告诉他，怕他在外担心。后来，弟弟还是知道了，他赶紧跟我视频，问我怎么样。我说："挺好的，在家里休养半年就可以上学了。"后来，弟弟托人寄来了长白山人参、冬虫夏草、藏红花和天山雪莲。

我在家的那半年，妈妈形影不离地跟着我，生怕我出点什么事。因为医生跟他们说，心脏的事马虎不得。我也体会到了久违的温暖。妈妈告诉我："你住院后，医生说你如果休息不好，病还会复发的。我告诉你弟，他说：'就让我姐不要上学了，我将来养着她。'"

我恍然，心里一阵酸楚和懊悔。是我心中那把无形的锁，阻挡了家人一直给予的温暖。多年的别扭和委屈在这一刻都烟消云散了。

小时候你们没顾上爱我，多好

□米　立

很多时候不是我们去看父母的背影，而是承受他们追逐的目光。最后才渐渐明白，这个世界上，再也没有任何人，可以像父母一样，爱我如生命。

只要你存活于这个世间，你就永远不会是多余出来的那一个。因为你同样被人爱着，被需要着，被善待着，只是这些，你可能不知道罢了。

那天和好友喝茶的时候，看到窗外有几个孩子在嬉闹，突然就笑了。身边人问，笑什么？我不作答。其实，我不过是想起了早些年的一个小片段而已。

我是妈妈的第四个女儿，前面三个姐姐，最小的比我大了六岁。

妈妈说，她在生下三姐后便不准备再要小孩子了。一是因为抚养不起，二是因为那会儿国家正在大搞计划生育，如果再生孩子，她和父亲就有失业的危机。可我偏偏还是来了，所以给他们出了个大难题。

父母都是心慈手软的人，不舍得将我怎么样，也没法跟单位交代。最终，母亲用父亲攒了一年没舍得喝的茶叶跟熟人讨了张假证明，证明自己身体有问题，不能做人工流产。于是，那张假证明让我得以顺利出生，但它没有帮母亲排除失业的可能，家里压力大，父母商量后便将我送给了住在城郊的小姨。

小姨小母亲十几岁，结婚三年后一直没有孩子，这样，两两欢心，小姨有了孩子，母亲也保住了工作。

本来是很好的事情，可我半岁的时候，小姨——我的养母，又怀上了弟弟。养父单位在外地，养母有孕在身，无力照顾我，便又将我送回了母亲身边，说是代养一段时间，她再接回去。可父母要工作，要照顾几个姐姐，根本没有时间花在我身上。最终，姥姥把我接去了她身边。

姥姥是个乡下女人，干净利索，又性格开朗。重要的是，她很爱我，她总跟别人说，有苗不愁长，既然生下来了，就不怕养不了。

就这样，六岁之前，我在姥姥、生母和养母家轮流生活。当然，更多的时候，我都待在姥姥身边。

六岁后，我回养母家上学，假期在生母家过，姥姥有时间便会来看我。养父母忙的时候，我便转学去生母那里的学校上学。那段日子里，姥姥成了我心灵上唯一的依靠。

其实，不仅仅是我有生疏感，就连生母家的三个姐姐和我之间也有了隔阂。记得一次在生母家待的时候，三姐总是对我有敌意，有一次，我跟她抢糖果的时候，她将糖果高高举过头顶，说，你抢什么抢？你差点都被计划掉了，你还抢。

三姐说完我就不抢了，坐在门口的小凳子上掉眼泪，我一边哭，一边抬头朝巷口看。我总是渴盼姥姥能突然出现，把我从家里带走。那会儿我那么小，感觉委屈是难免的。而三姐也那么小，她不过重复了一句母亲的话罢了。因为那会儿生母带我出去时，遇见熟人，总是会用玩笑的口气跟人说，这是老四，差点就被计划掉了。

因为在两个父母家轮流生活，缺少亲切感，缺少童年时应得的一些宠溺，我很早就学会了自立，自己的事情尽量自己做，自己遇到的问题，自己解决。

就这样，我这个转学狂还是很顺利地上了大学，而后有了自己的工作。童年的际遇让我学会了接受和处理许多困难。我没有在上大学的时候因为想家，或者不会自己拆洗被子和衣服而哭过鼻子，没有在后来的工作中因为遇到不顺利而丧失信心和勇气。

记得大三那年，我的一位老师和我聊天，我向他讲了我的童年。他说不要有埋怨，给了你生命的人就是天就是地，他们再不对，都不足以成为错误。老师说得很好，从那以后，我开始知道了节假日的时候，要回家看父母，知道了有空的时候给姥姥打电话报平安。那些往昔积攒下来的委屈和埋怨也渐渐消散。

2005年，生母因为腹腔囊肿，要做手术。几个姐姐都嫁到离家很远的地方，我离得最近，便承担了照顾母亲的所有职责。手术前的那段时间，母亲心情很不好，很少言语，病痛折磨得她像个沧桑的老人。我便学着做一些美味的饭菜给她吃，那样的话，她再怎么没有食欲，都会吃上一点，我也觉得开心。

后来，手术前，当我在医疗协议上责任担保一栏签下我名字的时候，母亲抬头看了看我，她依旧什么也没有说，只是用枯瘦的手抚了抚我的头。自以为很坚强的我，再也忍不住转过头去，泪如泉涌。手术室是个生死门槛，这谁都知道，而母亲那个抚摸的动作意义所在，我也一清二楚，尽管，她什么都没有说。

好在手术很顺利，母亲康复的那天我去接她出院，她说你看你头发那么乱，便坐在病床上用小梳子替我梳了头发。那是我最享受的时刻，直至现在我依旧心生温暖。我记得那会儿阳光从南边的窗户上照进来，很灿烂。

今年秋天，我过生日的时候，养父母送给我一套小户型的新房当作礼物，如果我没有猜错的话，这套房子是他们攒了很久，而后给我的补偿。但其实不必的，自我懂事后我便不再埋怨他们当初的繁忙。

后来，闲一些的时候，我将那套房子收拾好，把养父母也接到了身边，生母和养母两家住得很近，我常常是这边住几天，那边住几天。这次二十几年后的再度动荡，如此幸福不堪。而且，无论在哪边，都会得到相同的宠溺，他们待我，都像待个孩子一般，而我也尽力不给他们添麻烦。

可是国庆节的时候，我还是病倒了，这让父母们担忧不少。一直以来，我都是个工作狂，因此长时间不规律的生活让我第一次跟自己认了输。在医院住了一段时间后，回到家，两位母亲便都过来陪我。每天早上，她们会早早做好早点，熬好中药，然后看我一口一口地喝完，才准许我去工作。那会儿因为身体不适，食欲也差了很多，母亲便总是在我吃饭的时候，守在旁边，不住地提醒，多吃一点吧，再多吃一点点。这样，我再不想吃，也会多吃上一点点，她们便会开心微笑。

看到这里，你或许会失望，这儿没有大起大落，没有大风大浪。这里甚至没有你渴望的离奇情节，但生命里最细小的感动，这里却有一些，并被我视若珍宝。

也因此，我时常兀自微笑，而我亲爱的父亲母亲们，在我很小的时候，你们没顾上给我更多的关爱，这样多好，让我懂得了坚强、自立，懂得了珍惜，懂得了你们不容易。而二十几年后的今天，当我沉浸在这种浓浓的关爱里面，我是那样新鲜好奇而且感激，不嫌你们老，不嫌你们土气，不嫌你们唠叨，不冲你们发脾气。

有句话说得好，只要你还能够站立，说明上帝还有任务要分派给你。那么，换言之，只要你存活于这个世间，你就永远不会是多余出来的那一个。因为你同样被人爱着，被需要着，被善待着，只是这些，你可能不知道罢了。那么，就在这一刻吧！给自己一个安静的时段，去回想那些你自认为“不近人情”的地方，然后再设身处地地替父母们想一想，你会发现他们其实比你承受了更多，而他们也一直在伺机补偿你些什么。那么，跟他们说一声谢谢吧！说我长大了，你们不得已给的经历让我学会了很多，我必须要谢谢你们，因为我从那段生活里收获的东西是这世间最好的礼物。

苦瓜，蜂蜜和外婆

□袁贻辰

亲情，是一挂藤萝，不管你身在何方，它总是紧紧牵着你的手。亲情，就在眉眼顾盼间，浅浅的微笑里，就在我那一首抒情的小曲中。

记忆里，我的高三透着一股涩涩的蜂蜜味道。

那是独属于外婆的特色菜——冰镇苦瓜散发出的诱人香气。苦瓜洗净了，切片，裹上厚厚的蜂蜜，再塞进冰箱。等到中午放学的我跨进家门，这道冰冰脆脆又甜甜苦苦的菜就上桌了。

在那张散发着多重味道的餐桌，我和外婆的话题总是天马行空不着边际。我和她聊我的作家计划，聊成绩，聊同学的八卦，她总是嫌弃地摆摆手，让我“赶紧吃了饭去睡午觉”，偶尔她会抽出新到的《文摘周报》，跟我推荐一番其中的文章，想了想又叮嘱：“作业写完了再看。”

算上那年，我和外婆已经整整相伴十七年。父母因为工作的原因，把还是婴儿的我扔给了外婆和外公。那是1992年，身为高中教师的外婆已经到了退休的年纪。

我成了她最后一个学生。

笔都拿不稳的年纪，我活动的空间被外婆束缚在了一张书桌上，我要练字，还要写日记。我不懂日记是什么，桌子那头的外婆就问我，想不想妈妈。

七八岁的孩子一下子被戳中了伤心事，我哇哇大哭。妈妈因为工作的原因去了北京，一年到头见不到人。外婆摸摸我的头说，给你妈妈写点东西吧。

有时候日记写一阵哭一阵，外婆就一把抱起我，搬到椅子上，指着密密麻麻的中国地图，告诉我，那里是北京，这里是四川。那距离可真远，她的手掌抻开了也无法抵达。

好像在七八岁的时候，我就学会了用文字去面对离别和失去。

过早伤春悲秋的年纪里，我一撇一捺地写着自己心里的难受。外婆在一边看着我，从来都是笑，眼睛眯着，勾勒出一个弯弯的弧度，嘴角露出我们家族遗传的酒窝。

后来我才知道，外婆的人生里，苦难才是最浓重也最熟悉的底色。

“文革”时地主出身的外公遭到批斗，外婆听见了，大着肚子一个人冲到校园，她站在外公面前，像个护崽的老母鸡。谁骂外公，她就骂回去。生舅舅的时候，家里被抄了被砸了，外公和她躲进了深山密林。每天喝泉水度日，偷偷摸摸地趁着黑夜跑去亲人那儿拿粮食。

没有产房也没有助产士，外婆一个人把孩子生了下来。那是我最小的一个舅舅，她给舅舅取名一个“涌”字。外婆说，那段日子让她忘不掉的总是那眼泉，咕嘟咕嘟，源源不断地涌出水来，像希望一样。

这个农民的女儿似乎很能从苦哈哈的日子里找到那么一丝甜意。就像在每一个缺失母爱的日子里，她给我的生活裹上的那层厚厚的蜜。

小时候，她和外公轮流替我背书包送我上学。为了把我的书桌塞满各式各样的童话书，她几乎快把学校图书馆的童话故事书给搬空了。时至今日，我都快忘记那些故事的内容了，只记得无数个夜里，没有电视，没有音乐，我和外婆在灯泡投射的暖黄色灯光下，抱在一起。她给我讲那些故事，讲那些茄子番茄土豆，讲那些大海大湖大江。

印象里，她似乎从不帮我回避那些苦，而是会挖一勺浓浓的蜂蜜给我，教我学会自己和生活和解。

毕业那年，父母希望我留在成都本地，只有外婆一个人最先站出来，让我去北京实习。外婆跟我说，人活一辈子，要做自己喜欢的事情。

后来北漂的日子，我在冬天睡过没有暖气的屋子，裹着三层衣服冻得直哆嗦；也吃过浑水煮的面，坐在垃圾堆里完成三天两夜的采访；还踏过深一脚浅一脚的淤泥，在刚发过洪水散发恶臭的村落穿梭。

在冻得发抖的屋子里，我的手一遍遍划过手机屏幕，看着作者一栏自己的名字偷偷乐；在垃圾堆里结束采访时，我给编辑打去电话，噼里啪啦有点兴奋地讲述那个故事，一点也没注意到我的衣服好像已经臭了；在洪水村被蚊虫叮得满身红包的时候，我甚至忍不住在朋友圈晒出来，写下“痛并快乐着”。

不知怎么的，这时候总是能想起她。

我看过外婆年轻时写的文章，记在泛黄的小笔记本上，字里行间有少女鲜活的苦恼。她想养家，去粮站和供销社工作，把家里厚厚的苦味一点点剔除，可又实在舍不得人生里刚出现的那一抹小小的甜。

站上三尺讲台，是她长期以来的愿望。

她在师范学院读书时厚着脸皮找好朋友蹭粮；大炼钢铁时她躲在后面“不专心”，想尽办法看书；每次放假，家境优越的闺蜜总会接上她去自己家，做一顿白米粥，入口的细粮软软的甜甜的，配上肉和绿油油的青菜，油香四溢。那味道让她至今记得：“稀饭是甜的。”

只是后来，这些鲜活的情绪越来越少出现在她那张布满皱纹的脸上了。她越来越像一个真的老人，周末逛街的时候，看见乞讨的人她会哆哆嗦嗦从钱包里掏钱；陪我在河边打扑克牌时，她老是记不住花色；炒菜的时候，有时候盐多了一大勺，有时候把一两面条煮成了三两面条。她还时不时把不知名的野菜加进去一起炒，好好的青菜被染成乌漆麻黑的颜色，总是挑战着我的味蕾和视觉神经。

那味道可真苦。

高一那年，家乡遇上了“5·12”汶川大地震，在摇摇晃晃的单人床上，我从午觉中惊醒，听到她用沙哑的声音吼叫着我的小名：“快跑啊，小石头，地震啊！”

外婆一直握着沙发，在左右摇晃的失重中努力保持着平衡，持续地喊着我。我从卧室冲出来，和她一起跑出院子。我在逐渐模糊的视线里，看清了她的手，那双像磨砂玻璃一般的手，彻底没了血色，指甲发白发青。

褶皱完全占领了那双手，血液看起来像是已经被熬干。但是在那个吃不饱饭的年代，外公外调工作，那双手拉扯大了三个大学生。大舅舅沉稳、二舅舅内敛、小舅舅调皮，外婆苦恼孩子吃不饱饭，她就拿出扑克牌，教孩子们打牌、“算牌”，又悄悄跑去学校的阅览室“借”书，三个孩子，一个传完又传一个。

我是她带大的第四个大学生。跨越三十多年，生活条件改善了，食物也变得多样了，唯一没变的，好像是外婆有些糟糕的厨艺。冰镇苦瓜算是她为数不多能拿得出手的食物了，高三那年几乎三天两头就得和这道“外婆家招牌菜”打个照面。那东西看起来很好做，可工作后的我无数次尝试，怎么也做不出外婆饭桌上的那种味道。

我后来想，那道外婆的招牌菜也许只有她能掌握苦和甜的奥秘。八十余年的人生让她清楚地知道苦瓜的厚度如何，苦味又如何，又知道抹上多少蜂蜜最为适宜。

最后一次吃到冰镇苦瓜，是高考结束的那个中午。外婆眼睛红了，她说：“你是我这辈子教的最后一个学生。”

“毕业快乐。”她夹了一大筷子冰镇苦瓜给我。

我鼻头酸酸的，最后瓮声瓮气地回了一句：“外婆，毕业快乐！”

被嫌弃的外婆的一生

□一　帧

在这个世上，除了父母还有谁能给你这么无私的爱呢？我的整个童年，都布满了外婆的身影，和外婆生活的点点滴滴时常在眼前闪过，多希望您能再爱我一次，我的外婆。

曾祖父母重男轻女，“狠心”将外婆送给了表姑婆。外婆已在雪地里冻了四五个小时，只剩下最后一口气。被救活后，脑子兴许是冻伤了，长大后，比同龄孩子笨拙许多，连话也不会说。

表姑婆是个身材瘦小的老太太，她年轻时刚过门不久便守了寡，带着遗腹子艰难地活着。

外婆十八岁时，一向强悍的表姑婆，把外婆拉到墙角，“哐当”一声跪下：“幺女啊，表姑婆养你这么多年，只求你一件事情，表姑婆家穷，你小叔到了结婚的年纪，可没姑娘愿意嫁过来。你就跟了锦生，做他媳妇吧。”

为了生计，锦生到江边往来的运输船上当了小工，跟着船常年在外运输货物。

几个月后，外婆有了身孕，经历千难万险生下了我的母亲。母亲三岁那年，江上突然刮起了狂风，运货船顷刻便翻了，锦生也随着翻了的船一起，淹没在白雾茫茫的江水里。

后来我问起来，母亲只是微微一笑，比划道：“能怎么熬？靠天吃饭呗。你外婆脑子不好使，但是不怕吃苦啊。每天天还没亮就钻到田里去折腾，下雨也不知道躲起来，也亏老天长眼，就这么熬过来了。”

我出生之后，父母为了赚钱，去了上海做生意。因为没有上海户口，我无法留在那上小学，父母只好把我送回老家让外婆照看。

从繁华的大都市到落后的小乡村，我的心里十分失落。更可气的是，班上的同学，总是肆意嘲笑我和外婆，“林佳佳，我奶奶说，你外婆这个病会传染！”“林佳佳，你的哑巴外婆来接你了！”转过头，果然见到一个蓬松着灰白头发、满脸皱纹的脑袋。见我在看，外婆立马招了招手，露出又蠢又丑的憨笑。

我拎着书包冲出教室，闷头往家赶，外婆急忙追上来。“走开！臭哑巴！都是因为你！”我赌气地推开她。外婆仍是笑着，伸手要来帮我背书包。我像触了电似的弹开了：“不要你碰我的东西！他们说你会传染的！我不要变成哑巴！”然后抹着眼泪匆匆地往回走。

我曾以为外婆会一直黏在我身后，跟着我上小学、上中学、上大学，黏我一辈子。但没多久，这种日子就结束了。

十四岁，我上了初中。学校在十几公里外的镇上，每天骑自行车来回要半个多小时。但外婆依然不消停，她改成了每日送我到村口。晚上放学时，无论风吹日晒，她都傻傻地站在村口等我。

一天下午两三点，老师突然叫我去办公室接电话。是隔壁家江婶婶打来的，“佳佳！我问你！你外婆有没有去学校找过你？”“我外婆？”我心里突然咯噔一下，“她大清早快下雨的时候就拿着把伞出门了，现在连个人影都没有！雨那么大！她可别……”

暴雨倾城，老家是个临江靠海的地方，大雨整整下了三天三夜。我在家焦急地等着外婆的消息，最后，等来的却是外婆去世的噩耗。

她死在了到我学校的那座桥下面。我看见她时，她就那样静静地浮在岸边，一头脏乱的银发，浑身补丁的破旧衣裳，手里紧紧地攥着那把我最喜欢的雨伞。

你永远是我心中最伟大的武林盟主

□猫　河

我希望，在我生命中的每一次重要场合都有他们的参与，有他们为我见证。等我们长大了，有能力有钱了，才发现原来我们并不能给他们什么。

外公的孙辈中只有我一个女孩。在所有人看来，外公对我的关怀宠溺及我的乖巧懂事都堪称天伦之乐的典范。但只有我们自己明了，我们不过是由一个早熟的毫不可爱的臭丫头和一个世界观极为诡异的怪老头组成的“失意阵线联盟”。

小学一年级时，外公因为我第一批入选少先队，奖励我十块钱，让我“随便花”。我刚把钱揣进校服口袋，那个从来不乐意搭理我的大表哥就拉住我攀谈了半个小时的人生理想。他拍屁股走人后，我还没焐热乎的钱也随之不翼而飞。我翻遍全身衣服口袋都没找到那十块钱，最后自责地大哭。

外公安慰我说：“不怪你啊，我刚在屋里看得清楚，你哥把钱顺走了。”

我说：“那你帮我要回来。”他说：“你哥现在每顿吃两碗米饭还要加个馒头，咱俩谁也打不过他。”

我说：“那你就再给我十块钱。”

他说：“美得你，甭想！”

我狠捶着他大喊：“你不是我亲外公！你一点都不疼我！”

他笑着用手握住我的两个拳头：“咱俩谁跟谁啊，用得着沾亲带故那种劳什子吗？走，外公给你买冰糖葫芦吃！”

我上小学二年级那年，外公在上班路上被摩托车撞折了腿。他好心放走了肇事者，自己承担了所有医药费，还落下了右腿的残疾。第一次去医院探病时，全家人围坐一圈不停地数落外公，我则举起病床边的拐杖，做步枪状把他们都“突突”了，然后趴在外公身上对他说：“以后你坐公交车，那帮小子都得给你让座了。”

外公抱着我哈哈大笑：“这是我亲孙女啊，真懂我！”

四年级时，我迷上了武侠小说，外公便租来《倚天屠龙记》的录像带，整夜整夜地陪我看。我说杨不悔和张无忌才应该是一对儿啊，名字多配！他说他最喜欢灭绝师太这个爱憎分明的老太太。

我披着毛巾被，高举起他的拐杖，说我长大后要当武林盟主。外公严肃地打量着我：“江湖险恶啊，你只是个丫头……但你比张无忌那优柔寡断的货强多了！”我的整个小学时代，妈妈始终深陷在漫长的产后抑郁症中无法自拔，爸爸则长年在边疆戍守，我的家庭形同虚设，但好在有外公，他让我那和同龄人毫无共鸣的童年充盈无比。

初一那年，爸爸带着满身的伤病退伍归来，曾经的战地阴影与当时事业的不顺让他开始自暴自弃，整日在家里上演“全武行”。

畸形的家庭让我比同龄人更早地渴望一份浓烈感情的出现。初二上学期，我把刚刚向我告白的男同学领给外公看，他正眼也没给人家一个，用剪刀修着盆栽，随口扔给我一个“祝福”：“先玩着吧，权当练手了，反正初恋都没有好结果，早晚得散！”

外公一语成谶，一个月后，我便在吃路边摊时看见那个男同学骑自行车载着新女友从我身边呼啸而过，连个解释也没有。

十七岁那年，我又恋爱啦！这次相隔很远，我自然无法把我的新男友领回家给外公看，于是我每次给外公打电话时都要使劲夸他好。但外公的“祝福”依然毫无创意：“先玩着吧，权当练手了，反正大学谈恋爱都没有好结果，毕业就散！”

后来我发现，外公的“祝福”其实比现实要乐观很多。

时至今日我都想不通，我在有一个那样的父亲之后，为什么还要去找一个这样的男友——他们同样高大帅气，人前温柔洒脱，但私下有一颗毫无安全感的心，敏感、多疑、暴力……相处半年后，我忍无可忍，向他提出分手，他竟也像我爸当年一样以死相逼。

大四上学期，我整整一个月没有打通外公的电话。在一种不祥的预感下，我赶回了家，得知外公刚刚经历了一次严重的中风。

大家都说外公傻了，什么都不记得了，整天疯疯癫癫像个老小孩。确实，他连我都忘了，我刚一进屋，他就流着口水问我：“你是不是村头郭家大嫂子？”还缠着我，让我给他买麦芽糖吃。

闹了一番，他被护工抬回床上，我忽然在他眼中看到一丝闪光，觉得事情有点可疑。于是我坐到他床边，慢悠悠地给他讲了个故事：

有一家医院有四个大夫，一个整日大笑，一个整日叹息，一个脸上整日洋溢着欢快，一个整日哭丧着脸，他们就是“狂笑医生”“长叹医生”“快活医生”和“悲哀医生”。

果然，他听我讲到最后有些绷不住了，瞅瞅四下没有人，瞬间卸下了那副痴呆的表情，伸手刮刮我的鼻子：“你这笑话冷得我起一身鸡皮疙瘩。”

“为什么要装傻啊？想要吃糖我给你买啊！”我问他。

“人家老了，人家活累了，人家想要赖了，不行吗？”

这傲娇霸气且内力十足，我赶忙点头如捣蒜，高呼：“行行行！”他又说：“你也要耍赖吧，你幼年深得我真传，武艺高强，如今正是出关闯荡江湖、游戏人生的好时候，对你以后当武林盟主有好处。”

回到学校，我开始整日待在实验室里给老师打下手。有一次，我连熬两个通宵，靠冷水冲头强打精神。路过水池的老师看到我那副落汤鸡的样子，回头对我说：“下个星期我要去北极科考，你给我当助手吧。”

我二十岁生日那天，正是北极圈极夜的最后一天，也是考察船因故障被困的第十五天。那时，雷达失灵、通信阻断、弹尽粮绝，船长鼓励我们说熬过这一夜就可以看到绿光，可连续几天的滴水未进、粒米未沾与超低温环境，还是让我在凌晨时分陷入了间断的幻觉与昏迷。

恍惚中，我看到外公周身环绕着绿色光芒而来，他身披毛巾被，手执拐杖如宝剑；他的右腿也不跛了，灵活地踩着广场舞的欢快舞步，边跳边大声唱着《倚天屠龙记》的主题曲：“来也匆匆，去也匆匆，恨不能相逢；爱也匆匆，恨也匆匆，一切都随风；狂笑一声，长叹一声，快活一生，悲哀一生……”

“好了好了，医生来了，别怕。”一个操着港台腔的男人笑着把我扶起来，慢慢地喂我葡萄糖。船舱里救援人员都在忙碌，我缓过劲来，问那人绿光出现了吗。他说出现了，就在我大唱着“狂笑一声，长叹一声……”的时候出现的，特别漂亮。说完，我们一起哈哈大笑。

生死濒临的那一刻，外公为我唤来了绿光，还唤来了一个和他一样既不高也不帅，却能听懂我冷笑话的男人。

通信修复后，我接到妈妈的卫星电话，她说外公在我生日的那晚去世了。

二十一岁那年，“医生”陪我回家乡祭拜外公，外公简单的墓碑上只刻着一行字：前武林盟主之墓。

旁边的墓场工作人员指着墓碑解释说：“这是那个怪老头自己要求的，还威胁我们说，若不照做就变成鬼天天缠着我们。”

我蹲下，摸着墓碑上刻字的凹槽，小声说：“外公，别听他瞎扯，你永远是我心中最伟大的武林盟主，千秋万代，一统江湖。”

我答应外婆，要永远优雅

□孙 秦

某一天，我们坐在沙发上聊天。你被某段话语触动心肠，忍不住滔滔不绝诉说起来。一切归结下来，不过是一个“爱”字。

当我风尘仆仆赶到家时，老妈正端着一碗面从厨房走出来。抱着毛绒玩具坐在床上噘嘴生闷气的外婆絮叨：“给小雅打电话，接我回家。”老妈看到我如释重负：“你可算回来了，她中午就开始闹，还忘记已经吃过午饭，非吵着再吃一次。”

老妈说着，就把碗筷轻轻放在桌上。我来到外婆床边，她的眼里放出异样的神采，拉着我的胳膊说：“小雅，你总算来接我了！”说完，她把手搭在白色汗衫包裹得圆滚滚的肚皮上，神秘兮兮地说：“她们都不给我饭吃。”

我双手捧碗端到她面前，笑着说：“看，面条来了，还有个漂亮的荷包蛋。”外婆眼角的皱纹好像绽放出一朵鲜花，她接过碗筷大口地吃了起来，发出“吧唧吧唧”的声响。我问她：“吃完咱们回家？”她一边吃，一边嗔道：“你那宿舍太小，咱不去，这儿多敞亮。”

外婆从前是陪我住单位宿舍的，一直照顾我的饮食起居。自从半年前患上了阿尔茨海默病，老妈就把她接回家照顾。我只有周末才回家，有时候看不到我，她便会吵闹不止，闹着离家出走。她慢慢地成了一个依赖我的小孩子。前几天，我出差去省城，结果，不断接到老妈的电话，每次都说外婆又闹了。

在我过往的记忆中，曾经的她足以用“一世优雅”来形容。

小时候，父母工作忙，初中以前，我在外婆家生活。那时，她每天很早起床，给自己化一个精致的淡妆，再系上围裙，在晨曦中忙碌，为我和外公准备早餐。她做的饭菜很清淡，不过顿顿有汤有菜，色相很美。

外婆有很厉害的裁缝手艺，不定期给街角的一家成衣店做些零活儿。店老板是个怀有电影梦的中年女人，她常常搜寻一些摩登女郎的靓照给外婆看，外婆便琢磨着找出衣料，然后，用一两天的时间把女郎身上的衣服制为成衣。不久，这件衣服就成为小城当季流行的款式。

外婆每年会送我一条裙子，是她自己设计缝制的，大都是旗袍的款式。那些衣服太花哨，只适合在过年的时候穿，平常根本没法穿出门。懂事以后，我抗议："外婆，那些衣服华而不实，不如给我钱，我自己去商场选。"外婆笑着摇头："女孩子，穿件旗袍才优雅。"她照做不误，直到我十八岁那年的夏天。

我相貌平平，性格懒散，没有长成外婆想象中优雅的样子。尤其上高中后，我因为压力很大，常常和父母发脾气。顶着压力熬到高考结束，终究难逃落榜。成绩出来后，我关在房间里，整天以泪洗面。我常在迷糊中看到外婆单薄的身影，恍惚中她出现在我身边，把碗筷放在桌上，端详我一会儿，然后悄悄退出门外。过了大约半小时，她又把碗筷原样收拾走，悄无声息。

一周以后，我的心情好转，不再哭天抹泪。外婆没事人一样捧着庆祝我十八岁成年的公主裙，非要给我换上。我拗不过，只好把她推到门外，匆匆整理一下鸡窝似的爆炸头，胡乱套上那条旗袍裙。外婆拉我来到镜子前，啧啧赞叹："女孩子，就要活得精致优雅，人生路长着呢，心性得打磨呀。"落榜的苦涩瞬间占据了上风，我望着镜中的自己，眼泪扑簌簌地落下。

外婆把我手心摊开，放了一串钥匙，用异常平静的口吻说："我在学校附近租了个房子，咱们再考一次，我陪读。"我眼中瞬间闪出一抹亮色，然而很快又被心头的压力浇得黯淡："外公他……"那时候，外公已经因为脑中风瘫痪在床了，时刻需要人照顾。外婆淡然一笑："不算事儿。"

每天，我下了晚自习，远远看见外婆笑盈盈地站在大门口等我。我挽着她的胳膊走一段漆黑的小路。外婆让我闻闻她身上有没有不好的味道。我摇头说："只有肥皂味儿。"她满意地点头："那就好。"接着，她云淡风轻地补充："你外公今天又干小孩子的坏事了。"

她口中的"坏事"是隐晦说法。小时候，每次幼儿园阿姨把我沾了大便的脏裤子递给外婆时，都会说："今天小雅干了坏事呦！"外婆轻轻地在我脑门上点一下算作惩罚，回家后便找出专用工具处理我的脏裤子。在洗衣粉芳香的泡泡里，她常常喊住玩疯了的我："小雅，将来外婆老了，不中用了，你又在哪里哟？"

出租屋灯火通明，已经炒好的小菜摆在桌上，用网格盖罩着，汤锅里发出吱吱的响声，香气很诱人。我们愉快地围在桌边，外婆给外公拌好一大碗菜饭，一勺勺喂给外公。我一边吃，一边讲学校发生的趣事。等我回小房间自习，外婆便把电视的声音调低，让外公坐在床上看。她自己细嚼慢咽地享用晚餐，然后清理餐具，收拾房间，铺床叠被……

清晨四点，外婆又趁着夜色起床，给我和面捏一些饺子，虾仁韭菜鸡蛋馅儿。她看到我起床，就说："洗漱吧，你收拾完，我这儿就下锅。"

在省师范读大三那年，卧床五年的外公平静离世，走的时候，身上干干净净，连一点褥疮都没有。毕业后，我成了一名老师。刚刚搬到教工宿舍的第二天，外婆就拖着个硕大的行李箱到了楼下。她一边抹汗水，一边气喘吁吁："哎哟，你这地方离市区可真远，买菜做饭不方便呀。"我苦笑："有食堂呢。"

"外面的东西，卫生吗？"她吧嗒一下嘴巴，表示不屑，还凑到我耳边说，"我最近自修了营养师，你可有口福了。"我认命地点头："那是，那是。"

周末，她去市区公园的相亲角给我物色对象。有一次，我被她架着参加饭局。听从她的吩咐，我小心地喝一杯热饮不发出声音，并偷眼打量对面的小伙子。

席间，外婆突然清清嗓子，把筷子放在餐布上，用湿巾擦了擦手，端正了坐姿，郑重其事地说："有这么个情况，我呢，是和小雅生活在一起的。她结婚呢，也要带上我的。"

自然，那次相亲以失败告终。不过，那也是她最后一次给我物色对象。一直以来，我们的柴米油盐水电暖，每一笔消费她都清楚记录着。后来，她常常忘记刚刚用的本子随手放在哪里，甚至，她下一秒拿起本子却忘记上一秒要记录些什么。再后来，她变成了小孩子，被老妈接回家。

教师节那天，学生送给我一个精美的笔记本，我转送给外婆。她抚摸着皮质的本套，神秘地说："快给我找支笔，我给你外公写个信。"我开心地去找笔，无意中在她的旧物件堆里发现一个本子，上面密密麻麻地记录着生活的流水，附带一些心得："人生大事，我得给小雅把关。小伙子若是答应我的苛刻要求，自然是真心对我小雅的。""小伙子没有联系小雅，哎呀，怪我非要试探人家，让丫头错失了好姻缘！""最近总忘记事情，可千万不能忘记我的小雅。优雅的雅，我取的名字，能忘吗？"……

我红肿着眼睛递给外婆一支笔，我凑到她耳边悄悄告诉她："外婆，有个小伙子跟我求婚了。"外婆的笔尖突然不动了，愣了几秒钟，呵呵笑了："小伙子？好，好，来家玩儿。"

我笑着点头，抹去几滴清泪："他还有附加条件，您得跟着嫁过来。看，您的魅力好大。"说完，我在心里答应她要做个优雅的人，就像年轻时的她一样，而且我也会努力让她的余生继续优雅。

我是他的英雄，我是他的哥

□何　晓

这个世界上能够令你悲痛的，能够伤害你的，不是你的敌人，而是你的亲人。所谓强者，就是要亲人和朋友感到安全和放心。

弟五岁的时候，我刚上小学，但完全可以担任他的老师。每天放学回家后，我写作业，他安静地在纸上乱写乱画。等我写完后便模仿老师讲课，将我学会的再教给他。那个时候，印象最深的是他忽闪着大眼睛，一副认真听课的模样。

村子里当时还有一个比我小又比弟大一岁的孩子，那孩子顽皮淘气，总爱惹事。那次班里有个同学上厕所回来后告诉我弟和那孩子打起来了。我立即悄无声息地从教室后门溜了出去，急着跑去现场，弟大老远地喊我："哥，哥，我在这里……"

情况如我所料，那个孩子占了上风，弟满身是土。我当时气愤极了，后来都回想不起自己是如何把那个孩子打回家的。总觉得自己如果被揍，倒也没有什么，大不了受一些皮肉之痛而已，但是绝不能让弟受欺负。后来，我既受到了老师的严厉批评，更受到了父亲的教训。我站在父亲面前，低着头认错，弟本来可以躲在一边，但他悄悄地站在我身旁靠后一点的位置，一起聆听父亲"不准打架"的教诲。

父亲教训过后，我的情绪显然不高，弟便小心翼翼地跟着我，想着法子逗我开心，又或是悄悄地说一些支持我的暖心话语。

小学后来几年，我们就开始外出求学。弟学习成绩特别棒，在县城最好的小学，每次都名列前茅，准确地说很少错过状元那把交椅。当然，大家都喜欢听话且学习成绩好的孩子，同学们也不例外。

放学后回到住宿的地方，弟会给我讲各种发生在班里有趣的或者惊险的事情，有时候还会给我看些小字条，那些字条都是出自幼小心灵对学霸的崇拜。我在那个时刻肯定是摆出了大人的模样，评论到该如何如何，大意不外乎学习是最重要的。现在想起来，忍俊不禁，不知道我当时有没有真正理解早恋具体是什么，反正像个指挥者一样，给弟指着方向。

弟上四五年级的时候，有一次有感而发地写了一首小诗，共四句，其中有两句“哥哥好比父母亲，教我学习教我做人”。也许在弟的眼里，我一直都是大人，我一直什么都懂。遇到难以解决的问题，弟实在不知该如何去做时，肯定会说，等我哥吧，看我哥怎么说。

我带着弟在外求学，数次遇到街头小混混，把我俩逼近小巷子里搜身，企图搜到三五毛钱，然后到游戏厅逍遥一番。弟跟着我，我无奈地跟着小混混往巷子里走，当时内心有些许恐惧，更多的是愤怒。我心里无数次想过与小混混搏斗的情景，但是转念一想，即使打得过跑得过小混混，可是还有弟呀，万一他跑得慢，被人家逮住那还得了。在小混混拿出刀子逼着交钱的那一刻，我俨然是弟的英雄。

那一年，在我通过努力获得奖学金后，我是弟的英雄；在我策划的暑假创业中最后和弟每个人赚到五千元的第一桶金时，我是弟的英雄；在弟选择工作地点的时候我也帮着做出了合理的分析，目前弟都很满意，我是弟的英雄……

也许在弟会说话后，就发现有一种称谓叫作“哥”，这个人一直很强大，一直都像英雄一样保护他。

我是他的英雄，我是他的哥。

每个外婆都是食神

□张佳玮

在你难过时，就请吃下亲情这颗灵丹妙药，从此之后一切变好，一切都会过去，在爱的浸润下，我们是可以自己长大的。

我见过有人恨爹恨妈恨社会恨班主任恨初恋，但恨外婆的似乎稀罕。因为外婆大多宠孩子：慈母大人的慈母大人，其慈善度等于慈母大人的平方，又不像爷爷奶奶，偶尔有培养孙子安邦定国维护世界和平的大欲望。外婆们无欲则刚，对孩子们没啥远大期待，只剩下慈爱，因此我周遭朋友，连我在内，都比较亲外婆。不只中国，全世界电影里某些反社会反人类的机关枪男人，一般回忆往事时也都酷酷地来一句，我外婆当年如何如何。

美剧里偏家居一点的，都会聊饮食，常见某甜饼、某奶酪、某甜酒的配方，大半是外婆家传。我问生活中朋友最怀念外婆什么，十之七八都两眼发直，垂涎三尺。可见这点也是中西皆然：经典的外婆形象，总和饮食相关。

外婆们做菜，比较容易分辨。比如，你在人家做客，见一道菜大众家常，多半是小姑娘自己初学羹汤的实验品；如果满桌菜风骨倜傥、风味豪爽，那多半是手艺好的爸爸或妈妈露了一手。外婆们的菜比较温容有理，色调最温润、味道最淡、成色最厚的，一般就是外婆菜。

外婆们下厨，好比积年高手老江湖出战。已经过了跟你斗剑论掌飞沙走石的境界，讲究的是拈花一笑举重若轻。外婆们大多笃信天然，鄙视各类现成味精之类。反正老人家有的是时间，炖一锅汤可以香气氤氲之间坐等那味道丝丝支离出来。外婆们做菜很少给你大荤大油。荤少素多，疏疏朗朗地端来，尝不出味精来，盐也淡茫得若有若无。但信手放花椒、被利用完的芭蕉，星星点点，就又把味道衬起来了。外婆们若做厚味菜，往往做得极厚润。比如，爸爸妈妈们的红烧肉时常劲健耐嚼，香气犀利，外婆们的红烧肉或是红烧蹄髈一般都踏雪无痕，一触即融、入口便化，味道厚实得就像听上年纪艺人演话剧，一个字一个字像两只脚踩实在地上：踏实、地道。问起来有啥诀窍，微微一笑而已：“花时间就好哉！”

外婆们吃东西都细心，于是带点雍容的挑剔，好比贾府太君看个戏就批评上了才子佳人。你带外婆们出去下馆子，她们高兴之余，都会对某些菜客客气气地挑肥拣瘦一番。到了最后，隐隐约约透出主旨，就是觉得钱花多了，菜吃少了，菜价还大大不值。有朋友跟我抱怨说，某些姑娘吃饭吃菜，讲究的是食材价格，以后好拿去和闺蜜们漫不经心地说，当年某哥哥如何如何驼峰熊掌，翠釜玉盘，姐姐照样没甩他。能做饭的外婆则大大不同，她们吃馆菜，通常有点化学家的执拗劲，恨不能一笔一画列个配方单子出来。豪奢型的大菜外婆们普遍兴趣不大，但简单家常的偏门菜，外婆们通常一吃就会，过两天摆给你看，等你夸一句“比外面馆子里还好吃”，如泄露天机般告诉你，外面卖多少钱，家里做如何省钱！还是家里吃合算啊！最后感叹两句世风日下人心不古之类。

我外婆生前，省起钱来就不遗余力，边边角角舍不得扔，真有点但有一技之长者莫不为国所用的意思。每次在我家吃饭，看着我妈扔掉的边角都叹息几声。我小时候总觉得外婆抠门，后来才知道，她老人家是所谓草木竹石皆可为剑的境界。比如20世纪80年代，我故乡吃鱼头鸡爪者少，全家族对外婆的鱼头汤或焖鸡爪不以为然，只有我爸常出差去广东，回来称赞说外婆的鸡爪非常地道。

外婆们通常都用不惯现代厨房。我外婆每次炖鸡都会白发宫女说前朝般地念叨各种瓦罐，有两个朋友的外婆都坚决抵制打蛋器，宁愿自己一双筷子打得风生水起。所以我外婆没来得及学会各类女孩子用以勾引男朋友的西式甜点，但是，用着上古器械，她还是能手到擒来做许多美食。

我中学时每周去外婆家玩，外婆每次接了电话，都摊面饼给我吃。那面饼无馅无料，略撒一点白糖而已，全仗着烙出来的略带焦酥香、摊出来的软滑这点对比，以及那柔韧到奇怪的筋道，真是举重若轻。我外婆另有一道盐水花生，一道过年时的红烧蹄髈，简直天下无对。我当年问她如何把花生弄得恁脆、蹄髈收拾得恁烂，她都说不出所以然，也没加什么特殊的料。

我夏天去重庆，吃了若家外婆的粉丝鸡杂，惊为天人。絮絮问她粉丝怎么收拾得滑不腻口又酥软，钵里无油少盐怎么让鸡杂们腥腻全去口感香脆，那位外婆也是一副“本该如此”的慈祥表情，说不出个所以然。大概外婆们都通了“道”，类似于庖丁解牛，目无全牛，自然而然就做到了。我们当作技巧的东西，她们风轻云淡，早就过去啦！

四十三顶女帽

□明前茶

曾经以为，爱情经不住似水流年，现在却发觉，逃不过此间少年。爱情里最美的莫过于，无论岁月过去多久，还坚守心中的承诺。

小渊小时候，就很少见到一家团聚的日子。她的父亲在酒泉卫星发射基地工作了四十年，母亲在上海石库门房子里照料一家老小，同时在一家街道小厂兼任会计。家累重，父亲的工资又不高，为了养家糊口，母亲还利用一切业余时间，做粗活来贴补家用。她刷洗过牛奶厂的玻璃奶瓶，为小旅馆搓洗那些粗重的窗帘与床单，还为煤墼厂打过煤墼。

小渊记得，打完煤墼回来，母亲洗头发能洗出一盆黑水来，指甲缝里都是黑乎乎的煤屑，剔都剔不掉。而此时，这位昔日纱厂老板的二小姐，已经干活干到十个指甲都劈裂了。

母亲毫无怨言。小渊小时候见识过同学父母的各种猜忌、计较、吵嘴，倍觉困惑——自家父母，是怎样在这样两地相隔、无所扶持的情境下，一直保持着安之若素的和谐的？

是父亲为母亲做的四十三顶帽子。小渊母亲在20世纪60年代末患上日光性皮炎，只要一晒太阳，脸上就会起红斑。偏偏她为养家承担的很多活计，都要顶着毒日头完成。父亲知晓后，一声不吭，很快托回沪探亲的同事为母亲带回一顶米黄色的草帽。那是父亲找打草帽的老乡学习，自己用青稞秆编织的。为了让母亲戴在头上更舒服，父亲把青稞秆浸水三次，捶软三次，又曝晒三次。

之后，父亲一发不可收，专门以一名航天工程师的智慧，为母亲做帽子。布帽子、粗麻帽子、竹丝帽子、软藤帽子……礼物源源不断地从酒泉寄回，或者托人捎回，而帽子，永远是母亲一个人的。这让母亲在逐渐成年的女儿面前都有点不好意思。

然而，无病无灾的美好日子总是那么短暂。在父亲行将退休的那一年，母亲被诊断为阿尔茨海默病。

她还认得父亲吗？也许是认得的。至少，她对这个每天拉着她的手，带她一起去菜市场、去超市、去图书馆的男人，有着一股莫名的信赖感。她并不反感他在身边，絮絮叨叨把古诗词吟咏给她听。

父亲对母亲，已经迁就到女儿们都看不下去的地步。母亲抱怨过饭软饭硬、茶烫茶凉，抱怨过帽子太重、帽檐太大、帽顶太深、帽箍太紧。“你看我一戴上帽子，就像孙悟空被念紧箍咒。”偶尔清醒时，母亲还会这样开玩笑。为了母亲的舒适与平静，父亲想尽了一切办法。他已经七十岁了，骑着自行车，跑遍了所有卖女帽的地方，不顾营业员的白眼，一顶一顶地试戴帽子。他对所有现成的帽子都不满意，最后，他终于在布料城买到一种类似《红楼梦》里提到的“软烟罗”的面料，自己画图，为母亲设计各种英式遮阳帽。

父亲得意的设计成功了。这种帽子，拿在手上几乎没有分量，表面却有无数反光点，可以最大限度地反射阳光。它像一只小小的飞碟，或者鸟巢，驻留在母亲白发稀疏的头顶上。帽檐上盛开着手工卷制的玫瑰花，或者蹲踞着一只光彩熠熠的蝴蝶，这让母亲有点佝偻的身躯忽然散发出一点点美的光辉。邻居们见到“梁家阿婆”出门，会停下来，由衷地夸赞她的帽子，夸赞她的气色与风度。母亲带着一点茫然的单纯表情，很受用地听着。邻居们有点困惑地对小渊父亲说：“阿婆依旧漂亮、有风度，不像一个病人呀。”

他做到了。他以四十三顶帽子，构筑了一个只有他们夫妻能懂的小世界，一个唯有他们携手搀扶的小世界。

爷爷走后，就成了猫

□张寒寺

也许心意和时间都是有味道的，它们不只停留在味蕾上，还停留在可回顾的温柔岁月里。

高三暑假的时候，我跟以往假期一样，到乡下和老人们一起生活。临行前父亲特别叮嘱我多陪奶奶说说话，不仅因为这很可能是我在家乡度过的最后一个假期，更因为一个月前，爷爷去世了。

奶奶的家在村公路的背后。我叫了一声，没有人应。推了推门，门没锁。走进去就是堆满柴火的厨房，奶奶正坐在灶门口的椅子上，抚摸着趴在她膝盖上的条纹土猫。

“这只猫是你爷爷变的！”就在我“吸溜吸溜”地吃下一大碗奶奶做的面条的时候，奶奶这样告诉我，我的筷子差点掉下来。我看向那只猫，它趴在一把竹藤椅上，也用一双圆溜溜的眼睛盯着我。“你爷爷过世的那天，前脚刚走，这猫后脚就跑我们家来啦。”

整个暑假，猫已经完全介入了奶奶的生活。“你爷爷左边犬牙断了半截，你看它的牙齿。”“你看这猫，喜欢看你钓鱼，你爷爷也喜欢看。”“我说了嘛，这就是你爷爷变的，你爷爷也喜欢吃我煮的面条。”

这只猫大清早就在屋里上蹿下跳，把爷爷那些编织竹器的工具碰出声响；它跟着奶奶到地里干活，虽然大部分时候只是抓一只小青蛙回来折磨；到了中午，它就坐在猪圈的围栏上，冲奶奶“喵喵”叫。

偶尔我也会怀着调侃的心情问奶奶她能不能跟猫无障碍地交流。奶奶眉毛一挑：“那怎么可能，我跟你爷爷一辈子了，说话都磕磕巴巴，他变成猫就更难了嘛。”

是啊，爷爷是个不怎么说话的人。他心里在想什么，对别人是什么态度，我们这些晚辈总是难以揣摩。

父亲离乡求学的时候，爷爷只是拍了拍他的肩膀，还是奶奶偷偷把他写的信放进了父亲的书包；小姑出嫁那天，爷爷一杯接一杯地喝酒，又是奶奶把他亲手编的竹箱交给小姑，他却闹了个大红脸，说编得不精细。

“你爷爷啊，就是拉不下脸，跟自己人都不好意思，什么都要我帮他说。”每次跟我讲到这些事，奶奶都会当着爷爷的面说这句话，坐在一边的爷爷也不搭理，看都不看我们一眼。

那个时候我就觉得，花了一辈子的时间，爷爷和奶奶早就成了一体，离开任何一个，他们都是不完整的。

暑假结束的时候，父亲来乡下接我，顺便要接奶奶到城里去跟我们一起生活，奶奶不同意：“现在有电话，有事我会找你们的。”

后来，奶奶也去世了。大家都在她身边，她走得很安宁。

我第一反应是问父亲：“那猫呢？”

“什么猫？”

“奶奶家不是有只猫吗？”

“没有吧，没看到啊。”

“噢，那可能自己跑掉了吧。”

我们再也没见过那只猫。我也不再去考证它到底是不是爷爷变的。可能，奶奶也变成了一只猫，跟着它跑掉了。

我只是很遗憾，遗憾自己曾把奶奶当作病人，把她的表现看作非正常的情绪。并不是的，我想。她跟猫说话既不是精神问题，也不是心理问题，只是因为，唯一能走进她心里、与她精神相系的人，不在了。

姑妈家的“寄居蟹”

□孙　秦

曾经以为被全世界抛弃，孤独将我包围，但是亲情是永远割不断的绳索，将我们紧紧绑在一起。感谢你们，给我生命，感谢你们，陪我成长。

前段时间，我准备去北京参加为期一周的笔会，临行前一晚，我去姑妈家道别。那天，碰巧姑妈给研究生做毕业设计，很晚才回来。我施展平生所学做了一桌子好菜。我正襟危坐，沐浴着满室书香，静静聆听时钟的嘀嗒声响。这里的陈设经年未变，小到一根针线包的位置我都了如指掌。然而，我始终对这个房间的主人充满敬畏，一如多年以前。

年幼的我，曾经无比崇拜她。那时候，每每看到我低头面对一堆数学符号眉头紧锁无计可施的时候，干了一天农活的父亲总会抛出一句：“你要是有半点像你姑姑那么聪明就好了。”彼时，扎着围裙忙碌的母亲总是嗤之以鼻：“哼！人家在城里享福，倒是惦记一下你这个穷大哥哟！”我堵住耳朵，默默背诵公式，以此消减学费带来的恐慌。

小学二年级那年，母亲无故“失踪”。父亲揣上家里仅存的两百元钱和几床破棉被，带着我进城。他去建筑工地搬砖，而我别无选择，被他硬塞给了那个我心中神一般的人物——姑妈。

初来乍到，我把她的世界搅扰得鸡飞狗跳。从她错愕的眼神中，我读出了自己的多余和笨拙。我裹着一条大毛巾，趿拉着不合脚的拖鞋，湿淋淋地从浴室里蹭出来，一不留神，重重跌倒在光滑的地面上。我低着头不敢看她，几次试图爬起来，越紧张越不得要领。她蹲下身，探究地望着我，抱着一摞衣服，声音很平静：“跌倒了得自己爬起来。把这些衣服换上。”说完，她飘然而去，点亮了书房的灯。

她熬夜时，喜欢冲泡咖啡，样子很好看。我偷偷躲在门边，尽情呼吸咖啡的香气。她招手让我进屋，也冲一杯尝尝。我颤巍巍地在她面前尽力做好每一个动作，搅拌几下，推给她。她尝了一口，点点头："喜欢喝就自己冲。"我咧开嘴角。

第二天晚上，我偷偷把一杯冲好的咖啡放在她的案头。正要转身，她叫住我，推推她的眼镜，指着旁边的位子："嗯，坐吧。在这里，还习惯吗？"我愣了，担心她会因为我笨拙而把我丢还给父亲。她拍拍我的肩膀，浅浅地笑："因为工作疏忽了你，不要在意，安心住着。"我用力地点点头，眼眶瞬间红了一圈。她握着咖啡杯补充了一句："记住，不要试图去讨好任何人，做自己。"

我成了她的继女，户口转到了她的名下。很快，我的学籍被调到了师大附小。可惜，我的基础过于薄弱，插班读二年级的我每堂课都好像在听天书。加上我胆小不爱说话，回答问题声音如蚊蝇，自然，我成了同学们嘲笑的对象。

某天放学，我抬着如灌了铅的步子走在回家的路上，尾随而来的捣蛋鬼们跟在身后一唱一和："前面的，背一遍九九乘法表呗！""俺咋会嘞！俺村不教这个嘞！"……我踢着路边的小石子，对面驶来的电动三轮车突然急刹车。我吓得钉在原地，车主骂骂咧咧地训斥我没长眼睛。突然，我的双臂被一双大手紧紧地攥住，是姑妈。她迅速把我拉到面前，用灼热的目光迅速打量了我一番，随后长长舒了一口气，脸色变得凝重。

我的心提到了嗓子眼，害怕她的训斥。她猛然转身，一改往日温婉的形象，抬高了音调朝我身后的小捣蛋们大喊："回去问问老师和家长，谁给你们的权利侮辱其他同学？"那几个小子面面相觑，一溜烟儿跑远了。

她的从天而降让我明白，很多时候，她都早早来校门口等我，却每次都默默跟在我的身后，看着我找错了回家的路再原路折返。她说："你要记住，任何人都只能陪你走一段路，不能走一辈子，所以，人要自己强大起来。"我点点头，重复着："我要像姑妈一样强大。"

后来，她列了一张详细的"邻人名录"。每当我绞尽脑汁想不明白一道数学题的时候，姑妈会率先扫一眼题目，然后摇摇头："这个我不擅长，你去研究生宿舍楼找这个人。"我答一声"得令"，便神采奕奕地抓起卷子，小燕子一样飞奔下楼，聆听着鸟鸣啁啾，踩着片片落叶。我张开双臂，疯一般在校园的林荫小路上迎风奔跑，那件自卑的外衣被我远远抛向了天空。

平凡的我，笨拙的我，没有遗传姑妈聪颖基因的我，慢慢地可以听懂老师讲课了，成绩稳步提高。虽然始终没有进入前五名，但是，每一次微小的进步，都能得到姑妈郑重的表扬。那时，我总难以理解，她为何总打压我的好胜心："科学研究表明，班级里十名左右的孩子更有发展。我希望你健康成长，快乐就好。"

大约是平凡的基因过于强大，我没有考入北京的重点大学，而是留在了我们共同生活的这所大学校园。她很平静，但是，我从她失落的眼神中读出了一种疏离，我知道，她也许是失望的。只是，我明白自己的心，我真的害怕离她太远，我不想让生活有太大的改变。

大学开学后，我依从她的意思搬到学生宿舍。毕业后，我找到一份工作，不久便开始上班，搬到单位附近，渐渐淡出她的世界。我承认，我很怀念与她在一起的那些时光，但是，离开她的视线，我有种难以言说的轻松。她也不追问，偶尔我回家一次，她准备的小菜也很平常，只是会给我冲一杯咖啡，自言自语："小时候，你还给我冲咖啡呢。"我低下头："姑妈若喜欢，我还像小时候一样。"她摆摆手："儿女大了总要飞走的。"

我承认我们终究不是一类人，我是俗世生活里一个烟火青年，而她是一个不沾染世俗气息的学究。在我小时候贸然闯入她的生活之前，她曾经有过短暂的婚姻，未育。此后直到晚年，再未结婚。也许，她半生单身的原因与我有一定的关联。也许，她只是选择做自己最喜欢的那种人，过最适合自己的那种生活。只是，我终究离开了她。

然而，每当生活面临重大抉择，我自然而然地只想到她，只想向她寻求答案。2016年春天，我接到久不联络的二舅妈的电话，她说，我的生母在她的家里身患重疾。听到"生母"二字，我瞬间恍惚。

我第一时间回到姑妈家，忍着泪水，一言不发。她拿出存折和房本："房子你拿去担保，治病要紧。"我咬着嘴唇，忽然就想起多年以前，我第一天来到这里，洗澡后摔倒在地，她递给我衣服时，也是如此平静。一切的外物在她心中，都是那么轻。

多年以来埋在我心里的一句话终于脱口而出："为什么，你从来不允许我称呼你——妈妈？是因为她的存在吗？"她叹了口气："没有她，你不会来到这个世界。在生死面前，所有的错都不值一提。"她撩起我额前几缕碎发，拍拍我的肩膀："时间真快，你已经这么大。我们都老了。她若见到你，应该很高兴。"我把头深深埋在她的大腿上，泪水终于止不住流着……在二舅家黑漆漆的低矮土房里，我见到了阔别二十余年的母亲。她因为生活变故，精神受到了刺激，已经不认得我。我把她接到城里治疗。此后，我从不讳言，我有两个母亲。一个母亲给予我生命，让我有机会看到这个精彩的世界。另一个母亲给了我世间最纯粹的爱，这种爱足以让一个人脱胎换骨、涅槃重生。

你就这样把草原交给了我

□艾　平

有人牵挂的漂泊不叫流浪，有人陪伴的哭泣不叫悲伤，有人珍惜的感情叫作挚爱，有人分享的快乐叫作幸福。

在我六岁的那一天，你把我举上了马背，我的脚够不到马镫，你就用红缎子把我捆在马鞍子上。我们从晨雾中出发，一连走了三个屯子，你带我拜见了三个可靠的师傅。

一天，我正想把羊群拢起来往回走，发现一只小个子母羊有了生产的迹象。它十分惊慌，一个劲儿在原地打转，累得气喘吁吁，却只生出小羊羔的一寸蹄子甲。我使劲儿把小羊羔从母羊的身体里拽出来，却听到母羊异样的叫声。它的子宫被我给拽脱落了。

当我急吼吼地求助时，你不慌不忙地让我按住那只母羊，自己轻轻地托起母羊的子宫，用温水冲洗干净，一点点送回母羊的腹腔。你又让我提起母羊的后腿，往下顿了几下，最后在母羊的下腰处系上一条皮带，然后把母羊放在蒙古包里照看了一夜。第二天，那小个子母羊就像一切都没有发生过似的开始吃草了。

老祖母，你两天没有给我一个笑脸。第三天的时候，你一边给我系紧长袍的腰带，一边耐心地告诉我，好牧人是会跟草原说话的人：牲畜冷了，我也知道冷；牲畜饿了，我也知道饿；牲畜疼了，我也知道疼……你说牛儿羊儿和我一样，都是草原的孩子。

记得那个冬天的雪好大，早上一推开门，我就看到那匹灰色的大母狼。它离我们的蒙古包不到五十米，面向我们趴着，支着脑袋，一动不动。

我急忙翻身上马，操起套马杆。我知道我一出手就可以套住狼脖子，然后拧紧套子，拖着跑出几里地，它就会变成一堆血淋淋的肉。就在这时，我的肩膀被你甩出的放羊鞭击中了，一阵火辣辣的疼。

老祖母，我从一个满地爬的孩子长成了跑遍草原的牧马人，没有听你说过一句凶狠的话，没见过你抽牛打马骂羊，这是我有生以来第一次挨你的鞭子。

“它掏你的马群了吗？它叼你的羔子了吗？它向你发出凶狠的吼叫了吗？”

老祖母，你的眼睛是明亮的镜子，夜里能看见云里的星星，白天能洞察马鬃上的风。你告诉我这匹狼不是来祸害人的，它肯定是遇到难处了。

细看，那匹狼虽然两只眼睛瞪得很大，精神头挺足，可是它吃力的呼吸和凌乱的毛，暴露了它的虚弱。

草原的夜晚，每一棵草摆动的声音都仿佛非常清晰。“嗷——呜——”那匹狼终于发出非常微弱的叫声。我看见，清冷的月光下，地上有两个影子在颤动，一个是你佝偻的背影，一个是那匹狼的身影。突然，我听见狼微弱的叫声被放大了不知多少倍：“嗷——嗷——嗷——”那声音凄厉又高亢，打破了夜空的寂静，幽幽地升起，又渐渐向远方传去。竟是你，我的老祖母，你在帮着那匹狼大声地叫着！

三对绿色的狼眼睛，像小灯笼那样，越来越近。这是母狼的伙伴听到它的呼救声，赶来了。那母狼把头低向身旁的草丛，叼起一只小狼崽。接着，每一匹狼都叼起一只小狼崽，飞快地离开了。原来，那匹母狼一直一动不动地卧着，是为了守护身底下刚刚出生的孩子。它冒死从早晨坚持到夜晚，才敢召唤同伴来救助，可是它太虚弱了，几乎发不出声音。幸运的是，它遇到了你，我的老祖母，草原万物的母亲，你知道如何帮助它。

事实证明你说得对，这群狼的家就在周围的草场上。有时候我们会看见雪地上的狼脚印，畜群却不曾被袭击。

我亲爱的老祖母，你就这样把草原交给了我。

河里漂来的幸福

□［日］岛田洋七

爱是哪怕你衣食无忧，也觉得你处处需要照顾。对亲人，在我们谈着付出的时候，常常连接受都还没有准备好。

我小时候被寄养在外婆家。

那时外婆的工作是清扫佐贺大学和佐大附属中学、小学的教职员室和厕所，快的话上午十一点左右就可以回家了。走在回家路上的外婆，样子有点奇怪，她每走一步，就发出“嘎啦嘎啦”“嘎啦嘎啦”的声音。我仔细一看，她腰间好像绑着一根绳子，拖着地上的什么东西一路走来。

“阿嬷，那是什么？”

“磁铁。”外婆看着绳子说。绳子一端绑着一块磁铁，上面粘着钉子和废铁。“光是走路什么事也不做，多可惜，绑着磁铁走，你看，可以赚到一点外快的。”

“赚到？”

“这些废铁拿去卖，可以卖不少钱哩！不捡起掉在路上的东西，要遭老天惩罚的。”外婆说着，取下磁铁上的钉子和铁屑，丢进桶里。桶里已经收集了不少“战利品”。外婆出门时，好像一定会在腰间绑着绳子，我简直看呆了，但这还不是最让我惊讶的事。

外婆把钉子、铁屑都丢进桶里后，又大步走到河边。我跟在后面，奇怪外婆为什么看着河水微笑。

“昭广，帮我一下。”她回头叫我之后，转身从河里捞起木片和树枝。河面架着一根木棒，拦住一些从上游漂下来的木片和树枝。之前我到河边张望时，还在好奇那根木棒为何横在河里。哪里想得到是外婆用来拦截漂流物的“法宝”！外婆把木棒拦下的树枝和木片晒干后当柴烧。

“这样，河水可以保持干净，我们又有免费柴火，真是一举两得。”外婆豪爽地笑着说。现在看来，外婆早在四十五年前就已经开始资源回收利用了。

木棒拦住的不只是树枝和小木块。上游有个市场，尾部开衩的萝卜、畸形的小黄瓜等卖不出去的蔬菜，都被丢进河里，也都被木棒拦住了。外婆看着奇形怪状的蔬菜说：“开衩的萝卜切成小块煮出来味道一样，弯曲的小黄瓜切丝用盐腌一腌味道也一样。”还有一些果皮受损的水果，也因为卖相不好而被丢弃，但是对外婆来说，那些“只是外表差一些而已，切开来吃，味道一样”。真是这样。

就这样，外婆家大部分的食物，都仰仗河里漂来的蔬果。而且，夏天时西红柿用河水冷藏着漂流下来，更加好吃。甚至有时候，会有完好无损的蔬菜漂下来。当时，市场批发的蔬菜还沾满泥土，需要兼职的大妈在河边冲洗干净，通常都是十几个人一边聊天一边洗菜，有人不小心手一滑，蔬菜就被水冲走了。每天，总有各式各样的东西顺流而下，被木棒拦住，因此外婆称那条河是我们家的“超级市场”。

她探头望着门前的河水，笑着说：“而且是送货上门，也不收运费。”

偶尔，木棒什么也没拦到，她就遗憾地说：“今天超市休息吗？”

外婆说这个超市只有一个缺点：“即便今天想吃小黄瓜，也不一定吃得到，因为完全要听凭市场的供应。”

真是无比开朗的外婆啊！别人家是看着食谱想着要做什么菜，外婆是看着河里想：“今天有什么东西呢？”再决定菜单。

外婆对那条河的情况了如指掌。

有一次漂来一个苹果箱子，里面塞满米糠，米糠上放着腐烂的苹果。我拿着斧头，打算把米糠倒掉，只留箱子当柴火时，外婆就说：“你先摸摸米糠里面。”

“啊？”我心想，“为什么？”但还是乖乖地伸手去摸——里面竟然还留着一个完好无损的苹果！我简直觉得外婆像个预言家。

还有一次，漂来一只很新的木屐。“只有一只，没办法，当柴烧吧。”我拿起斧头时，外婆又说：“再等两三天吧，另一只也会漂下来的。”我想再怎么幸运，也不会有那么如意的事吧。可是两三天后，另一只木屐真的漂下来了，吓我一跳。

“那个人掉了一只木屐在河里之后，一时还舍不得，但是过了两三天就会死心，把另外一只也扔了，这样，你就刚好凑成一双了。”外婆的智慧，让我惊叹不已。

1991年九十一岁高龄的外婆去世以后，我更深刻地领悟到她带给我的人生启示：幸福不是金钱能左右的，而是取决于你的心态。

我和我的忧伤

□崔　立

从小到大，都是您最疼我、最宠我，对我有求必应。当我长大，想要报答您的恩情，可是您在哪里呢？恐怕日后也只能在梦里回忆您的笑容、您的皱纹和您浓得化不开的爱了。

一

我五岁。

我调皮，我任性，我在院子里的地里玩泥巴。玩了会儿，我没劲了，就在门口走来走去，也不知道要干什么。

我看到了奶奶。奶奶从屋子里出来，朝我微笑着走来。我喊着，奶奶，奶奶。我撒腿向奶奶飞奔过去。奶奶两手摇摆着，刚要喊什么，是要我跑慢一点儿吗？地上一滑，我像坐上了滑滑梯，整个人飞了出去，一屁股坐到了地上。

我坐在地上，随着奶奶不停地问，“疼吗？摔哪儿了？”我的哭声愈演愈烈。

奶奶手足无措了好一会儿，搀着我回了她的屋，从一个抽屉的盒子里翻出了一颗糖，说：“要吃吗？”我忘记了疼，跑上去打开盒子，挑里面自己最想吃的糖，剥开糖纸就往嘴里塞……

二

我十一岁。

我考试没考好，拿着试卷去找妈妈签字，被妈妈一顿打骂从房间里赶出来。我抹着眼泪，有些无奈地站在门口。

我看到了奶奶。奶奶从外面走进来，走得有几分匆忙。我叫了声“奶奶——”我的眼泪稀里哗啦又下来了。奶奶一脸心疼：“别哭，发生什么事儿了吗？”我说：“我没考好。”奶奶说：“这次没考好，下次好好考。”

我努努嘴，指了指房间里的妈妈。

奶奶说："哦，那就上我的屋。"

奶奶抬起头，看到了门口走过的崔伟涛，和我同年同月同日生的伙伴。奶奶从口袋里掏出了一块钱，说："帮我去买盒口香糖，到时一起吃。"

崔伟涛喊了声"好"，接过钱，高兴地朝着小镇上跑去。

三

我十五岁。

我读镇上的中学。除了学习，我像疯了一样地喜欢上了武侠小说，在那个世界里，我是盟主，我是大侠，是人人敬仰受人爱戴的强者。

我读了许多武侠小说，还想买许多武侠小说书。奶奶悄悄给我钱："钱我可以给你，但你要答应我，考试也要考好。"我稍稍犹豫了下，说："好。"这是我们的约定，也是我的承诺。

期末，当我把成绩单拿给奶奶看，奶奶的笑，和她的皱纹，堆积在了一起。从什么时候起，奶奶有了这么多的皱纹？

奶奶又塞给我钱，说："这是给你的奖励。"

拿着奶奶的钱，我说："奶奶，将来等我赚了钱，我也要奖励你。"

四

我十九岁。

在外读书的我，匆匆从学校回来，去看刚刚从医院出来的奶奶。

坐在家里的长椅上，奶奶瘦了，也憔悴了。听到我的脚步声，奶奶睁开了眼睛，干涩地朝我笑了笑。

"回来了？其实你不要回来的，我和你爸说过的，没什么问题。"

奶奶说的话，奶奶的笑，让我突然想要哭。爸爸说，奶奶的病，医院已经无能为力，所以让她回家。

我叫了声，"奶奶——"

突然不知道该说什么了。

我只是静静地，静静地，蹲下来，在奶奶的身边，看着她。奶奶脸上的皱纹，像刀刻一样，越来越深。还有奶奶的笑，那堆积在岁月皱纹中的笑。

你也曾是白马少年

□桉宇树

没有历史史实的感人心魄，没有风卷大海的惊波逆转；父爱深深无语，洗去铅华雕饰，留下清新自然，是彷徨无依的心灵最温暖的港湾。

两年前，一家杂志社发来合作事宜，我和朋友正在家里讨论要不要签约。你突然开口说话了："不要签吧。你每天还有好几家写稿任务，再签一个，你肯定忙不过来的。"

我听了，当时一愣。晚上吃饭的时候，我问你："你知道和这家杂志社签约意味着什么吗？"在我眼里，你谈不上粗俗，却也是和文艺搭不上边的人。而且，我已经很久没有看见你翻阅报刊了。

你笑笑，说："当然知道，可是你不一定应付得来。我小时候也给杂志社投过稿，也在一小块豆腐大的地方发表过文章。"你风轻云淡地说着，不露痕迹。

吃完饭，你好像有了兴致，滔滔不绝地和我谈起了文学。我才知道，原来你也看村上春树，看刘亮程。

有时候我想，原来我的爸爸也是一位白马少年，一位骑马倚斜桥的白马少年。那是什么让他变成了沧桑大叔呢？一定是岁月吧。

小时候我觉得，世界上最厉害的人就是爸爸，他的力气那么大，会给我买很多很多东西，他什么事情都应付得来。我却从没有仔细想过，他曾经和世界上所有的男孩子一样，爱玩、爱闹、爱自由，孱弱的肩膀，也曾有人庇佑，也曾是一个脆弱敏感的少年。

原来，那个顶天立地的男子汉，也是从岁月的长河里，一步步蹚过来，才长成我可以仰望、可以敬畏的父亲。

前段时间，我要参加一个文学活动，主办方通知我准备一篇演讲稿。这些年，我写了很多文章，可是不擅长写演讲稿。正当我焦头烂额之际，你在一旁道了一句："要不，我来写吧。"我不是很确定地点了点头，然后看见你坐在电脑前打字如飞。在感受到我疑惑的视线时，你解释说："我用的是五笔输入法，你们这代人现在都不怎么用了，其实五笔打字挺快的。"

不一会儿，你便写好了演讲稿。我看了一下，写得真不错。你拍拍我的肩膀，说："演讲稿和文章，哪个写得容易些？"

"文章。"我脱口而出。"傻小子，演讲稿不也是文章嘛。"你笑道。"机智的老男孩。"我接着问道，"你打字怎么那么快？""以前在学校文学社，我是副社长，什么都干。"

我们乐呵呵地笑着，一瞬间仿佛我又回到了小时候，回到了我傻乎乎喊着爸爸的年龄。

突然觉得真遗憾，我们不曾参与过彼此的少年时代。印象中，在我最懵懵懂懂的青春里，在我被考试分数打败得垂头丧气的青春里，在我不那么明媚却依然执着追求文学的青春里，很遗憾，我找不到一丝关于你的踪迹。

上个月，我们一起去逛冰河公园。游完泳回来，你说去打台球。十分钟，我就输了。我没想到，你会这么厉害。我问："这么厉害，谁教会你打台球的啊？"你答："和你这么大的时候自己摸索的。"我不服气道："三局两胜，再来。"你笑道："奉陪。"

我总是容易忘记，他并非生下来就是一个饱经沧桑的父亲，他肯定也有过绚烂的少年时代，憧憬过诗和远方，同样也是一个篮球和台球都打得很棒的少年。

也是在这一刻，我才意识到，我的爸爸，那个半辈子都陷在柴米油盐里的男人，也有着自己的爱好与坚守。

上个星期，你因为肺炎在医院里住了几天。我去看你，进门那一刻，我发现你头发白了。那一瞬间，有一个少年发现另一个无所不能的少年真的老了。

你坐在床上安静地看手机，眉开眼笑得像个孩子。

我坐到床上，问你："爸，看什么呢？"

你头也没抬地说："西双版纳这地方以前我去过。"

我凑了上去，说："看不出来啊，你还去过那么远的地方。"

你嗤之以鼻地说："小子，看不出来吧，你老爸想当年也去过大半个中国。"

是啊，我的爸爸曾经也走遍了大半个中国，只是后来很忙，忙着生活，忙着养家糊口，没时间继续四处游历。

只是，我知道。他曾经肯定也追求过那些遥不可及的大梦想，曾经也背着最微薄的行囊踏步走过万水千山……曾经，你也是一位白马少年。

愿你与爱，温暖相拥

好的家庭教育总是可以潜移默化地影响孩子的性格、处事方式、道德修养以及思维方式，最终影响孩子的命运。

和父母分享人生的成就，并没有想象中那么难

□陈禹霏

孩子到一定年龄，想要自由。另一边却有舍不得，也不愿意撒手的父母。加上不可回避的代沟，成了几代人之间无法调和的矛盾。彼此爱着，又彼此伤害，爱得越真，伤得越深。

最近有一档访谈类综艺节目《儿行千里》，在各类选秀、真人秀中显得非常特别，这是一档属于普通人的综艺，邀请那些离家远行的人们，来讲述自己家庭的故事。节目强调了一样东西叫“家风”。

家风是什么？一个家庭里能让后代保持下去的风气。

所以节目并不仅仅聚焦在“儿行千里母担忧”的亲情，而是当儿行千里对当今的年轻人来说成为常态时，一个家庭乃至家族的风气是如何传承的。

你不一定和父母生活在一起，却可以通过家风找到归属感。家风听起来很抽象，但一旦把家庭成员聚在一起，它又可以非常明显。

节目里有三个年轻人很有代表性，他们是麻省理工学院博士后何江、新华社战地记者陈序、拍摄纪录片的导演郑若行。

三位都是三十岁上下的年轻人，离家千里甚至万里，当他们在现场和父母坐在一起时，在知识、经验、见识、观念都有差异的两代人之间，却能看到传承着同一种东西，在父母和孩子之间有真实的分享在流动。

而这几个年轻人也用自己的方式，在与父母分享自己的人生成就，父母的养育和孩子的回馈在互相流动，让家风传承下去。

和父母分享成就，超越知识、经验和见识。

何江是首位在哈佛大学毕业典礼上发言的中国毕业生，这是哈佛给予毕业生的最高荣誉。

何江的父亲高中没毕业，母亲学历更低，连小学都没毕业。在湖南宁乡那样

一个打牌成风的地方，文化程度并不高的父母，两个人都不打牌，却心甘情愿地在家陪着两个儿子。一张四方桌，四个人一起学习、读书。

后来到麻省理工学院做博士后，何江从事的是癌症研究，母亲根本听不懂他的专业内容，却很爱在每周两次的视频通话中，看儿子展示实验室，展示他做的事。在农忙季节，何江也陪着父母聊农活。

这一幕，也让人看到与父母分享自己的成就，可以跨越知识、经验、见识，何江的社会成就已经让父母望尘莫及，却并不妨碍与他们分享。何江的经历侧写出了一个许多人的生活常态：感觉和父母没话说，不知道怎么向父母讲述自己的生活。

但相比起来，是否愿意和父母分享才更重要，如果愿意，简单的内容也可以连接起两代人。

何江在节目里念了一封给未来孩子的信：

> 当你长大时，我的童年生活应该只能在你的想象中了……一个人需要走出原有的视野，才能发现和发掘自己的潜能，我庆幸你们的爷爷奶奶曾让我通过知识改变了自己的命运……我希望你们将这份爱，这份乐天坚韧和踏实传承下去，找到属于自己的精彩人生。

走出原有的视野，创造自己的生活，这是每个离家的人心中的抱负，同样重要的是，我们没有丢掉过去父母给予的生活，而是带着父母的支持前行。

这在很大程度上取决于，你是否愿意将自己创造的生活与父母分享。

和父母分享生活，跨越生活形态的差异。

新华社战地记者陈序，可能和父母分享了一件在大家看来最不可能分享的事情：带父母进入战地，体验自己的工作。

大学毕业后，陈序进入中东战地，之后辗转战乱地区，参与了上百次战地报道。他的工作每一秒都可能发生危险，甚至曾经为了进入战地，和以色列国防军签订过“生死状”。

和很多人的生活一样，妈妈、外婆、奶奶对陈序的生活所知甚少，在一次新闻报道中，她们看到陈序站在一片废墟中，才隐隐约约知道他的工作是危险的。不过，当陈序的父亲陈燕伟出现在节目中时，一下子就明白了是什么在支撑着陈序。

他的父亲同样充满冒险精神，在改革开放初期，自学英语成为一名国际导游，专门带别人带不了的特殊旅游线路团。这还不是最重要的，最重要的是，他知道陈序想要什么生活，一直在鼓励他。

在如何与父母分享自己的成就这件事上，陈序做了一个大胆又有谋略的决定：带父母到相对安全的战区，体验自己的工作。

这又侧写出了一个生活常态：有的时候，我们并不知道怎么说、怎么做，才能让父母更好地理解自己的生活。

当两代人的生活形态差异越来越大时，相互理解成为一件重要的事，虽然没有生活在一起，但关系不会因此隔离。

和父母分享思想，给彼此自由想象的交流空间。

在三个年轻人中，郑若行是与父母生活最近的一个。在香港求学八年后，学影视专业的她回到了故乡，开始拍摄父亲的木工生活。一年二十四个节气，每个节气拍一集，到目前已经拍摄了两年。

在这个家庭中，郑爸爸是英雄，母亲和女儿都崇拜并支持爸爸做的事。木工是郑爸爸的业余爱好，在他的研究发明中，传统木工在生活中延续，有蒸螃蟹的架子、变形拐杖、鸟笼、密码箱，他喜欢做别人做不出来的东西。

在郑若行的故事中侧写出的生活常态是：有的时候，我们不知道与父母分享自己的成就，是否会干扰到彼此独立的生活，它们之间的界限是什么？

郑若行家风中的浪漫、自由，并不一定适合每个家庭，不过像何炅说的："在这样的家风中，很容易滋生快乐。"

快乐是一个很好的标准，和父母的分享中没有过多的负担，不会因为自己离父母远而担心，也不会因为走得近而困扰。

自由不仅可以是父母给予儿女的教育，也可以成为儿女对父母的态度。

节目里的现场观众，胸前都戴着一个名牌，上面写着自己离家的距离。

有的人很近，十多公里，有的人非常远，一万多公里，他们在现场并不只是想起父母，还想到如何与父母在心理上靠得更近，这是离家千里的人找到归属感的方式。

因为父母可能是世界上唯一一个听不懂你在说什么还愿意听下去的人；

他们可能是并不在身边，却能给你最多支持的人；

他们可能是唯一真心为你的成就毫无保留地开心的人。

和父母分享人生的成就，并没有想象中那么难。

是该难过一下了

□冯海鹏

尊重必须有度，轻描淡写的尊重，是一种虚伪的表现，让人心生反感，夸大事实的尊重又让人生厌。不偏不倚平等相对才是真正的尊重。

看某一期的《朗读者》。

这一期的朗读者是著名的演员斯琴高娃，她读的是贾平凹的散文《写给母亲》。“人活着的时候，只是事情多，不计较白天和黑夜。人一旦死了日子就堆起来，算一算，再有二十天，我妈就三周年了。”音乐响起，舒缓而抒情。斯琴高娃，一个老太太，安静地坐在那里，优雅而庄重。朗读，很慢很慢，慢到让人的心也慢下来，让时光也慢下来，满脑子都是母亲，母亲的哭，母亲的笑，母亲的影子。

斯琴高娃的泪水悄悄地滑落，她叹了一口气，站起来，抽噎了一下鼻子。董卿走过来，拥抱着她，然后，失声痛哭。所有的观众，场内的，电视机旁的，都潸然泪下。顷刻间，我们感受到文章的魅力，艺术家的魅力。

但，其实都是情感的魅力，是母亲的魅力。

董卿把纸巾递给斯琴高娃，让她擦干眼泪，说了一句话：“对不起，让您难过了！”这句话，让我一下子看到了一种歉意，一种尊重，一种高贵。

斯琴高娃淡淡地回答道：“唉，是该难过一下了！”这一句，既是对董卿歉意的温暖安慰，也是她内心情感的真实流露。这个老人，此刻脑海中一定是比她更老的一个人，母亲的影子。是的，她想到了自己的母亲，那个说着“我不打扰你，我不打扰你”的母亲，那个说着“儿寒乎”的母亲，那个默默支持你、担心你又不忍打扰你的母亲。

两句对话，让我看到了两个人，两颗心，朴素真实而又高贵典雅。

每一个孩子都会被初恋改变

□查小欣

原生家庭带给我们的一些烙印是我们很难改变的，就像硬币的两面，不一定哪面是好的，哪面是坏的，但是父母的引导对孩子来说是至关重要的。

儿子入读香港国际学校，相当于本地中学五年级，需要参加中学会考，而会考成绩会影响两年后报考大学的成功机会。

发榜当天，我正在电台主持直播节目，儿子把成绩短信给我，我瞥了一眼，把它转发给丈夫，继续忙。三个小时后，做完节目，短信收件箱留言爆满，都是祝贺儿子考得好成绩，我才仔细看儿子的成绩单，他考得9A的评分，其中3科打了星，即A+，不少长辈知道了都替他高兴，争相要送礼物给他和请他吃饭庆祝，我这才有时间致电恭贺他。

但那份兴奋喜悦很快被一股酸溜溜的醋意冲淡了——

发榜后的一个晚上，丈夫在客厅中向我透露，儿子向他私下透露正在拍拖，一股酸味从心里涌出来。

我身兼儿子的私人秘书、总务、跑腿，照顾饮食起居，任危机顾问、银行提款机、刷卡代行人，犹如艺人的经理人，任劳任怨，为奴为婢。他拍拖竟不给我第一手消息。

矛盾的是，我清楚地知道，男孩子在成长过程中要确定自己的男人身份，必定努力摆脱“裙脚仔”（粤语，整天跟在妈妈裙边的儿子，长不大的意思）形象，虽然早有心理准备，他一定不会向我剖白感情事，但当要面对这个事实时，仍是委屈得想哭。

此时，儿子从他房中走到客厅，走到我身边坐下来，把大手掌放在我的手上：“妈妈，我想告诉你，我拍拖了，她是C，其实我没什么要对你隐瞒的，我只是等会考放了榜，让你安心了，不用担心我会因约会而分心，所以到现在告诉你。明天我会正式介绍C给你认识，你不用不开心。”他像长了透视眼，看透老妈的脑袋。

C是儿子的同学，我早已认识，儿子坚持要正式以女朋友的身份介绍给我认识，他觉得这是对我和C的一种尊重。第二天下午，我正在书房赶稿，他带C来我们家，敲门，我特地整理了一下衣装仪容才出去招呼。儿子尊重我，我尊重他女友，跟C像初相识般握手，气氛怪怪的，我匆匆返回书房埋首赶稿件。

C是个慧黠的女生，品学兼优，会考成绩比儿子棒，斯文有礼、开朗健谈、爱笑，有思想、有见地、有教养，儿子有这样的女朋友，近朱者赤，不用费神担心。

当时儿子十六岁，从幼儿园至中学毕业，不曾要过零用钱，而他的零用钱来自农历新年得到的红包和长辈平日送他的买玩具钱，可是宣布拍拖后，他开始入不敷出，要问我和丈夫要零用钱，他解释：“我们出去都是各自负担自己的消费，但因出外吃饭次数多了，所以花多了。”

上天又给了我一个好机会教他理财，我告诉他凡事有个预算，要他定下每月零用钱的数目，经过小心盘算，他要求：“每四个星期，我需要两千元和充值卡充值五百元。”我跟他约定，无须“多还”，但无“小补”，不够用就减少消费，有剩余可作私己，留为后用。儿子答应。

没过多久，他要求提早一小时上学。原来他女朋友C要竞选学生会主席，需跟另外几个竞选团角逐，儿子加入了助选团，要大清早在校门外派发宣传单拉票。儿子积极参与，更发挥他的设计天分，为团队设计制服T恤。向来寡言的他开始有谈兴了，态度更积极开朗，充满正能量。

每一个孩子，都会被初恋改变。

原谅我也是第一次为人子女

□林一芙

每个年龄有每个年龄不同的烦恼。这些烦恼都是人生送给你的礼物。

上一次和我妈吵架是在快要毕业的时候。那时我在医院实习，每天来来往往的都是重症病人及他们的家属，稍有不慎就会成为病人的出气筒。我习惯了和颜悦色地面对每个病人，在他们歇斯底里时思考最妥当的解决方案，同时在医院老师们面前做最听话的乖学生。

那段时间，我频繁地跟我妈吵架。有时我回到家里，身心俱疲，直挺挺躺在床上。我妈是个老洁癖，从客厅进来随口唠叨了一句："怎么也不把床单拉平再躺？"我顷刻间就奓毛了，从床上坐起来吼她："你没看见我刚回来，床单皱一点有什么关系？我刚刚准备睡，又被你吵醒了！"

或许，人在低谷时，不亲手把责任推给另一个人会活不下去，而归罪于身边最亲近的人就成了最便捷可行的方法。我在外越是乖巧，回家越是任性，并且自以为这一切是理所当然可以被原谅的。

渐渐地，我妈对我说的每一个字都开始小心翼翼。她对待她的女儿，像对待一个在门口挂着"请勿打扰"的生客。她会偷偷在我包里塞小点心，晚上和我一起讨论电视剧。我想，她一定在暗地里准备了一百种试图让我变得愉悦的方法，却找不到一个奏效的。

那一阶段，我在医院常常吃闭门羹。有时候会向我妈提起，自己好不容易做好了消毒，病人瞥到我实习生的胸牌就要换人。我妈是个特别怕疼的人，后来有一次，她体检回来很兴奋地给我看她手上的针孔："我今天去体检，人家给我扎了四针才扎进去。"我说，怎么就傻傻让别人扎了四针，可以让她换个人来。"我今天遇到一个和你差不多大的实习生，她问我能不能让她试一下。我看到她就想起你了。我想啊，我现在多给别人一点机会，以后别人可能也会给你机会。”我当下听得鼻头一酸。

我们全家没有人在医疗行业，谁都不清楚这个领域是怎样的环境。我妈就用这样笨拙无效的方法，暗自期待着世界能对她的女儿好一点——就让妈妈痛一点吧，或许有千分之一的机会，上天可以看见，然后回报在你身上。那是我第一次觉得，在为人子女这件事上，我是这样的不合格，甚至是零分。

我不知道是不是有很多人和我一样，习惯把父母当成最后的堡垒。总觉得在外面受的委屈需要找到一个途径发泄，这时我找到了父母，因为那是我发泄情绪最低成本的方法。

心理学上说，人有一些内在不可见的想法，这被称作潜在信念。我们在潜在信念里认为，在社会上我们要为自己的所作所为负全部责任。而父母就像海绵，只要不吸纳到极限，他们就会将一切无论好坏照单全收。

曾经看过台湾地区童星杨小黎的一个访谈，她说小时候拍哭戏，刚开始导演们都告诉她“你要是再不哭，妈妈就丢下你走了”。但这招越到后面越没有用，因为她发现每次都说要走的妈妈，总是偷偷在旁边帮她拍照。聪明的孩子从小就知道，父母说两百遍的“你要再哭，我就让大灰狼把你抓走”是永远不会实现的谎言。倘若真的有大灰狼到来，他们只会挡在最前面。

洞察了父母的软肋就是自己，忍不住恃宠而骄地撒泼任性；用妥协的眼光看世界，却用挑剔的眼光看父母，大概是天下为人子女者的通病。我妈总是说，很抱歉，没能帮助你什么，因为我也是第一次为人父母。可是妈妈，请原谅我也是生来第一次为人子女。

谁没跟父亲战斗过呢

□小码哥

有时候我们不理解父母为什么如此严苛？父母也不能理解为什么孩子竟如此叛逆？但是每一位严苛的父母背后，都是对我们无限的爱和收获幸福未来的美好希望。

一

《摔跤吧！爸爸》，柯国凡看了两遍，这个故事和他们家如此相似，父亲未完成的理想，逼迫着儿子去完成。柯国凡很喜欢《摔跤吧！爸爸》里面一首歌："老爸，你这么严格，我们真的很受伤……我俩的童年十分折腾，天真乐园已然远去……"

从柯洁2008年定段起，五六年间，妈妈就辞掉工作来北京陪读，但柯国凡还在老家工作，他是高级工程师。除了寒暑假团聚，柯国凡和柯洁没什么相处的时间。此后五六年间，柯洁像被淹没在森林里的荒草，默默无闻，也没打出来什么成绩，在这段职业生涯最困难的时期，父亲，总是缺位的。过强的好胜心和长时间的距离感，柯国凡和柯洁之间，产生了不可避免的矛盾。

有次柯国凡教训儿子："今天为什么输这么多？"两人吵起来。柯国凡差点儿砸了电脑，说："明天韩国比赛，你不要去了。"父子关系紧张时，柯洁也说过，"爸爸，你回去，妈妈留下就可以。"

在拿了第一个世界冠军第二天，柯洁发了个朋友圈，开了一句稍显自恋的玩笑。柯国凡看到了，大发雷霆："你永远记住，不管你拿了冠军不冠军的，不能这样嘚瑟。"他委屈地哭了。妈妈说，柯洁委屈，觉得父母误解他，把他想成轻浮之人。只是，大家思维方式不一样，"为什么你要把你们那一代的传统强加给我们呢？"

少年天才的轻狂不只在爸妈眼中，也在他的微博上。

好在柯洁开始修正自己的言行，和以往面对记者，在椅子上来回转悠的他，完全不同。

阿尔法狗和柯洁的大战，柯国凡和妻子第一次从头到尾看到儿子比赛的样子，现场巨大的屏幕上，有一台摄像机全程跟拍柯洁的个人状态，这和棋谱直播太不一样，柯国凡和妻子把儿子“从头看到脚”。

第一盘棋，柯洁不停用指头卷着头发，突然有几根白头发在屏幕中闪现出来，柯国凡和妻子难受极了。

二

李晓峰的父亲是河南汝州的医生，月薪八百元，这是一家七口的全部收入。

老街的贫穷和落后是李晓峰与生俱来的困境，但他更大的阻力来自家庭和学校的偏见。父母觉得李晓峰成绩不好纯属懒惰，动辄打骂；老师们也认为他品质不佳，打他最狠的是英语老师，外号“泰森”。

2000年，李晓峰已经在星际项目上打遍汝州市无敌手；同时，中考成绩一塌糊涂。李长健关起门来把儿子胖揍一通，打得乒乓作响。之后，李长健托了关系，把儿子以成人大专生的身份安排进了洛阳医专。他打算让儿子毕业后顶职，也在人民医院谋一份工作。在老街，这算是不错的出路。

在离开汝州前，李长健在床边和儿子促膝长谈了一次，他从自己18岁扛包养家开始，谈到腿脚残疾的不便、努力奋斗的艰辛。他希望儿子能够理解，困难的家境需要他尽早继承重任。

把李晓峰送到洛阳后，为了儿子能以成人大专生的身份进入正规班，李长健找到一个辅导员，送礼、请吃饭，小心翼翼地托了关系。父亲的样子让李晓峰深感负疚，这个15岁的少年带着一种“重新做人”的自我期待走进校园。

与此同时，李晓峰开始了一段长达十年的规律的生活：傍晚起床，洗把脸，直奔网吧。为了在包夜时抢到角落里那台常用的机器，他提前两个小时，早早在那守候。训练前，他会充满仪式感地磕出键盘里的烟灰，把机械鼠标里的滚球旋出来，用寝室带来的报纸仔细地擦干净。

这就是李晓峰风雨电竞路的第一站，背着父亲走完的。

我肯定，还有千千万万个和我父亲一样的中年男子，至今仍旧不知道，什么样的父亲，是孩子需要的。但我同样肯定，还有深耕于心的中年男子们，他们终其一生的梦想，是为了让孩子获得快乐的权利和好好生活的理由。

佛雅姑妈和她的苏菲猫

□邓　笛

我养你有什么用，不过是漫长的人生里，你陪我走了一程，却是拿性命相托。

佛雅姑妈和她的苏菲猫总是形影不离。事实上，佛雅姑妈没有孩子，苏菲猫对她来说就像亲生儿女一样。苏菲猫也确实不同寻常。它能够洞察佛雅姑妈的心情，知冷知暖，善解人意。佛雅姑妈晚上睡觉如果脚冷，它会爬上床蜷曲在她的脚边。佛雅姑妈常常称呼它为“热水袋”。佛雅姑妈的听力不好，如果有人来访，它就会跑到门边提醒她。

不过，苏菲猫越来越老了，佛雅姑妈经常会请我开车送它去兽医那儿看病。她对苏菲猫的关心胜过对她自己。她自己如果病了，一般是不会去医院的，顶多吃几片阿司匹林。然而，如果苏菲猫打一个喷嚏或者有点精神萎靡，我们肯定会立即在奔往医院的路上。

所以，那天我完全可以理解佛雅姑妈为什么会歇斯底里、痛不欲生。她在电话里说：“苏菲死了！我的小苏菲死了！”佛雅姑妈一边抽泣一边诉说：“你知道，我的睡眠不好。昨天，我让医生开了一些安眠药，但我不喜欢那种药味，医生就叫我往药瓶里滴几滴香草精，好让安眠药闻上去如同糖果一样。可是，今天上午我在厨房里忙早饭，苏菲进了我的卧室，把我的药瓶碰翻了，也许那味儿太好了，它把药片吃得一片不剩。”说到这儿，佛雅姑妈哭得更伤心了。“你知道我和苏菲一起生活有多少年吗？”没等我回答，她继续说道，“整整十二年了。昨天我才给它买了一种新品猫食，据说是专门给上了年纪的猫吃的……它的牙齿和我一样都开始掉了。你知道苏菲对我有多重要吗？”

我竭力劝慰她。“现在我该怎么办呀？”她哽咽着说。“我想，你也无能为力了。这样吧，将它的尸体装进纸袋里，然后丢到门口的垃圾箱里，环卫工人会处理的。”“什么？”她厉声叫道，“把我的苏菲丢到垃圾箱里？它是我的孩子！自从你姑父去世之后，它就一直是我最亲密的朋友。我怎么能将它丢到垃圾箱里？”“好吧，好吧，”我说，“我今天很忙，不能去帮你了。不过，如果你愿意，你可以打的去兽医那儿，他会帮你找到一块宠物墓地的，所有的费用由我来结。”

她还在哭泣：“我能常去看它吗？”

“当然可以。你什么时候想去看，我就开车送你。”

“我怎么把它送到兽医那儿呢？”

“找一个大小差不多的箱子吧。”

“举行葬礼吗？”

“哦，亲爱的姑妈，这倒不会，不过墓地的人接到兽医的电话，会将它放进一个小棺材里，然后带到墓地去。”“只好如此了，”她心碎地说，“它会得到应有的尊重吧？”“我想会的。”我答。她的悲伤让我也感到难过，但是我爱莫能助。

晚上六点钟左右，我在办公室接到了佛雅姑妈的电话。“阿罗德，我有话要告诉你。”我奇怪地听到她的声音中竟然露出了某种兴奋。“你去兽医那儿了？”我问。“我按照你说的做了。我把苏菲装进了一只箱子里，然后来到街上等出租车。后来我想乘公交车会更省钱一些，所以我放下手中的箱子，将手伸进口袋，看有没有零钱。这时，有几个小青年来到我的身后，其中一个人将我推倒，然后抓起我的箱子就跑。”

“哦，姑妈，你没有受伤吧？”

“擦破了皮，没有大碍。我喊警察，但没人过来。我还能做什么呢？也许我和苏菲的缘分就这样尽了，所以我只好回家。”“真想不到，”我说，控制住自己不笑出声来，“那几个小青年打开箱子看到的是一只死猫会是什么表情呢？”佛雅姑妈也笑了起来：“还有更有趣的呢，苏菲回家了。它没有死。或许是路上被箱子颠醒了。我回到家时，它正在门口等我！我上午还祈祷它能上天堂呢！”

后来我去看望佛雅姑妈时，发现她家的门上挂了一块牌子，上面写着两个字：“天堂”。

母亲的巴掌

□张亚玲

母亲的巴掌声时时在他耳边响起，仿佛警钟，告诫他努力学习，认真做人。

朋友周君说，他从小到大挨过两次打，都来自母亲。

第一次挨打是刚上学那年，刚上学时很新奇，一个月后，就开始逃学。每天早上按时出门，走出家门就找来一群小伙伴到处玩，中午放学按时回家。

这种生活持续了一个月，一天早上，周君照样离家去“上学”，然后就和伙伴到麦场上玩。他们把麦秸垛当作城堡，玩得不亦乐乎。忽然，“啪”的一声，一个巴掌落在他的背上。他生气地一扭头，看见母亲正怒目圆睁，举着手掌。他吓了一跳，想跑，却被母亲一把抓住衣领，揪回了家。母亲“啪啪啪”几巴掌打在他背上，边打边骂：“还逃学不逃？让你不争气！”周君哭喊着：“我不敢了，不逃学了！”

母亲停下手，拉过周君坐在凳子上，掀开他的衣服，轻轻抚摸着，也哭起来：“给你交的学费还是借的，你咋这么不争气呀！”母亲的泪水滴在他的背上，却像敲在他的心上。

第二次挨打是他上初一的时候，有段时间，班里流传一些不好的小道消息，他不懂事，也跟着起哄。老师没办法，只好告诉了家长。

那天中午放学，周君刚进家门，就被母亲一把拽过来，巴掌“噼噼啪啪”就落了下来。母亲教训他：“小孩子家，让你胡说！”他哇哇大叫：“不敢了，不敢了！”母亲放下手，认真地告诉他：“做人要实在，不要搬弄是非，这是做人的根本。”

母亲是个慈祥的人，很少对他发脾气，这两次挨打，让他明白了母亲的苦心。他没有辜负母亲的期望，成为村里第一个考上大学的人。

我们迷茫，父母更迷茫，但他们始终希望我们更好

□刘　同

我知道，无论遇到什么困难，我都有勇气去奋斗。因为我知道，父母一定会陪在我身边，告诉我坚持的道理，为我加油打气。

读中学的时候要十块零花钱都很难，但当我突发奇想要考北京广播学院的播音系时，我妈居然二话不说就给了我五百块钱。我的普通话讲得很差，也从没参加过专业训练，初试就被淘汰了。

过了好多年，我突然问我妈：“你那么抠的一个人，为什么舍得花五百块钱让我去做一件根本没有希望的事情？”我妈说：“我想让你看看外面的世界有多大。”

这么多年以来，我常觉得父母不认同我，可是一想到这件事，我就理解了他们。他们的不认同其实是希望我变得更好，他们只能用那样的方式来保护我。然而，一旦我有了一点点变好的希望，他们就会站在我看不见的地方推我一把。

我的几位同事，有一位从小生活在农村，一个月的生活费不超过一百块，因为他想来北京学美术，他爸爸就把家里所有的积蓄拿出来供他到北京求学。

还有一位同事准备考研，但所找工作的最后一次面试与考研的时间撞在一起，他不知道该如何抉择，就去问妈妈的意见。妈妈说：“当初你上北京是你自己的选择，今天你比我和你爸爸走的路更远，我们已经帮不上你了，但是无论你做出怎样的选择，我和你爸爸都会支持你。”

这样的故事发生在我们每一个人的成长中，事后回想起来，其实父母说的每一句话都那么“矬”。我们迷茫，父母更迷茫。我们迷茫青春的迷茫，他们迷茫如何让我们不那么迷茫。谁不曾迷茫？幸好父母一直陪在我们身边。

无从告别的告别

□里则林

在我们身边，天天都有令人动容的故事发生，假如用心去体会，时时都会有终生难忘的温暖。

记得还在上海的时候，小区里住着许多子女不在身边的老人。某个暑假老师要我们去找一个老人，然后陪伴他们，算是作业。

我找了隔壁那幢楼的一个老头。记得我第一次敲他的门，他开了一半，奇怪地看着我，我呆滞地傻愣了半天，然后用手摇了摇胸前的红领巾说："你好，我是小学生，老师要我来陪你。"

老头听完，微微一笑，把门敞开，示意我进去，问我："你从哪里来？"

我坐在脚碰不到地的高凳上，晃动着双脚指了指左边说："我从隔壁来。"

他笑笑没理我，就那么旁若无人地摆弄起花草来，让我觉得他不太懂人情世故，没有家教。我有点不知所措，对他"喂"了一声。

他转过头来说我没礼貌，然后继续低头摆弄花草。

最后我只能哈欠连天地看着墙上的钟，等着两个小时结束。

临走的时候，我拿出一个小本子给老人家签字和写评语。老头戴上老花镜看了看本子上的大致内容，问我写什么好。

我说："写点还不错之类的就行。"说完，马上有点不好意思地看向别处。

那天临睡前，我突然想起那个本子，然后迫不及待地想看看老头写了什么内容，于是翻开本子，发现上面工工整整地写着："他今天非常乖，非常热情，很有礼貌，家教很好，很讨人喜欢。"看完，我竟然有点不好意思。

后来我每天去陪这老头，他几乎不怎么说话，不是摆弄花草就是摆弄鸟。

每天结束时，他都在本子上换着花样夸我。得到他措辞绚丽的评语几乎成了我去陪他的唯一动力。

某个下午老头坐在桌子旁看书，我就顺着他的目光也看了看那堆书，看见里面有一本《杨家将演义》的连环画。我伸手摸了摸那本书，犹豫间，他对我点点头。于是我就把那本书抽了出来，津津有味地读了起来。

从那天起，他就不摆弄花草了，每次来，都和我面对面看书，每天他的书堆里都会莫名其妙地有一本不同的连环画。

有一天看到又是连环画，我突然觉得无聊透了，做作地打了一个又长又大声的哈欠，然后趴在桌子上发呆。

老头咳嗽了几声，说“你等一会儿”，转身进了房间。我看见他打开衣柜，到处翻，最后面红耳赤地拿出一把剑。

我立马跳了起来，双眼放光地看向他，因为我从小就喜欢宝剑这类东西。

老头脸上第一次露出了调皮的神色，拔出剑来，故作姿态地舞了两下。那天下午我们在天井里，老头教我玩了一套晨练时的老年剑法。

从那天之后，只要我去老头家，他就会第一时间给我背上那把大宝剑，然后该干吗干吗。不知不觉过去了十五天，还有五天我就可以结束陪伴老人的作业了。

我把这件事告诉了老头，老头愣了一会儿，说：“那明天我带你去城隍庙买一把属于自己的大宝剑吧。”

我惊讶地看向他，问他是真的吗。

他用力地点点头。我一激动，抱住了他，第一次说了句：“谢谢爷爷。”

他面色绯红，有点不好意思，也抱了抱我，但显得异常开心。

第二天在城隍庙，我看着琳琅满目的刀枪棍棒，一时没了目标，满心欢喜地扫来扫去。我们两个站在一起，老头有些紧张地问我：“是不是不喜欢这里的？”

我摇摇头说：“没有，我都喜欢！”

我挑了一把黑色的剑，老头找老板要了一根红色的背带，蹲在门口帮我绑在剑鞘上，挂在我的后背。那天，我觉得自己终于成了展昭。

后来老头带我去买麦芽糖，我们坐在一个亭子里吃糖的时候，老头问我：“你有爷爷吗？”我愣了好一会儿。

我边吃糖边说：“我不记得自己的爷爷，从来没有见过他。”

他就不说话了，摸摸我的头，问我：“你还想吃什么？”

我摇摇头，我们一起陷入了沉默。

其实我从小就不记得爷爷的样子，因为我的童年颠沛流离，一时在这儿，一时在那儿，却从未回过老家。

一直到1997年，我七岁那年，才第一次听爸爸妈妈对我说起“爷爷”两个字。

那是一个晚上，我从睡梦中被叫醒，带着一肚子的起床气，大声地喊着：“我不穿衣服！”

爸爸对我投来一个令我此生难忘的失望眼神，然后和妈妈急匆匆地出了门。

许多年之后，我才知道，那天晚上我失去了最后一次见到爷爷的机会。此后这成了我每次想起都会遗憾和自责的事情。

我二十四岁那年，临近清明节的时候，爸爸让我回老家去给爷爷扫墓，我听完二话没说就推掉了所有事情。

那天在墓碑前，我放起了一长串鞭炮。我看着爷爷的名字，心里说：“爷爷，我回来啦。”然后眼睛就红了。

我心里又说：“爷爷，在那个年纪，我真像个不落地的蒲公英，从未有人跟我提过我从哪里来，也没有人确定地告诉我，我要到哪里去。就像被风一直裹着，以为世界上并没有可以落脚的土地。如果你原谅我的话，你就刮来一阵风好了。”

于是那天很神奇地在一秒之后，刮来了一阵风。

在那个陪老人的作业本上，老爷爷给我写的最后一条评语是：“他像我的孙子一样，我像他的爷爷一样。”

那时我常常面对离别。妈妈在某天跟我说，这个暑假结束之后，我们要去重庆了。

我点点头，坐在沙发上。我不知道重庆是什么地方，也不知道在那里会遇见什么人，只是已经开始在心里提前默默地消化着对未知和陌生的恐惧。

离开那天，老头赶来，抱着一盆小花，气喘吁吁地说：“这是你来那天，我给你种的，名字就叫小则林。”

我一看，是一盆黄黄的小花。

妈妈说：“坐飞机，带不了这个。”

我遗憾地看着老头，老头也略显无奈，犹豫了一会儿说：“没事，等你回来的时候，小则林就长得跟你一样大了。”说完摸了摸我的头。

但我并没有再回去过，甚至没能带走爷爷送我的那把大宝剑。走的时候，我也没明白过来，“爷爷”到底是什么。

但时间一天一天地过去，人在时间里，很快就会长大。

有时夜深人静的时候，我会想起那盆小黄花，也会想起1997年的那个夜晚。并且每次都带着遗憾，因为他们从来不知道我去了多少地方，也不知道我见过多少人，甚至他们永远没有办法知道，他们一直在我心里。我没有办法告诉他们，这些无从告别的告别。

两位导师

□刘震云

生活中的很多人都能成为我们的导师，尤其是家人。他们在某些事上能给我们当头棒喝，为我们塑造心灵的丰盈家园。

我在北大有很多特别好的导师，在另外一所“学校”也有两位特别好的导师。

一位是我的外祖母。外祖母是一个普通的中国农村妇女，她不识字，活了九十五岁。她的身高只有一米五六。我们黄河边的麦地三里路长，她割麦子的速度是最快的，一米七八的大汉也比不过她。

她晚年时，有一次我跟她在炉边谈话。我说，你为什么割得比别人快？她说，我割得不比任何人快，只是三里路长的麦地，我只要扎下腰，就从来不直腰。因为你想直一次腰的时候，就会想直第十次、第二百次。我无非是在别人直腰的时候比别人多割一点。

另一位是我舅舅。他是一个木匠，小时候出过天花，脸上有一些麻子，所以大家都叫他刘麻子。刘麻子做的箱子在方圆四十里卖得最好，所以渐渐我们周边就没有木匠，只剩刘麻子一个人了。所有的木匠都说刘麻子这个人毒，所有的顾客都说他做的箱子、柜子特别好。

他晚年的时候，我跟他在炉边谈话。我说，你的同行说你毒，你的顾客说你好，你到底是什么样的人？他说，别人说你毒、说你好，并不能使你成为一个好木匠，促使我成为好木匠的原因是：别人打一个箱子花三天时间，我花六天时间，我比他们做得更好。接着他又说，你只花六天时间还不是一个好木匠，打心眼儿里喜欢才能做好一件事。

没有一场考试能决定你的未来

□八月长安

不要在意自己的付出什么时候会有回报，只要你确定，这件事是你想做的，那就够了。

我不记得我的高中生活是怎么结束的了。最后一堂课老师是怎么收尾的，我们有没有哭；我甚至不记得我在哪个考点考试，前后左右坐的陌生同学长什么样子，有没有发生任何好玩或惊险的事情……

最后一科铃响，全体起立，把卷子交给老师，那一刻的心情多么珍贵啊，我在想什么？

我竟然都不记得了。

但有两个画面忽然跳了出来。

第一个画面，是最后一科考完之后，我随着人潮在走廊经过一间又一间教室，看到许多监考老师在封卷。

忽然在一扇门前听到了哭声。

一个女生几乎要跪下来，死死抱着监考老师的大腿，不断重复："你让我填上吧，求求你了，否则我的人生就要完了。"

我只经过这扇门短短几秒钟，可这句话我一直都记得。年轻的时候我也一样，在每一个错失的机会和每一次遗憾的失败面前痛哭流涕，轻易地认定：我要完了。

但我不想嘲笑曾经的自己和那位陌生姑娘。我说过的，以过来人的眼光看，高考不过是人生中的一个小土丘。但当时这个土丘离你足够近，也足以遮蔽你的全部视线。

谁能苛责我们呢？十八岁，我们还不懂人生，自然以为它会特别容易完蛋。

就连我自己都写过日志，来记录自己考前忽然有过的自杀冲动（只是想想而已，刀还好好地挂在厨房里）。十八岁的我觉得自己一路领先，但万一考砸了怎么办？凭什么人生要靠一场偶然性如此之大的考试来决定命运？凭什么？如果考砸了，一直以来的努力还有意义吗？

这个问题我一直在思考，直到今天。

名言警句，人生哲理，是先贤对世界的观察笔记，是前辈对规律的归纳式总结，描述的是概率。只是概率而已。没有任何一句箴言、一场考试能够百分之百地保证你的未来。

所以我们为什么努力？为了将赢面扩大一点啊。

被抱住大腿的中年女老师并没有骂那个女孩，也没有流露出不耐烦，只是安静地站着，抱着封好的卷子，平静地一遍遍重复："人生不会完的。"

我猜，那位和我同龄的陌生姑娘如果还记得这句话，她一定会赞同。

我们已经绕过了那个小土丘，后来又翻过了一些更高的山。成功了，便获得更多的选择权、更大的赢面；失败了，就收获一段经历，生长出更多的悲悯心，去滋养生命的丰实，然后继续努力，把收缩的赢面再扩大，最后赢取属于自己的人生。

知道吗？做一个成年人特别棒。我们很淡定，我们很自由，我们有特别多的选择权，有你们想要的一切。

所以，请努力、自信、谨慎地度过这两天的考试，然后成为我们中的一员吧。

哦，还记得我刚才说的是两个画面吧。第二个画面是光芒。我高考的时候下了整整两天的雨，结束的时候天还是阴的，等我坐上车，车开起来，忽然看到前方的云散了。还没落下去的太阳，就这样绽放出一线光芒。

母亲头上的雪

□曹春雷

母亲啊，岁月把您的青丝染白，这根根白发中，满含着您对子女的牵挂。看着您的银发，我多恨自己曾经的不懂事。时光啊，请你慢些吧，别让我只是在记忆中怀念母亲的青丝。

母亲的白发，是被一场场雪染白的。我曾经这样固执地认为。

在我记忆里，染白母亲头发的第一场雪，是在我八岁那年。雪纷纷扬扬。我和大我三岁的哥哥，披麻戴孝，去山上为父亲送葬。身上是白的，天地也是白的。我没有流泪，因为我还不知道失去父亲对我来说今后意味着什么。我有时踩到哥哥的麻绳，自己还笑一下。

母亲也没有流泪。我和哥从山上送葬回来，看到母亲站在院外，望向山，一动不动。脸上没有表情，就那么肃穆地站着，像一座雕塑。厚厚的雪，堆积在她的头上，遮住了她乌黑的发。我和哥站在母亲跟前，也望向山。

第二年冬天，依然是在一场雪中。我和母亲艰难地走在大街上。雪大，风也大。雪地上交叉着四行脚印，很快就被雪填平。母亲领着我，要去村东小学校长家里，问问能不能晚一天交学费。

母亲顶了一头雪。风吹走了一层，新的雪又落下来。母亲的头顶，始终是白的。她什么也不说，只是紧紧握着我的手。街上无人，只有雪。那一刻，我只觉得，天地空旷，只有我们母子二人。

我十岁那年的冬天，雪依然大。我和母亲推着一车煤，从姥姥家回来。姥姥家在矿区，母亲在那里的矸石山上捡了煤，攒够一车后，就推回自家来。要穿越一大片原野。风雪正紧，野地苍茫。母亲推，我拉。母亲努力分辨着被雪覆盖的道路。到了上坡处，脚底打滑，我就手脚并用。母亲的腰也弯成了一张弓。母亲喊：“再加把劲，很快就到家了。”我绷紧拉绳。

我在城里读高二那年，冬天，由于学习压力大，开始整晚整晚地失眠，成绩一落千丈。我对自己失去信心，开始逃课，有次翻墙去校外时，被校长逮住了，要对我停课一周。班主任打电话到我们村的村主任家，要家长来领人。母亲辗转接到电话后，步行十五公里到了学校。我终于没有被停课。毕业时班主任才告诉我，当时你母亲为了你不被停课，一遍遍求校长，甚至到最后跪下了，你啊，今后一定要孝顺你母亲。

母亲当时离开学校时，我去送她。下着雪，不大。但母亲头上是茫茫的白。那时，她的头发已经有白的了，我只是分不清，到底哪一些是雪染白的，哪一些是岁月染白的。

我大学毕业后，工作忙，只能过春节时回家。很多次我回家，都下着雪。母亲站在村口等我，披了一身雪，满头白。她站在雪中时，有时我怀疑是她的头发染白了雪。

如今，母亲的头发全白了，比雪更白。每次望着她的白发，我心里就有一场场纷纷扬扬的雪，一直在落，落，落……

我在遇见你的人生

□ 韩小暖

爸爸，我知道我会离开你，不能永远守着你。只是，我也知道，我早已变成了你，在任何时刻，带着你的影子，丰富着你所给予的我的人生。

一

我爸有好多故事。很多个夜晚，我赖在沙发上看电视，我俩随便聊起个什么就能打开他的话匣子。

比如他当兵时是如何与一只大狼狗结缘，每天早上共同跑步，每晚共同看夕阳，然后退伍六年后再回去取资料，与它再度相见两眼泪汪汪；比如他年轻时无意占了外国佬的车位，被人家的车挡在了胡同里，然后巧用千斤顶顺利挪出并乐滋滋地看着外国佬出来时惊诧得两眼发直的表情；再比如他是如何在澳门旅游时用两千赢到一万，然后发扬见好就收、给闺女带回去挥霍的高尚品德。

成长岁月里，爸爸的这些故事，伴随着眉飞色舞的生动神情，成为我最美好、最温暖的记忆。

小时候，家里不是很富裕，别的同学每个月去吃一次麦当劳，我只有过生日的时候，才能买一个汉堡吃。那时候爸妈在和眼看着要飙涨的北京房价做斗争，过着勒紧裤腰带的苦日子，可他们依然生怕苦了我，于是爸爸开始创造很多别样的惊喜。

他会牵着我去西单图书大厦，把书店当成免费图书馆，带我看一本又一本的书。然后搬着录像机到隔壁叔叔家，用整整一个月的时间，通宵达旦地把《黑猫警长》《邋遢大王奇遇记》《猫和老鼠》《天书奇谈》《葫芦娃》……动画片都制成录像带，满满一箱子，供我整个暑假翻来覆去地看。他烙饼一流，饼皮香酥清脆，饼心绵软甜糯。我听着油锅“嗞嗞”响的声音，探进小脑袋看一看，他就会塞片香肠到我嘴里，然后笑着说一句："还不摆碗筷去？"

现在回头想想，虽然那时没有那么多零食和零用钱，可童年依旧挤满了幸福满溢的美好画面。这就是老爸的本事，用少少的钱和多多的睿智，给我构建了大大的幸福。

二

爸爸说话的时候，有着好听又逗趣的北京腔，我学也学不会。"回家吧"说成"我们颠呗"，跟陌生人聊天问起别人的家庭背景叫作"盘盘道"，生气叫"撮火儿"……这些奇妙的措辞，加上他的动作表情，活脱脱一出京味儿剧。有时候，讲讲故事，再配合着"后来你猜怎么着"，一个个小悬念能让一屋子的人全神贯注地听他说话。

小学升初中的时候，我们搬到市中心的新家住。以前一直和妈妈睡，如今条件好了，有了自己的小卧室，却怕黑怕鬼，眼睛都不敢闭上。他不惯着我，坐在我房间的椅子上，看我睡着后再离开。有时候我眯着眼睛偷看，看他坐在小小的椅子上，困得眼睛都睁不开。可他说："我总要逼你一把，毕竟未来你还有更多事情要一个人去做，如果每件事都害怕的话，怎么能独立呢？"

有时候我总在想，多幸运拥有这样的爸爸。他那么宽厚、睿智，小时候吃过的苦，随便讲一个故事给我，都能赚出满满的眼泪。可是，每个过去都有意义。心中的扣，不知道多少个夜晚，他都自己为自己解开，所以，换来了一份生活的好心态。

三

可是时光从不会为任何人停留，就算一千个一万个不愿意，他还是老了。

再不愿意染发也必须用染发膏才能盖住蹿长的白发，看个电视会睡着，稍微累一点儿，便腰痛得直不起身。他常常开始不经意地"忆当年"，好像再不说就会忘记一样，一遍一遍地讲着过去的辉煌和这一生的疲惫。他偶尔固执又霸道，像个坏脾气的老头，在老去的路上和时间任性作对。

2011年4月，我带他和妈妈去青岛旅行。距离上一次全家旅行，早已有十年的光景。当时的我懵懂无知，他牵着我办理去西安的登机手续，把靠窗的位置让给我。他帮我扣安全带，在我吵着耳朵痛时教我怎么缓解。而十年后，一切的订票、住宿和行程都由我全权负责，启程去青岛的过程里，他掩饰不住地高兴，"我们也终于有个助理了"。

中途停站，哪怕只有两分钟他也要凑到车门口抽根烟，我老话重提劝他戒掉，他笑笑地说："都抽一辈子了，大概戒不掉啦。"他的腰不好，多年开车落下的旧伤，让他不能长时间陪我从早逛到晚。所以我们早起，去海边散步之后，他就要回宾馆休息，才能下午出来走走看看。

有个夜晚，妈妈去超市买手信，我俩出去散步。我不肯原路返回，偏要走另外的路，结果我不知道青岛的路并不像北京一样横平竖直。我们迷路加兜圈子，足足走了快两个小时才走回去。路上我说，要不然打个车吧，他却怎么都不肯。那个以前走过无数城市和国家的他，终于渐渐开始追不上我的步伐。

那晚回来后，他睡得特别沉，第二天一早我妈责备我，他在一旁小声为我辩解：“闺女说让打车来着，是我不答应。我想着难得一起出来，就跟她多走走嘛。”

四

其实，我并不是个乖孩子，或者说，在成长的过程中，我从一个习惯满足旁人要求的乖孩子变得越发叛逆，试图挣脱很多的束缚，追寻我永远无法舍弃的自由。我开始自我，爱护自己的羽毛，不再向世界妥协。而这个过程里，我的爸爸和我，一同在面对我的改变。我们也争执，也在很多个夜晚不欢而散，但我想，他总有一天会接受与认同，因为每一次当我向他证明我的选择是正确的，都意味着我早已传承了他的勇敢和坚定。

他不溺爱我，从不娇惯，所以有时候也很霸道很凶，不许我任性妄为，不许我跟妈妈发脾气，不许我随便说放弃，不许我对别人不好，不许我记恨任何伤害。因为这些不许，我把孝顺、坚持、责任、宽容……都装进心里，从不敢忘。我想，所有我收获的爱，都是源于他让我成为一个拥有爱的人。

世界上所有的相爱，都是为了在一起，却只有父母对子女的爱，是为了与他们分离。或许终有一天，这个女孩会去很远的地方，会爱上别人，会因为别人而受伤，她会不再那么依恋你，会爱另一个男人比爱你还多，会离开你的家，离开你的怀抱，义无反顾地奔赴自己的人生。

用爱心触摸天使的翅膀

□［英］卡洛琳·李

我们的一个微笑，一次包容，一种理解，就能让自卑的人对自己有一个客观全面的评价，认识真正的自我。

贝克非常自卑，因为五岁时，他在一场火灾中被严重烧伤，至今他的背上还有两道非常明显的疤痕，从颈上一直延伸到腰部。所以贝克从不当众换衣服，尤其是上游泳课，他知道自己的伤疤是多么可怕。

可是，在一次游泳课上，其他同学还是发现了他背上的疤痕。

“天哪！那是什么？好可怕哦！”“怪物！他被恶魔诅咒了！”同学们议论纷纷。贝克惊恐万分，泪珠从大大的眼睛中夺眶而出。旁边的老师看到这一幕，立刻走过去，把贝克拉到自己身边，为他擦干眼泪。老师认真地对孩子们说：“老师以前听过一个美丽的传说，说是每个小朋友，都是天上的天使变成的，有的天使变成小孩的时候很快就把翅膀脱下来了；有的小天使动作比较慢，来不及脱下他们的翅膀。这时候，那些天使变成的小孩子，就会在背上留下这样两道痕迹。”

“哇！”小朋友发出惊叹的声音，“贝克背上的伤疤就是天使的翅膀？”

“对啊，”老师露出神秘的微笑，“大家要不要互相检查一下，还有没有人像他一样，翅膀没有完全掉下来的？”所有小朋友听老师这么一说，马上七手八脚地检查对方的背。贝克原本哭红的双眼又有了笑意。

突然，一个小女孩轻轻地说：“老师，我可不可以摸摸小天使的翅膀？”

“这要问小天使肯不肯。”老师微笑着向贝克眨眨眼睛。

贝克鼓起勇气，羞怯地说：“好。”

自卑是丧失信心的一种表现。自卑的人更需要我们的关爱与鼓励。

少年时，都想离家出走

□骆以军

感情是种依靠，孩子在外面遇到多大的挫折，回到家有父母的庇护。风狂雨骤，没自家的墙厚瓦实。

说来我好像从小就有离家出走的怪癖。

我读小学二年级时，没有任何原因，只是一时异想天开，便策划了一次离家出走的行动。很多细节我都忘掉了，只记得那天我如常去上学，但我书包里装的是两只我最爱的破布熊，还有一小块拼图——那是一幅台湾拼图中的“台中”那一块，上面只写了“合欢山”。

我还拉了我的一个喽啰一起“逃跑”。我记得他叫谢志道，稀里糊涂就被我这个玩伴拉了说：“我们去合欢山吧。”说来真是胡闹，我可能还偷了我爸妈一些钱，但我们两个小孩要如何搭车去台北火车站，然后坐火车去台中，再从台中搭车去合欢山，整个过程我完全没概念。这样说来我真是一个奇怪的孩子。

我们没出校园就被逮住了。某一堂课后，我们躲在校园一处楼梯间死角的一个大箱子后面。上课许久，老师发现有两个小朋友不见了，便发动同学们出来寻找。

总之，莫名其妙地出了这件事，我被我妈揍了几下。她平日很少揍我，一般都是我爸出手，但这事她不敢让我爸知道，我爸知道会把我揍个半死的。但我想，我妈心中应该有一种疑惑的伤心吧——这孩子得对父母有多不满，为何小小年纪就想离家出走？

很多年后，我长大了，读了昆德拉的《生活在别处》，才明白可能人类潜藏着一种想去远方的无名冲动。我小时候的台湾社会相当封闭保守，或者说是我们生活的那个永和小镇过于平静，我总幻想着打破这种平静，去探求外面新奇魔幻的世界。

其实，后来在许多个放学途中，我都在蛛网状的永和小巷弄里穿绕。那时还没有起楼房，都是黑鱼鳞瓦的日式房屋以及墙头探出桂花、杜鹃花或木瓜树枝的人家。我脑海中是不是也常浮现离家出走的想法？我只要在某处拐角走跟平时相反的路线，会不会走进另一个世界？只是这种迷惘的逃离现有人生的念头，我爸妈不知道罢了。

我也常在午休时趴在教室课桌上，因睡不着而浮想联翩，幻想世界遭受外星人攻击，全部的人像木头人一样静止不动，时间被冻结了，只有我意外地成为唯一一个不受这种攻击影响的人。所以，只有我一个人在完全静止的街道晃荡，我可以任意进面包店拿我爱吃的放了樱桃的巧克力蛋糕。说起来，一个小孩对无限自由的想象，真是贫乏得可怜。

高中时，有一段时间，我交了一些“坏朋友”，抽烟、打架、鬼混，在我父母眼中就是学坏了。有一次，我和几个哥们儿闯了祸，勒索了一个我们觉得很“叽歪”的肥仔。这件事后来被教官发现了，教导处要给我记大过。我父亲是个很正直的人，他本身就是老师，我做这样的事他肯定觉得丢尽了我们骆家祖先的脸。于是，我就和一个哥们儿一起离家出走，我们先去找同学借了一千块钱（新台币），仓仓皇皇搭火车南下，当时想到南部找个工厂做工，有一天闯出名堂再衣锦还乡。

我们坐车到苗栗，在一间小旅馆住了一夜，钱就不够再往南走了。于是这个哥们儿打电话给他的一个笔友（这是那个没有网络的年代的纯真发明），向她借了一千块钱。那是个新竹女中的女孩，于是我们又搭车到新竹跟这个他从未见过面的女生拿钱，再继续南下。然后，我们在彰化投奔一个朋友的朋友，他说会帮我们找工作。只待了一晚，我那个哥们儿就想家了。最后，我们灰头土脸地返回台北，结束了这次莫名其妙的离家出走。

那趟旅程中，我们穿着卡其布制服，背着书包，在火车站或客运站等车，那画面就像侯孝贤的《风柜来的人》或贾樟柯的《小武》，那么灰暗、凌乱、贫乏。

很奇怪，等长大了，真的离开家了，却又别有一番滋味。父亲十多年前过世了，母亲后来也老了，一直在逃离的那个家，最终变成了幻影。可能还是对不可知的世界充满憧憬和幻想，因此总想不惜流浪去看看。然而在长时间的漂流后，怕了那种随波逐流的渺小和易碎，就又渴盼有个家了。

让孩子更成熟地爱

□刘大鸣

很多时候，家长与孩子的矛盾是不懂得如何沟通。父母应该做孩子人生的导师和引路人，所以更应该会倾听孩子的声音。而受父母谆谆善诱的孩子，想必也能学会如何成熟地爱。

一

儿子正在上高二，是个电影迷。我家附近的电影院二十元一张的早场特价票，是他每周零花钱结余的去处。前段时间，儿子在电影院认识了一个梦想进入上海戏剧学院的女生。两人多次共同观影后，我发现儿子不再蓬头垢面地去电影院，而是会特地早起一个小时，梳洗一番再去。

一天，我在电影院惊讶地发现，他和那个女孩手拉手坐在一起……在黑暗中思索许久之后，我赶在散场前偷偷溜了出来。

成为一名好编剧是儿子的梦想。于是，我开始花心思去读儿子正在看的《电影剧本写作基础》一书。书中说电影有两个重要的情节点：第一个情节点出现在电影开始后三十分钟左右，它吸引观众的注意力，“钩住”故事，把它引往一个特定的方向；第二个情节点出现在九十分钟左右，它负责抖包袱，揭开秘密，把影片引向大结局。

二

周末的时候，我拿着本子跟儿子说：“市场上烂片那么多，我有个创意，拍一部讲述中学生早恋的电影，票房肯定不会差。”我拿出《电影剧本写作基础》，说：“咱们先来设置情节吧！美女 A 和帅哥 B 恋爱了。第一个情节点应该是，他们经历了痛苦的男追女或者女追男的过程，终于有情人成了眷属。然而他们却遇到了意想不到的阻力。儿子，你觉得他们遇到的第一个阻力是什么？父母的阻拦？老师的压力？成绩下滑……”

我一串的提议都被儿子否决了："早恋最大的阻力应该是内在的而非外在的，你们大人根本不知道我们在想什么。情节点一应该这么编——B 非常爱 A，但是他一直在拷问自己，作为一个男人，自己能够给 A 幸福吗？当 B 看到班级里那些家里有钱的同学挥金如土的样子，再看到自己工薪阶层的父母每天累死累活的样子，B 觉得 A 的芳心对自己来说有莫名的压力，他思索很久之后，决定与 A 分手。"

三

儿子的这番话让我很震惊。看来，儿子的内心也很挣扎，他深知自己无法承担起那份责任。

我耍赖地说要给故事一个高考、爱情"双丰收"的结局。儿子勉强同意了，但抗议说现实生活中的早恋很少有这么完美的结局……在儿子"编戏"的过程中，我看得出来，有关"恋爱、婚姻的责任"这一类的道理，儿子比我想象中的更懂。我相信，等他渐渐冷静下来，会做出正确的决定。

"五一"小长假，《北京遇上西雅图Ⅱ》风风火火地上映了，电影中一对八十多岁的老夫妻办婚礼的情节让人感动——老头拒绝了牧师的陈词滥调，向老伴表白说："我身体比你好，将来你肯定会先走。这样对胆小无能、怕事爱哭的你来说最好！等你先去了那边，你要找个脾气比我好的就随你；你要愿意等我，我就在你的墓碑上留一块空白，咱们合葬……"这一幕让我哭了，默默拉住了老公的手，儿子在一旁若有所思。

四

一段时间后，儿子看电影的频率从每周一次变成了两周一次，我意识到他可能失恋了。我"欲擒故纵"地在微信上替他惋惜："好端端的，怎么就不去看电影了呢？"

儿子发来一个"菜刀"的表情图片："你第一次跟我谈电影的情节点时，我就知道这是你给我设的套。"

儿子跟我讲他如何发现自己与那个女孩性格不合，如何纠结于自己没有经济能力满足人家的需要，如何在下滑的成绩面前感到自责……我给儿子发去"抱抱"的表情图片，安慰他说："儿子，也许在情节点一和情节点二之间，主人公还要经历很多痛苦的挣扎。不过我相信，每一部爱情片的主人公都会努力成长起来。爱没有错，你要相信爱。"

"老妈，谢谢你尊重我。我会构建好人生的每个情节点的！"

看到儿子的话，我很自豪。我并不是因为他斩断了情丝而自豪，而是为他做决定时能负责任地考虑结果而由衷自豪。在我们松手时，儿子悄然长大了！

九十六岁，也可以这么酷

□花一城

等待也好，迷茫也罢，都不需要把自己留在原地。
只要你下定决心向前走，每一天都是新的开始。

登机落座，身边是一位瘦小的老太太，在 iPad 上聚精会神地玩扑克游戏；起飞时，她靠着舷窗睡着了，挡住了我的日出。

乘务员送饮料了，我正在犹豫垃圾饮料的糖分，她醒来，依着我的耳边轻轻说，番茄汁，一点点冰。我替她转告，自己也依样要了一份。她抿着，细声道："这个不是太甜，还好。这个零食饼干太多糖了。"

我自然点头称是，并赞她有营养意识。她说，凡事用心点有好处，这是她九十六岁的经验。

我大大吃了一惊，我看人常有偏差，要是这样也让人惊奇。这老太太看上去六十来岁，不能用精神矍铄来形容，但是淡定从容整齐利落。独自旅行，还要转机，去北卡和六十八岁的儿子过圣诞节，那里还有四个叫她曾祖母的大大小小的孩子。

偶遇这样的传奇，我的脑子全面开动，聊天的本事腾云直上，飞速地想要在剩下的四十分钟构造一个完整的人生。她说，做了一辈子老师，三十年前退休，一直在工作——教人打桥牌。在成人教育中心，在家里，在社区活动处，都有开班。还经常出去参加娱乐性比赛，与各地牌友聚会。

"你自己住？身边有子女吗？"——多么中国式的问题。

"那当然了。附近有一个儿子，哈哈，不过他也七十二岁了。我独自住自己的房子，自己开车。去年买了辆新车，林肯 MKC。我要确保我的车有最完善的安全设施。我有一台 PC，一台苹果机，iPhone，iPad，打牌很方便。"

"我也去养老院免费教牌。你知道为什么很多老年人脑力迅速退化吗？因为他们什么都不用自己做了。有人给他们把饭送到眼前，收拾房间，娱乐节目随时调好，甚至给他们洗澡。需要锻炼什么脑力体力肌肉？什么也不需要了。不锻炼就会退化。更可怕的是，因此他们失去了对自己生活的掌控。对自己失去掌控的人是躁郁的，于是他们会抱怨，为汤太热，为电视声音太大，为电梯太慢……问题是，电梯来了，你又能去哪里呢？”

我以无比敬佩的态度听着这些真知灼见。

“不如你来跟我学桥牌，你会喜欢的，十几分钟一局，很锻炼逻辑思维和记忆力。出了错的话我会告诉你：多么幸运，这会儿你最大的麻烦就是输了一局牌，还学到了东西。”

飞机下降，我的耳膜开始疼，她面不改色还在缓缓道来，可惜我已经听不清了。大概意思是，她此行探访儿孙，在海边自己租了一个 condo（公寓），以此来招引孙子们来玩。

“没有海景屋的诱惑，他们如何会有兴趣来来往往？我住三个月，从来不待儿子家，婆婆媳妇在一个屋檐下超过一顿晚饭时间，就是不科学的。我不能把我儿子夹中间难做。他太太应该是他最重要的女人。”

犹太老太太 Reva，九十六岁，四个孩子中最小的一个，从小自由生长，无所拘束，“二战”入伍参加美国军队，被派遣至柏林和慕尼黑，1944年至1948年任职于美军军事法庭，曾与艾森豪威尔将军同行。

起飞的时候，她挡住了我的日出；降落的时候，她打开了一个世界。

我不支持你，但我依旧会陪你

□巫小诗

亲爱的宝贝，我不能陪你到最后是注定的。那么，就请收下这颗我放在你口袋里的糖吧，你难过的时候它是酸的，你快乐的时候它是甜的，请在最重要的时候吞掉它，然后告诉自己，生活并不可怕。

周末去听了一场演唱会，坐我前排的是一对父女。女儿中学生模样，全程热情很高，不是大声合唱就是不停挥舞荧光棒。一旁的父亲，头上戴着荧光蝴蝶结，膝盖上放着女儿的外套，认认真真地，低头玩了两个小时手机象棋。我觉得这位父亲有点可爱，这大概就是“我反对你追星，但你非要去的话，我也会陪你”。在真挚的情感面前，反对往往是无效的，这种无效不是说我失去了自己的立场，而是，因为在乎你，所以愿意走进你的立场。

我读高中的时候吧，那时候女生流行烫直发，头发烫直之后，又垂又顺，像瀑布一样，看得我也跃跃欲试。那时候我是一枚学霸，听老师话听家里话，所以决定烫发之前，我先在饭桌上问了母亲的意思，她黑着脸说：“不行，高中生烫头发像什么样子，应该把心思放到学习上才对。”我说：“我周围的女生都烫了，不会影响学习的。”她继续坚持：“不行就是不行。”那天我特伤心，觉得自己母亲是老古董，觉得自己无法拥有平等的青春，吃着饭还哭了起来，然后一个人关在房里生闷气。

于是我做了一个叛逆的决定，我拿出自己攒的零花钱，决定自掏腰包去烫发，在我准备出门时，母亲问我去哪儿，我赌气说“不用你管”。毕竟是亲生的，我不说她也知道我要去干吗，她说让我等她一下，然后她穿上外套拿上钱包，跟我一起出门了。在路上时，母亲说：“有些理发店很黑的，看你是小丫头就宰你，或者给你用很差的药水，我陪着去会好一点。”后来，她就在理发店里，陪了我一个下午，那时候人们不怎么玩手机，她就什么也没干地看了我几个小时。我当时有点嫌母亲“为何不一开始就答应，弄得这么不愉快”，现在想来，还挺感动的，她自始至终都没有支持过我烫发这件事，但我非要去的话，她还是会陪我。

大学同学的闺蜜曾经见过网友，当时同学劝她别去，说女孩子容易有危险。闺蜜说没事的，就吃个饭看个电影，彼此了解一下。同学还是对她不放心，闺蜜讲：“那你每半个小时，假装找我有事给我来个电话，这样就能确定我的安全了。”同学说：“傻瓜，你真遇上事情的话，我给你打电话也来不及了。”最终，见闺蜜执意要去，同学决定，假装路人甲，坐在同一个餐厅的不远位置陪闺蜜吃饭，闺蜜看电影的时候，同学就坐在大厅里玩了两个小时手机，电影散场后，同学假装偶遇，这样子才把闺蜜从网友手中拉走“一起回家”。讲真，这样陪吃陪等的“电灯泡”，我做不来，大部分人应该也做不来。只有关心你到极致，才愿意冒着被嫌弃的风险，厚着脸皮在背后守护你啊！珍惜每个陪伴你的人，他们也许不支持你，但他们真的很在乎你。

隐忍而伟大

□莫小米

在人生的旅程中，每个人的生活都离不开别人的帮助，但在接受别人帮助的同时，我们也要学会去帮助别人。

少年黄舸是不幸的，七岁，被确诊为先天性进行性肌营养不良患者，医界认为，这种病只能活到十八岁。

黄舸得到很多好心人的帮助，十六岁那年，他觉得应该感谢帮助过他的人，怕再晚就来不及了。在父亲的陪同下，走过数十个城市，找到三十多位资助过他的人，只为当面说一声“谢谢”。因而成了感动中国人物。

二十一岁，黄舸离世。

七年后，青年王峰成了黄舸的“替身”。

黄舸是个孝顺孩子，很小就说过，如果我死在奶奶前面，一定不要告诉奶奶。于是年复一年，家人告诉奶奶，孙子在南方看病回不来。年复一年，吃年夜饭时电话铃响，已经失聪的奶奶拿起电话，大声叮嘱：“乖孙儿，好好养病……”

这一年，奶奶非要见见孙儿。于是一个主意被想了出来：征集志愿者。报名者众，外形条件基本相符的王峰被选中了。

王峰理了黄舸那样的小平头，学习坐轮椅，拄拐杖，要符合肌无力症状，手指必须是弯曲的，动作是颤巍巍的。黄舸手指的温度低于常人，王峰在见奶奶前，将双手浸泡在冷水里降温。之前王峰练习了很久，一个半小时的会面，总算顺利完成。

然而真的毫无破绽吗？虽然看不清听不见，但老人有老人的敏感，七年没见，她的心里一定有了预感。对于天上掉下来的“孙子”，她或许是将信将疑的，否则也不会突然发问：“你是不是长高了？”但奶奶最终拉着孙子的手，善意地选择了相信，给了“替身”王峰莫大的鼓励，戏得以圆满落幕。

最了不起的，我想是黄舸的父亲黄小勇，儿子患病，他乐观面对；儿子要谢恩，他充当车夫，走遍中国；儿子走了，他完成儿子的心愿，捐了儿子的眼角膜，费尽心思瞒过儿子的奶奶。他点点滴滴地教会志愿者王峰扮演黄舸，结束后王峰说今后会经常来看奶奶，黄小勇却表示，这次会面已经很圆满了，不希望“绑架”志愿者太久，所以在告别时断然告诉黄舸的奶奶，黄舸将出发去美国治疗，这次是出发前的告别。

这个男人，虽不是当今社会一般意义上的成功者，但你无法不钦佩他，钦佩他的隐忍而伟大。

长在树上的国旗

□王宗仁

即使前方狂风暴雨，雷电交加，我们也要无畏、微笑地走下去。因为我们会看到一个美丽的世界，只有无畏的奉献者才可以看到。

汽车在唐古拉山北侧的一个洼地里抛锚后，我鼓捣了近三个小时也没排除故障。这时天近暮晚，我很不情愿地从汽车底盘下钻出来。我对还趴在引擎上苦苦修车的助手小昝说："别折腾了，省些力气今晚当山大王吧！"当山大王，是指我们汽车兵遇上车子抛锚，在荒原野岭守山看车。听我这么说，小昝笑着回敬我："今晚还真轮不到我们当山大王，你没看我们到了什么地方？"

我顺着小昝指的方向望去，类似小方桌一样的石头堆上，端端地放着一个铁皮暖水瓶。啊，格桑旺姆阿妈的拥军爱民茶水站！格桑旺姆阿妈，一提到她的名字，高原军人滚烫的心就仿佛回到了故乡！我抬头望了望稍远处的山坡下，一棵不算很高的白杨树举着一面红旗。红旗后面，有一顶黑色的牦牛绳编织的帐篷，那是阿妈的家。我几个小时忍饥耐渴只顾修车，此刻口干舌燥，接过小昝递来的一杯酥油茶，一仰脖子，满口生津。往事引我回望，那是故事的起点……

从山中延伸至公路边的那条只有砂石蹭脚的崎岖小路上，一老一少两位藏家妇女背着一大一小两个酥油桶匆匆而来。格桑旺姆和她的女儿卓玛每天都会数次往返于这条路。公路边坦露出一块光溜溜的地面，那就是母女俩放置酥油桶及她们容身的露天茶水站。当然，有时她们的头顶也会撑起一把伞，那是汽车兵心疼母女俩，留下来的一块无风无雨的天地。过后，她们总会千寻万找地把伞捎给主人。领了情绝不欠债，她们祖辈都是从风风雨雨中走出走进的实诚人！

这么多年来，子弟兵给边疆的亲人创造着安宁幸福的生活，格桑旺姆和女儿每送别一个挥着手向她们告别的亲人，心里就亮堂堂的。有的战士得了高山反应，她们会把他们领进自己的帐篷，熬中药、做藏医按摩。进家时的紧张、忧虑，最后变为分别时的不舍、祝愿。茫茫人海中，藏家母女和这些生龙活虎的兵仿佛注定邂逅，然后依依惜别。

格桑旺姆记得很清楚，那天是藏历年的清晨，汽车连的那位沈连长带着两个兵，把一面国旗送到了她和女儿手中。连长对她们说 ："高原上有战士的家，家中有亲人。战士和牧民都是国家的好儿女。"随后，两个战士在帐篷前挖了个坑，将他们带来的一根木杆栽下，足有十米高。于是，那面国旗就神采飞扬地飘在了木杆顶端。

奇迹发生在第二年夏天。那根旗杆原本是战士们从昆仑山中的纳赤台兵站挖来的一棵正在蓬勃生长的白杨树，他们的初心当然渴望这棵移栽的树能够成活，但这是可望而不可即的事。然而，天遂人愿，白杨树旗杆在格桑旺姆的诵经声中，在卓玛勤快的浇水施肥中，居然抽出了嫩芽……好个有生命力的白杨树旗杆！霎时，整个唐古拉山都变得鲜亮鲜活起来！

国旗长在树上，树根扎入大地。清晨，格桑旺姆母女俩升起国旗，傍晚，她们并不降下国旗，而是在旗杆顶端挂一盏马灯，让灯光映亮红旗。随风飘扬的红旗，猎猎发出呼喊，拂动了公路上奔忙的各路目光，把他们招引过来——人们肯定不是为了一杯酥油茶，而是要把藏家母女用激情和生命点燃的信仰，把这些美丽的故事，诉说给世界。

十八岁山村女生心疼父亲，变身“发明家”

□潘志贤

在天空之下，在风雨中，在日月里，父亲宽大的肩膀扛起了对大地的希望和渴望收获的信仰。你的爱是女儿一生的财富，时光请你慢些吧，让我能够报答这份父爱。

家里没有汽车，她却发明出了“汽车远近光灯自动转换器”，并获得国家专利。山里夜路不好走，她开动脑筋，想出了“新型多功能太阳伞”创意。爱动脑子、学以致用，十八岁山村女孩张晓兰成了当地孩子们的榜样。张晓兰是河南省信阳市新县沙窝镇沙坪村人，今年刚从新县高中毕业，以五百五十三分的高考成绩被吉林大学录取。

“爸爸眼睛不好，走夜路时路上车大灯照着眼看不清路，不安全。”谈起自己发明汽车远近光转换器的原因，张晓兰腼腆地笑了笑。

高二那年，在同龄人忙着备战高考时，因为心疼爸爸，张晓兰改良了车灯，拿到了国家专利，处在大山里的信阳沙坪村竟出了个少女发明家，她的故事不胫而走。

家里没有小汽车的张晓兰，为什么会想到要发明汽车远近光灯转换器？

原来，一个假期的夜里，她陪爸爸从工地干完活儿回家，迎面而来的大货车都开启了远光灯，让本身视力就不好的爸爸非常难受，不时停下来揉眼睛。为了让爸爸夜里走山路更安全，她就开始思考怎么才能减少货车使用远光灯的频率。一天，张晓兰脑子里蹦出一个念头，在跟老师沟通后，决定开始动手制作。

“通过凸透镜、遮光板和感光电路，来影响车灯的亮度。”

张晓兰说，如果车辆都安上这套装置，两个都开着远光灯的车面对面，会自动转换为近光灯，如果对面没有车辆，会自动切换为远光灯。

“广东那边的厂商这几天找过来，想要把她的专利投入生产。”村里人说，张晓兰为爸爸发明的车灯，即将照亮更多人回家的路。

2016年，正在上高二的张晓兰听说河南省青少年科技创新大赛将要举办，她抓住机会，把梦想中的车灯变成了现实。

“我没有学过美术，车的轮廓老是画不好。”知道了张晓兰要为爸爸发明新车灯，同学们也都来帮她支招，张晓兰画不好的线条，同学一点点帮她补全。2016年8月，在学校的帮助下，张晓兰发明的汽车远近灯自动转换装置，顺利通过国家知识产权局批准，获得国家知识产权局颁发的专利证书。在证书的评价中写着：该汽车远近光灯自动转换装置具有设计科学、能够根据环境自动切换汽车远近光灯的特点。

今年高考，张晓兰被吉林大学的食品科学与工程专业录取。

“要是大学有机会，我还是想继续搞发明。”张晓兰笑了，她加了很多新生群，憧憬着大学新生活，“能把书本上的东西运用到生活中，太神奇了。”

“她一直都是个独立的小孩。”张晓兰的爸爸自豪地看着女儿。

卡尔巴仟山的义务植树人

□张达明

给予比接受更快乐，尽力做好一件有益于人类社会的事，实乃人生之首务。点亮蜡烛照亮他人者，也不会给自己带来黑暗。

在罗马尼亚的弗朗恰县，没有人不认识一个名叫戴维·马鲁坦的义务植树员。

1975年，十七岁的马鲁坦高中毕业。当同龄人都忙于找工作时，他一点都不着急。因为，他父亲是弗朗恰县县长戴维·马克弗，已经为他安排好了一个既舒服薪水又高的工作。

父亲有许多大事要做。最重要的莫过于完成每年居民收入的增长率，这就必须广开财源，否则很难完成任务。

1975年眼看就要结束，但距任务完成还差一大截。马克弗看准了卡尔巴仟山上的森林，决定发动全县五万名青壮年上山砍伐森林，然后卖给保加利亚，不仅可超额完成任务，还能增加县财政收入。

当年十一月下旬，在马克弗的带领下，五万名青壮年手提板斧、电锯等砍伐工具，浩浩荡荡开赴卡尔巴仟山。县上还出台了奖励措施：每人每天完成砍伐三十棵树木，如超额砍伐一棵树，奖励一列伊。无形中激发了大家劳动的热情。短短五天，就砍伐树木近八百万棵。

看着一堆堆粗壮的树木，马克弗高兴地说："一棵树按六列伊计算，就能收入四千八百万列伊。既然如此，任务也完成了，砍伐就可停止了。"

应了乐极生悲这句话。就在马克弗站在一棵树下准备发布回撤命令时，意外发生了：这棵前天被锯了一半多而未倒下的大树，此时却不合时宜地轰然倒下，不偏不倚砸在马克弗头上！他瞬间倒在血泊中。随他倒地的，还有四名随从。

尽管采取了最先进手段，马克弗最终还是被死神召唤而去。

马克弗死后不久，罗马尼亚政府开始清算他的罪行，最大一宗是私自砍伐树木，而后被开除党籍。

父亲如此下场，令马鲁坦猝不及防。开始他想不通：父亲是为全县人民才那样做的，为什么还要被处罚呢？渐渐他明白了：父亲是拿破坏生态平衡作为代价为自己脸上贴金的！他的行为，必遭到子孙后代的唾弃。作为儿子，马鲁坦心里背上了沉重的负担。

此后三个月，马鲁坦把自己关在家里反思，最终做出了他人生中最重要的决定：为弥补父亲的严重错误，他要用自己一生上山栽树，代替父亲赎罪。

消息传出后，所有人都说他疯了，纷纷议论说，凭他一个毛头小子，单枪匹马何时才能完成如此庞大的工程？仅筹集买树苗的钱，就能把他打趴下！母亲和妹妹也劝他不要犯傻，但他决心已定：“我想过了，将家里房子卖掉，就有了一百万列伊，然后我一边打工挣钱，一边上山栽树。”

母亲流着泪说：“可怜的孩子，你这是要把全家推向灾难啊！”

在马鲁坦的说服下，母亲同意卖掉房子，和妹妹寄宿在亲戚家。

1976年6月，马鲁坦独自带着栽树工具，拉着买来的树苗，上山开始了替父忏悔的岁月。

转眼到了1989年。罗马尼亚政局发生了剧烈动荡，而此时的马鲁坦，已在过去的十三年间，为卡尔巴仟山补栽树木二十五万余株，虽距八百万株相去甚远，但他一天也没放弃。其间，妹妹多次上山劝他：“现在政局这样动荡，谁还会记得父亲当年的过失？还是跟我下山吧。”他说：“植树和政局变化没有关联，不管谁当政，都不会置环境恶化于不顾。父亲欠的债，我理所应当要偿还！”

马鲁坦的执着，感动了大家，不计其数的人加入植树行列，更增加了马鲁坦的信心。

凡是到卡尔巴仟山游玩的旅客，不管是罗马尼亚人还是外国人，都知道山上有个叫马鲁坦的人，他们都会自觉地掏腰包买下一棵树苗，郑重地栽下一棵松树，以纪念意义非凡的卡尔巴仟山之行。

虽然已在卡尔巴仟山上义务植树三十多年，但马鲁坦仍毫不避讳地对游客说：“我倾家荡产在这里栽树，是为了弥补父亲当年的过错。因为，我父亲当年在弗朗恰县当过县长，严重破坏了这里的生态，我必须继续干下去，直至生命终结！”

你若出发，终将抵达

□李　静

梦想绝不是梦，两者之间的差别通常都有一段非常值得人们深思的距离。不要放弃自己的梦想，至少奇迹每天在上演。

“00后”的他出生在浙江的一个幸福家庭，父亲是书法家，他在父亲独创字体的耳濡目染下长大。

读小学后，他认识的字越来越多，也梦想着能像父亲一样拥有属于自己的字体。2016年暑假，他开始实践自己的想法，但造出的字既要有特色，又要成体系，不能有丝毫拼凑将就，就没那么容易了。

起初，他觉得很新鲜，第一天一口气写满了一百二十个字的一页纸。其后几天，他又接着写，直到脖子僵硬，手有些麻木，才不得不停笔。写到两千多字时，同学来找他玩。他看着他们手里的足球，也想畅快淋漓地去踢一场。可当天的任务才刚刚开了个头，他只好拒绝了小伙伴的邀请。同学离开后他突然发觉去踢球才是自己想要的暑假生活。

晚上，他将写好的一沓纸拿给父亲，说明天不写了，他要去踢球。父亲并没有说什么，而是给他讲起了自己的经历。父亲从小喜欢书法，梦想着能成为书法家，却在十六岁时被迫弃学打工。从挑一百多斤重的水泥桶，到搬石头、拉板车，先后尝试过三十一种职业。直到有一天，他看到一个失去双脚的流浪汉用粉笔在地上写字，那不是在乞讨，而是在卖字，这场景深深震撼了他，他想起了自己练字的梦想。从那时起，生活中所有的碎片时间都被他充分利用，没有纸笔时他就会拿一根树枝在地上练字。

听到这，他突然明白父亲创造了九十五套字体并开了工作室，原来也经历了那么多的坚持和努力。父亲鼓励道：“造字是你的梦想，你现在已经出发了，只要坚持，就会一点点靠近成功。你难道不想抵达成功的彼岸吗？”父亲的经历和话语触动了他，他点了点头。

那天后，他的主动性更高了，字的质量也更加稳定。当第一个版本的6763个汉字完成时，他长舒一口气，以为剩下的假期可以自由支配。没想到这份轻松仅仅持续了几分钟，父亲就要求他再完成另一个版本。这一次，他没有丝毫迟疑，日复一日地坚持着。一个暑假，整整两个月的时间，他抵住了来自小伙伴的诱惑，坚持每天写一百多字，要写五六张纸。当粗笔、细笔两个版本都完成时，他一共写出了13526个字。其后，在父亲的帮助下，这两套包含了国家标准 GB2312体系的所有汉字被导入软件，并上传至电脑向全国发布。

他，就是叶利航，一个仅有九岁却完成了造字这项浩大工程的小学生。

无论你处在人生的哪个阶段，有梦想就要勇敢去追，用自己不懈的努力和坚持，将一件事做到极致，也必将抵达成功的彼岸。

99%的善良，发生在你看不见的地方

□牛皮明明

不要把难过带给别人，自己留着就好；开心不要自己留着，带给别人就好。

一

1988年，BBC的演播厅里，一位七十九岁的老人受邀参加一档节目。

他平静地坐在观众席第一排，眯起眼睛，脸上没有多余的表情。突然，他身边的观众全都站起来，一齐望向他。没有一个人说话。他们只是默默地、微笑着注视着眼前的这位长者。

老人整个人一下蒙了，他诧异地回过头，还没搞懂现场发生了什么。

沉默了几分钟之后，演播厅里忽然掌声雷动，全场向他致敬，掌声经久不息。

原来，老人身上隐藏了一个巨大的秘密。整整五十年，除了他自己，没有一个人知道。这是一个足够漫长的故事，漫长到，要回到硝烟弥漫的上个世纪。

老人名叫尼古拉斯·温顿。1938年，他还只是一个二十九岁的普通英国青年，却在第二次世界大战时，从死人堆里救出几百条生命！

在战乱中，他悄悄帮助六百六十九个捷克儿童逃出纳粹集中营，安排八趟列车将他们送往英国，拿出全部积蓄，为他们找好新的家庭，让这些孩子活下去。

1939年，在伦敦车站，一位记者无意中拍摄到温顿与获救孩子的画面。

以一己之力拯救六百六十九条生命，最黑暗的时代里，温顿让人性的光辉发亮到极致。

但他却把这段故事和全部资料都锁进一个箱子，随手一扔，扔到地下室一个积灰的角落里。整整五十年，他没有跟任何人提过这件事，哪怕是最亲密的人也只字不谈。他把自己隐藏在人群中，仿佛地球上这个故事从未发生过。

直到1988年，温顿的妻子在打扫地下室时，不小心踢到了一个旧箱子。当她打开箱子，看到里面一张张孩子的照片、一沓沓获救名单，这扇秘密的门才终于被打开。

打开时，门外站着的全是泪流满面的人。

秘密揭晓，荣誉瞬间涌来。英国女王亲自封他为勋爵，捷克领导人授予他最高荣誉，伦敦车站为他塑起雕像，甚至太空中的一颗行星都以他的名字命名。

温顿却一如往常平静。

“做好事，不是为了让人知道。我不是故意保密，我只是没说而已。”

BBC 得知此事后，邀请温顿来参加一档电视节目。

主持人在台上慢慢地讲述当年的故事，忽然，她提高音量，冲着观众席喊：“请问，现场有谁是温顿先生救过的孩子？”

哗啦一声——在场的所有观众，齐刷刷地全部站了起来！

那一刻，仿佛全世界都记着，他自己却忘了。

当年那些一脸迷茫走下火车的孩子，如今都已年过半百，白发苍苍。

这五十年来，他们甚至都不知道有这样一个人，曾为了让他们活下去，用自己全部的力量，对抗一个时代的黑暗。在点亮他们的生命后，又悄悄地藏身暗处。

2015年，温顿先生安详离世，享年一百零六岁。

在善良的路上，可能孤军奋战，可能越走越孤单。但它仍然，永远都值得我们选择。因为，你终究会因为选择善良，得到灵魂的宁静。

二

这世上，有人使劲表演善良，想要感动别人；也有人轻描淡写，害怕感动中国。

记者柴静曾经这样形容一个人：“他成了我的精神支柱。面对他，我土崩瓦解……”

柴静口中的“他”，是一个德国小伙子，却选择待在中国广西的一个小山村里支教，一待就是十几年。

2001年的夏天，广西的一个小山村来了一位金发碧眼的外国小伙。村民们吓了一跳：“这是什么烂仔，头发咋这颜色儿？”

“烂仔”给自己起了个中文名，卢安克。

卢安克很忙。他跑来跑去，一会儿租房子，一会儿搬桌子。忙完了，他拍拍身上的灰，用带着口音的中文跟村民说：“我要办学校！”

这是一块贫瘠的土壤，不通公路，不通电话。

卢安克却选择在贫瘠里扎根，办学，讲课，不收钱。

他讲天文地理，讲数学英语，讲逸闻趣事，讲生活哲理。这些对大山里的孩子来说，简直就是天上下起珠宝的倾盆大雨。

村民们不再喊他“烂仔”，见了面总是亲切地招呼一声：“嘿！洋雷锋！”

卢安克觉得，农村教育最大的问题，不是没有钱，而是没有家人陪在孩子身边。

他经常去学生家里，帮他们做饭、做家务；放学后，他和孩子们一起爬树、放牛；下雨的时候大家一起挖泥鳅，抱成一团在泥塘里打滚。

孩子们跟他亲得要命。在向别人介绍他时，爬到他身上，用手钩住他的脖子：“这个是老卢！我老爸！”

县里干部听说了这件事，立即“高度重视”起来：让一个外国人在这过苦日子，实在没面子。他们给卢安克在别处找了份工作，还安排好了住处。

卢安克坚决不答应，偷偷搬了家，怕领导上门“慰问”。

既然他不走，领导们又想出另外一个法子：让他留下，靠他出名，让他挂上红绸子上电视！

卢安克吓坏了，躲到学生家里不敢出门。有人推举他为《感动中国》候选人，他一听说就赶紧给评选委员会写信，说可千万别选自己。

“我不要出名，出名会影响我的工作，会伤害我的学生。”

他拒绝所有的记者，唯独接受了柴静的采访。只因柴静说了一句：“我不会把你塑造成名人。”当被问到为什么这么做时，这个德国青年笑了笑，露出一排整洁的牙齿，什么都没说。

他没有袜子，因为大山里买不到四十五码的尺寸。

他没有孩子，但这里所有的孩子都叫他爸爸。

他没有依靠，却把一辈子，都交给了一座山。

这就是一个普通的德国人，在中国最偏远的一块土地上做的事。

在卢安克身上，最动人的不是“外国小伙在中国”，也不是“关注农村教育，关爱留守儿童”。

是一棵树摇动另一棵树，一朵云碰触另一朵云，一个灵魂唤醒另一个灵魂。是一个人，对另一个人，最纯粹、最本真、最无功利的善意。全世界都忙着赶路，忙着快速苍老，一不小心就丢失了善良。

而卢安克的善良，正给了那些步履匆匆的人一颗定心丸。

“安静一些，我怕惊动我所爱。”

善良，从来只是人性的选择。哪怕，发生在别人看不见的地方。

谢谢人世间，所有不动声色的善良！

谢谢你们，愿意做我的爸妈

□一 木

独立是每个成年人的必修课，包括父母。独立不等于自私，我们应该学会如何去爱。

一

姥姥去世的那一天，妈妈抱着我哭了好久，她像个孩子一样呜咽着说：“妈妈再也没有妈妈了。”

那时还小，只因为失去了一位很爱我的老人而感到难过。直到长大后看到这样一句话：“父母在，人生尚有来处；父母去，人生只剩归途。”我才猛然体会到妈妈那天的心酸。

姥姥姥爷那一辈人生活太难，生也难，活着更难。就在那样的环境下，姥姥和姥爷接连成为五个孩子的爸妈。苦吗？当然很苦。那怎么不放弃几个？

“这不是要我们的命吗？”听说这是当年村里人劝姥姥和姥爷时，他们的原话。

为了养活孩子，他们只能更辛苦地做活。妈妈说那些年，一年365天从未见他们休息过，他们兄妹几个也从来没挨过饿。

那个时候，姥爷每次去别人家做工，或者上街贩卖粮食和菜，都会给他们兄妹带一些小零食或者坏了一点的水果。那些都是他用偷偷省下的午饭钱买的。

后来姥爷得癌症去世了，姥姥一个人撑起了整个家。我无法想象在那个年代，她是做了多少活才养大五个孩子，还让他们都上了学受了教育，其中还出了一个大学生。

只是记得，当生活逐渐变好，姥姥也老了。每次去看她，她总能从柜底掏出一些已经变软的饼干，或者快要过期的牛奶塞给我，说是特意为我留的。

我知道那都是之前孩子们来看她时给她买的，也是她最爱吃的。

我曾经问妈妈，为什么姥姥那么爱我，她说："因为你是我女儿啊。"

因为她是你妈妈，所以她爱你，也爱你爱的人。

二

"昨天晚上，你爸说他心里很不舒服。"清早起床化妆时，老妈在一旁突然这样说道。

"啊？为什么？"想着老爸是对昨天的订婚宴有哪里不满意吗？

"他说他想着你订婚了，就感觉很舍不得你。"

"不至于吧，结婚还得两年呢。"受不了他们的小题大做，我的语气充满了戏谑。

"对啊，现在都觉得不舒服，等你结婚可该怎么办哟？"叹了一口气，她缓缓起身离开我的房间。

老妈在我房间里时，我还不以为然。等老妈走了，我自己却发了半天呆。

老爸像世界上大多数的爸爸一样，老实憨厚，沉默寡言，从来不会将爱说出来。

但是有一次，老妈告诉我，老爸晚上做梦哭醒了，原因是他做梦，梦到我结婚嫁到乡下很穷的一户人家，而且那家人对我很不好。

那是我第一次听说我爸哭。我当时问老爸，要真发生那种事怎么办？老爸说，那就不嫁人了，我养你一辈子。

订婚前一天晚上，全家人坐在一起聊天，说起我才生完孩子的表姐。我说："你们不知道她多爱她儿子，天天抱着，搞得现在稍微一撒手，孩子就哭。"

老妈坐在沙发上笑着说："我当时结婚好几年，才生了你，我那时候也一样，天天抱着你，不舍得撒手，怎么看都看不够。唉，可惜啊，时间过得太快了，转眼，都要成别人家的人了。"

那是我第一次看到他们在我面前红了眼眶，流露出不舍，也是我第一次注意到他们的眼窝不知在何时变得凹陷，一直觉得很有精神的容颜竟也在逐渐黯淡衰老……

三

电视剧《今生是第一次》中，女主角智昊因为遭遇一些意外，放弃了写作。后来经历闪婚，同时也为了省钱，她与结婚对象决定不举办婚礼。

在双方家长见面时，一向温顺的母亲第一次变得异常刻薄，要求男方必须同意举办婚礼。智昊不能理解母亲突然的变化，觉得她让自己难堪。

直到智昊在婚礼前看到妈妈偷偷塞给新郎的一封信：

我是智昊的妈妈，现在还不知道该怎么称呼你，因为没见过几面。

那天两家见面时，抱歉了。

我的大女儿，一直对她爸都是小心翼翼，因为弟弟的存在总是被忽视，又遇见没出息的妈妈，我女儿心里很苦的。

但幸好，她没像我。她很聪明，我曾经认为她不会像我一样生活，还觉得庆幸。

可现在的世道，不管怎样都要遇到好的父母，就自己聪明，好像没什么用。

我能拜托你两件事吗？

如果以后智昊说想要写作，你能不能就让她写啊？家务事，不管什么，我都会帮你们做。所以以后，让她可以写作，不要放弃她的梦想，不要让她像我一样生活，拜托你了。我们智昊，只要一开始哭，就不容易停下来，所以不要让她一个人哭。就算弄哭她了，也请你一定要陪在她身边。

原来那个在家里温顺的、唯唯诺诺的全职太太，所有的反常都只是为了自己的孩子——即使会被埋怨也要尽力为女儿争取更大的幸福。

就像《请回答1988》中的那段旁白："偶尔觉得妈妈很丢人，为什么连最起码的脸面和自尊心都没有呢？那是因为，比起她自己，她还有更想守护的珍贵东西……那就是你。"

爸妈也是第一次做爸妈，他们不知道如何爱你更好，但他们一定在用自己所能做到的最好的方式爱你。

四

闺蜜最近才生完宝宝，问她生产过程时，她说："顺产真疼啊，从晚上十一点疼到第二天早上六点才生下来，想死的心都有，毫不夸张。"

我说怎么不选择剖宫产，她抱着才吃完奶睡得很香的宝宝笑着说："之前听大人说顺产的孩子经过挤压会聪明一些，而且身体会比剖宫产的宝宝更好一些。"

顿了一会儿，她又缓缓开口道："而且这个孩子这么傻，挑我做妈妈。我只能竭尽全力对她好，因为她可能有点傻。"

我好像有些理解为什么说，上帝不是万能的，所以他才创造了爸妈。

而那些不善表达、可能从未开口说"我爱你"的中国式父母，就在用行动偷偷爱了你一辈子。

不久的将来，我也会成为妈妈。我想我一定不会像我妈那样，对待儿女严厉得像个老巫婆；我也一定不会像我爸，明明爱孩子却像个闷葫芦从不表达；我想我一定会把孩子教育得比我更好。可是，我唯一不能确定的是，能不能做到像我爸妈这么爱我一样去爱他。

无论今生是否相处融洽，也只有今生之缘。真的谢谢你们，愿意做我的爸妈。

外婆的人间告别

□马海霞

心存善意的外婆从不避讳谈生死，因为她把爱分给了家人，把自己看得很轻。向人间告别是需要仪式感的，更需要死生无畏的勇气。

外婆八十岁生日那天，自己悄悄跑到小镇上的照相馆拍了一张七寸彩照，冲洗了一摞，给每位子女发了一张，乐呵呵地说："好好保留着，等我死后想我了，就拿出来看看。"

外婆从不避讳谈死亡这事儿，大姨和二姨出嫁时，外婆嘱咐她们，不必牵挂家里，若是村里谁家死了老人，记得回来看看她便可。

那时交通不便，大姨二姨嫁得远，步行来回需半天工夫，平日没事很少回娘家，若是不年不节的回来了，八成是村里谁家父母离世了。记得有一年，二姨村里的老人一连走了好几位，二姨那个月跑了五趟娘家。

外婆的娘家想当年是大户人家，祖上世代银匠。外婆婚后的第二年，家里遭了抢劫，金银细软被洗劫一空，外婆的嫂子当场吓疯，尚在怀中吃奶的孩子不久也夭折了。外婆的父亲受不了打击，次月上吊而亡。外婆的大哥也因被强盗打伤，半年后病重去世。那年，外婆家死了四口人。

这些都是从外公嘴里得知的，外婆从不提这些伤心往事。但小时候我就知道外婆家有很多银饰，银项圈、银耳环、银戒指、银手镯，家里小孩一人一套。母亲说外婆结婚时陪嫁了很多金银首饰，单银戒指就满满一脸盆，因故大部分都被二姨和母亲拿出去卖了。

外婆从不提娘家的富有，印象中的外婆很节俭，很会过日子，但对四邻亲朋却大方慷慨。外婆常说，自己吃了填坑，别人吃了传名。外婆没上过学，但嫁了当教书匠的外公，说话也变得文绉绉的，明事理，通人情世故，是位要强的女人。

外婆八十六岁那年得了肠癌，后期肚子疼得受不了便注射杜冷丁，儿女轮班照顾她。我家和外婆同住一个村，母亲天天往外婆家跑。母亲说，外婆饭量越来越小了，疼得越来越厉害，杜冷丁也不管用了，外婆额头上都是汗，她不停地喊疼。有一天外婆想吃南关桥上的馄饨，母亲冒着大雪步行了十里路给外婆买了一份，可外婆只喝了一口汤。

那时我刚毕业参加工作，下了班就去外婆家看望外婆，外婆见我去了便喊我给她按摩，从头按摩到脚。母亲说，外婆那么要强的一个人，临了改了心肠，见不得别人在她面前休息一会儿。

外婆病了三个月，临走的那几天，嘱咐母亲，外孙女里面就我一个还没结婚，外公发了一套新床罩被罩，放在床头的柜子里，一会儿让母亲拿走，待我结婚时送给我。还有柜子里的东西是女儿的，这是习俗，她的私房钱都在柜子里，到时三个女儿分。母亲照顾她最多，袋子里的三百块硬币留给母亲，最后她嘱咐母亲，人老了才知道子女的重要性，一定不要让我远嫁，在附近找个人家，好互相照应。

外婆临走的前一天晚上，将子女孙辈都召集到床前，说："我知道我余日不多，便不再在你们面前逞英雄了，难受就喊出来，想吃啥便要啥。这是想告诫你们，人死是一件极其不易的事情，希望你们珍惜健康的日子，有钱别不舍得吃喝，等老了得病了，想吃也吃不下了。"

那天晚上，母亲让外公把柜子里的东西拿到了外屋橱子里，那套被罩床罩母亲也没要，她们姊妹三个商量好了，不要外婆一针一线。

第二天一早，外婆没再醒来，走得很平静。

多年后，母亲谈起外婆时说，作为子女她尽力了，年轻时为了替外婆分担家务，她嫁给了本村的父亲，每次去河湾里洗衣服路过外婆家，都提一兜脏衣服顺带给洗了。外婆小脚，这么多年家里的重活累活母亲都抢着替外婆干，外婆得病的三个月，母亲天天守候在身边，母亲至今还记得外婆想吃馄饨的那个大雪天。

提起去世的外婆，母亲没有遗憾。后来母亲想起来，才明白外婆的良苦用心：外婆离开人间是有仪式感的，她的各种"作"都是让儿女提前尽孝，在她死后能问心无愧。外婆得病时，我天天给外婆按摩，想起这些，就像在夕阳下展开一幅柔和的画卷，温暖温馨。那些错过的告别，都会成为人们绵延一生的遗憾和哀痛，而外婆和人生的告别从很早就开始了，这一切皆因她深藏心底的那块不愿碰触的伤疤，她不愿她的后人再留遗憾，她要让他们学会告别，从而更加珍惜生命。

丽萨的天堂

□凤　凰

我认为，人生最大的勇敢之一，就是经历欺骗和伤害之后，还能保持信任和爱的能力。

丽萨是个残疾人，她从小就被父母抛弃了，一直靠拾荒为生。虽然生活艰辛，但丽萨没有一点抱怨，她每天都过得快快乐乐的，似乎她不是一个拾荒者，而是一位贵妇人。

一天，她拾荒的时候，捡回一个有些痴呆的男孩。丽萨给他洗了澡，换上了新衣服。男孩好看了许多，对着她傻笑。

虽然男孩还是负担，但丽萨一点也不嫌弃他。她想等以后有了钱，就带男孩去治病。

丽萨和那个男孩相依为命。日子是苦的，也是甜的。有了男孩，丽萨觉得人生有了意义。又有一天，在拾荒的路上，丽萨发现了一个女孩，女孩只有一只手，浑身又脏又臭。看样子，女孩被父母抛弃了。丽萨觉得女孩就是多年前的自己，她赶紧上前要拉女孩的手。

女孩见了她后赶紧往后退。丽萨告诉女孩不用怕，她不会伤害她。那天，丽萨把女孩带回了家，给女孩洗了澡，换了衣服，然后把她搂在怀里，吻了又吻。女孩突然流泪了，很久以来，她都没有得到过别人的关心了。

丽萨也流泪了，她想，为什么这个世上有这么多不幸的人？丽萨想，现在他们三人都是不幸的人，他们一定要相亲相爱。丽萨要照顾好两个孩子，还要为他们的以后负责。

丽萨拾荒的时间更长了，走的地方也更远了，她背上的废品也更沉重了。人们发现丽萨身后跟着两个孩子，都知道她的生活更艰辛了。附近的居民都把废品留下来，悄悄地给她，希望能减轻她的负担。

可是，人们的这点帮助，根本解决不了丽萨的困难。丽萨觉得，要依靠自己的力量实在太难了。病好后，丽萨找来纸板写了一封信，说她能力有限，希望有好心人能够收养他们。很多人都看到了丽萨的信，但是没有谁愿意收养孩子，毕竟，谁收养下来都是负担。丽萨只好作罢，她知道，连孩子的父母都抛弃他们，别人又怎么可能收养他们呢？

此后，丽萨出门的时候，都把两个孩子带上，让他们也学着捡废品，她想就算哪一天她病倒了，或者离开了这个世界，他们也能生存下去。

为了捡到更多的废品，丽萨带着两个孩子不停地搬家。在随后的日子里，丽萨又先后捡到了五个孩子。这些孩子，都有残疾，都被父母抛弃，成为弃儿。丽萨收养他们，白天教他们捡废品，晚上教他们识字。尽管七个孩子让丽萨的生活无比艰辛，但她觉得人生很有意义。

每天，丽萨外出都带着七个孩子。七个孩子排成一队，十分惹眼。这事很快传到了一名记者耳朵里，记者专门来采访了丽萨。报道一登出来，就在社会上引起了人们的广泛关注。人们想，为什么这些残疾的孩子被大人抛弃？为什么这些残疾的孩子只有拾荒者收养？人们的良心都去了哪里？

一时间，丽萨和七个孩子的故事传遍了大街小巷，孤儿院也专门找到丽萨，说他们愿意收养这些可怜的孩子。

就在丽萨还没有把孩子们交给孤儿院的时候，七个孩子的父母都找上门来了，他们都对自己的行为万分内疚，他们说他们抛弃自己的孩子，实在不应该。

他们从丽萨身上看到了人性的光辉，他们决定带孩子回去好好照顾。丽萨当然希望孩子能回到他们父母身边，她为孩子们感到高兴。孩子的父母都掏出钱给丽萨，感谢她照顾了孩子，但丽萨拒绝了，她希望这些钱都能用在孩子身上，让他们过上幸福的生活。

七个孩子被父母领回，丽萨拒绝报答的事传开后，记者又来采访她。丽萨说：“我当初收养他们，并不是为了日后得到什么报答，我只是希望能给他们一份好一点的生活。尽管我舍不得他们离开我，但现在他们能回到自己的父母身边，过上幸福的生活，我感到非常快乐！”

记者当场就为这话落下了眼泪。在报道的最后，记者这样写道：丽萨简直就是一位上帝，她不仅给了孩子们爱，还唤醒了整个世界的爱。

奶奶的昵称

□方湘玲

这是一个关于爱、原谅和守护的故事，最美的承诺莫过于年少时你牵着我的手，长大后换我牵着你慢慢走……

周末的早晨，还在睡梦中的我被突如其来的手机铃声吵醒，一个亲切的大嗓门随即在我耳边响起：“大姐哎，今天是星期天呢，你带伢们回来吧？我又想你了！”

我的脑海里立刻出现了那个熟悉的身影：她个子不高，略微有些驼背，布满皱纹的脸上总是带着最慈祥的笑容。因为听力不如从前，她总以为全世界人都像她一样听不清，说话时老是很大声。

她就是我八十八岁高龄的奶奶。尽管我比她小了整整六十岁，但是她一直叫我大姐。不仅如此，在和别人提及我时，她也不提我的名字，只说大姐。久而久之，除了比我小的弟妹们，爸妈也开始叫我大姐，渐渐地，这个称呼又波及亲戚朋友们，最后，就连村庄上那些异姓的长辈们都摒弃了我好听的乳名“金子”，改口叫我“方大姐”。

年少时，我不喜欢他们这样叫我。

有一次，我埋怨奶奶：“都是您惹的祸，害得大家都叫我大姐，把我都叫老了！”奶奶却一脸得意，笑道：“好事！奶奶希望所有人都叫你大姐！”“我才不要做你们的大姐，我只想当妹妹！”我越说越来气。

奶奶却一点也不生气，笑眯眯地看着我发完牢骚后，她一手抓起我的右手，再用另一只手轻轻地抚摸着我裸露的手臂。尽管她已经尽量温柔与小心翼翼，但手掌上遍布的老茧还是磨疼了细皮嫩肉的我。我忍着不抽手，奶奶毫无察觉，依旧笑着嗔怪我：“孬大姐哎，别人家叫你大姐是喜欢你哦。”“我才不信呢！”我嘟囔着。

我是真的不相信，但我相信奶奶是真心喜欢我。

我是奶奶带大的。由于妈妈生我时不满二十岁，奶奶认为她太年轻，不会照顾孩子，坚持要带我。于是，我一生下来就住到了奶奶房间。听爸爸说，我出生后，他绞尽脑汁才给我取了小名“金子”，奶奶却不爱叫，她更喜欢叫我“小儿哎”“小心哎”。为此，爸妈曾多次反对，理由是奶奶叫得“太肉麻”了，无奈的是，反对无效。

我五岁时，弟弟出生了。自此，我也开始了被“大姐”的人生，而且，直到今天仍在继续。

挂了奶奶的电话后，我带着三岁的双胞胎儿子回到了老家。老家风景异常美丽。在四周郁郁葱葱的樟树丛中，爸爸和叔叔建起的两栋外形一样的三层小楼紧挨在一起，一样贴满米白色瓷砖的外墙，一样的朱红色大门，各自门前的石榴树都盛开着火红的花儿。

我一眼就看到了奶奶，她正坐在叔叔家石榴树旁的小椅子上，身体微微前倾，右手拿着手帕，左手的肘部撑在椅背上。她的左脚朝椅子底部收起，大小腿以膝盖为点，组成了一个锐角，而右脚则伸向前方，大小腿也变成了一个大大的钝角。由于奶奶右腿有点残疾，坐下时，小腿与大腿无法自然垂直，因此，这样的坐姿成了她的专属坐姿。这一刻，我突然觉得奶奶的坐姿和她那满头华发，与这红绿相间的石榴树组成了一幅绝美的油画。

看到我们，奶奶赶紧拿褪了色的手帕擦了擦眼睛，费力地站起来，一把将俩娃搂在怀里，大声说道：“哎哟，老太太（我们这里对曾祖母的称呼）的两个小心哎，小命哎！”我不禁笑了，高声说道：“奶奶，您叫得我都起鸡皮疙瘩了！”

奶奶分外开心，幸灾乐祸般回我话：“伢们就是我的心和命啊，你那些疙瘩掉一地才好呢！”

说话间，俩娃挣脱她的怀抱玩去了，奶奶若有所失，叹息道：“唉，姐夫家的伢们就不像我老方家的，大姐你小时依在我怀里都舍不得走呢！”

我靠着奶奶身边蹲下，奶奶急慌慌地说道：“我把椅子给你坐。”我连忙制止：“您老别瞎说了，八十八岁的奶奶给二十八岁的孙女让座，雷公看见要劈我的！我乐意蹲会儿。”奶奶乐呵呵地笑了，一边习惯地抓起我的手，一边说道：“没事哦，你是我大姐，又不是别个！”我故意嘟起嘴道：“奶奶，您下次别叫我大姐了，我哪有您这么老的妹妹呢？”奶奶满脸的皱纹顿时开了花，开怀大笑起来：“奶奶叫了二十多年的大姐了，都习惯了，哪里还改得掉呢？”接着又用力抚摸着我的手臂，像个孩子撒娇般地说：“奶奶就喜欢做大姐的妹妹，你妹妹都八十八岁了，你做大姐更是长命百岁！”

我心中忽地涌起一阵感动，抬头时，奶奶正用她那浑浊的双眼慈爱地看着我，我的双眼也顿时被爱充满，同时还多了一种温热的液体。

我温柔地告诉奶奶：“好，奶奶，我永远做您的大姐，您是我世上最大的妹妹……”

一位美国年轻妈妈的二十封信

□王高岩

一位普通的母亲，在生命的最后时刻，为儿子留下了弥足珍贵的礼物……

伊莎贝拉，今年三十岁出头，年初不幸被查出患上骨癌，并到了晚期。

伊莎贝拉有一个幸福的小家庭，儿子刚五岁，长得虎头虎脑，非常可爱。每到周末，丈夫都会带着孩子来看她，年幼的孩子特别懂事，每次见了伊莎贝拉都会轻声叮嘱她："妈妈！您一定要听医生的话，好好打针、吃药！"

伊莎贝拉的病情很重，疼痛每天都在无情地折磨着她，稍一动弹就会大汗淋漓。可医护人员和病友们发现，自打住进医院，她每天一结束治疗，就会拿出一沓稿纸，靠在床上写着什么。由于体力不支，每次写上四五分钟，就得躺下休息一刻多钟，然后起来继续写。开始大家以为她在记录一些怕忘的事情，都劝她多休息。一天，一位护士问伊莎贝拉："你在写什么？"伊莎贝拉略一沉思，轻声回答："我在给儿子准备生日礼物。我知道老天爷留给我的时间不多了，我一旦走了，就没有机会和儿子说话了。儿子只有五岁，以后没有妈妈陪伴一定非常难过。我要趁自己还活着，把对孩子说的话都写下来，让孩子的爸爸在他二十五岁前每年过生日的时候拿一封信给他，让他知道妈妈的爱一直陪在他身边。"就这样，她用近三个月的时间，给儿子写了二十封饱含深深母爱的信。

伊莎贝拉给儿子的最后一封信是在她去世前三天写完的，信中这样写道："儿子！这是妈妈留给你的最后一封信，妈妈就要离开这里去一个很远的地方了。今天是你二十五岁生日，你已经成为男子汉了，以后要好好孝敬父亲，好好生活，妈妈永远爱你！永远祝福你……"